中华文史故事 第三辑

权谋故事

◎ 张巨才 主编
老桂 编著

中州古籍出版社
·郑州·

图书在版编目(CIP)数据

权谋故事／张巨才主编． —— 郑州：中州古籍出版社，2019.1

（中华文史故事）

ISBN 978-7-5348-7001-9

Ⅰ.①权… Ⅱ.①张… Ⅲ.①历史故事-作品集-中国 Ⅳ.①I247.81

中国版本图书馆 CIP 数据核字（2017）第 078138 号

出版社：中州古籍出版社
（地址：郑州市经五路 66 号　邮政编码：450002）
发行单位：新华书店
承印单位：河南瑞之光印刷股份有限公司
开本：640mm×960mm　　1/16　　印张：19
版次：2019 年 1 月第 1 版　　印次：2019 年 1 月第 1 次印刷

定价：32.00 元

本书如有印装质量问题，由承印厂负责调换。

目 录

西门豹治邺之术 …………………………………… 1
郑庄公杀弟 ………………………………………… 11
晏子其人其事 ……………………………………… 21
宋襄公厌"权谋"、讲"仁义" …………………… 32
冯谖客孟尝君 ……………………………………… 43
孙膑与庞涓斗智 …………………………………… 55
邹忌巧劝齐威王 …………………………………… 70
楚庄王的韬晦与宽容 ……………………………… 76
郑袖对待魏美人 …………………………………… 86
燕昭王求士报国仇 ………………………………… 96
吕不韦智获暴利 …………………………………… 103
赵高报仇 …………………………………………… 116
查巫蛊，汉武帝父子交兵 ………………………… 130

欺世盗名骗取天下的王莽 …………………………… 143

王允巧使连环计 …………………………………… 156

曹操故事数则 ……………………………………… 171

群英会蒋干中计 …………………………………… 181

计中计，周瑜胜曹操 ……………………………… 190

周瑜为刘备娶亲 …………………………………… 200

诸葛亮巧使空城计 ………………………………… 209

兄弟争位，杨广阴谋得逞 ………………………… 215

郭子仪为人处世 …………………………………… 225

柳公绰杀奸吏 ……………………………………… 235

赵匡胤"受禅"于周 ……………………………… 241

秦桧诡计避祸端 …………………………………… 251

柔中含刚的蓝姐 …………………………………… 256

燕铁木儿连除二帝 ………………………………… 263

朱元璋酣睡抚降卒 ………………………………… 277

康熙布迷阵，雍正得便宜 ………………………… 281

微服私访的神秘人物 ……………………………… 292

西门豹治邺之术

战国时期,魏文侯派西门豹为邺城的长官。

西门豹来到邺城,只见城郭破败,街市萧条,人烟稀少,十分奇怪:因为邺城是魏国的重要城市,此地应该人烟繁盛、街市繁华,几乎与都城不相上下。可为什么眼前所见,竟荒凉得像个鬼城?

时值春日,展目望去,只见漳河绕城而过,两岸田园荒芜、村庄冷落,坑坑洼洼的耕地杂草滋生,庄稼却稀稀落落,毫无生气。偶有一两个农民在田头出现,也手拄犁杖,发痴发呆,像僵尸一样。阵阵河风迎面吹来,西门豹耳中隐隐约约地似乎还听到了哭泣、哀怨与愤怒相混合的声音。

西门豹很是疑惑:此处近些年来既没有遭到战乱,也没有发生大的天灾,为什么是这般景象?他召来当地父老,询问原因。

"都是苦于为河神娶媳妇啊!"几位头发花白、形容枯

槁的老人颤颤巍巍地诉起苦来。

"这可真是怪事！河神还要娶媳妇？我还从来没听说过呢！你们详细讲讲，河神是怎么娶媳妇的？"西门豹问。

几个老人七嘴八舌地讲了起来：这条漳河水，从沽岭而来，经过沙城折向东，流经邺城。这河神就是漳河之神。这位河神喜欢年轻漂亮的女子，每年都要娶一个姑娘做他的媳妇。如果按期选好姑娘嫁给他，他就保佑百姓居家平安、庄稼丰收、风调雨顺。否则，他就大发雷霆，导致洪水泛滥、淹没庄稼、冲毁房屋、溺死人命。这些年，多亏给他选女送嫁，才多少减轻些水患，总算能勉强在此地生存。可另一方面呢，凡自家女儿被选中，有钱人家可以出钱寻个替身，贫穷人家就只好眼睁睁地看着从小养大的女儿被河神领走。几年来，富人家怕出钱，穷人家怕失女，纷纷逃离此地，剩下的都是既没钱又没女还逃离不了的老弱病残，这日子还怎么过得下去！

"这里的老百姓都真信河神吗？"西门豹皱起眉头，又问。

"谁敢不信呀？有一年没选到合适的女子，晚送了几天，河神就发怒，冲毁了河堤，几十个村子都被他卷走了呢！想起来好不吓人！"父老们战战兢兢地说。边说，边向漳河鞠躬，唯恐刚才的话对河神有所冲撞。

望着父老乡亲这种失魂落魄又坚信不疑的神色举止，西门豹久久没说话,两眼微微眯起来,长时间打量眼前这条神秘莫测的漳河。此时此刻,他已经十分清楚:要想治理好邺城,首先就必须和这个"河神"认真较量一回了。

他转过身来,问:"为河神娶亲的事由谁负责、组织?"

父老们回答:"由城中的大巫师发起、组织,大巫师安排一切活动。每年到了季节,这位大巫师便和乡里富豪及城中官吏一起,向大家摊派钱物,一年要用数百万钱。其中二三十万用于给河神找媳妇,其余用于各种活动。"

"都搞什么活动?"

"每年聚集乡人民众,在城外河边举行隆重的娶亲送女仪式,然后用苇席编成小船,让女子坐上去,推入河中……"

"这又能用多少钱呢?"西门豹问。

"剩下的钱,就由大巫师及为此事操劳奔走的乡绅、官吏们分用。大家也很辛苦呢,刚送走一个,又要寻找第二年的河神之妇,常常要跑很多地方、花费很长时间呢……"父老们说到这儿,含糊了一下,又接着说,"就是他们个人分了些钱,可这是敬神的大事,谁又敢说什么呢?"

"原来是这样。"西门豹暗自点头。

父老们见西门豹一脸严肃,忙又补充:"为了敬河神,就是大巫师和乡绅、官吏们分了些钱,我们老百姓也没有怨言,还很感激他们为大家办事呢!"

西门豹打断他们的话:"邺城这几年再没有水灾了吗?"

"多亏给河神娶媳妇,这几年一直没什么大灾。当然每年也难免泛滥一两次,冲走些房舍、淹死几个人,但总比发大水、淹死无数人要好得多!只是邺城地势偏高,这几年水灾轻了不少,可旱灾却又厉害起来。每到春天,常常土地干裂,河水浅薄,叫庄稼人头痛得很。"

西门豹又问了些其他情况,然后说:"河神既然如此有灵,我作为此地长官,在今年为河神娶亲时,一定会亲自参加,为你们向河神祈祷!"

这一年为河神娶亲的日子来到了,西门豹穿戴得整整齐齐,态度恭敬地来到河边。

此时,邺城的官吏、乡绅、豪户、里长及众多蓬头垢面的百姓,都已聚集在河岸边了。人头攒动,尘土四起,连临近地方的百姓士人也为看稀罕而来到邺城,四周黑压压一大片,足有数千人。

直到众人都静下来,乡绅、富豪、里长们才十分敬畏地把大巫师迎接到河边。这位大巫师是个女的,年龄五十岁左右。她旁若无人,大摇大摆地站到主要位置上。从人忙搬过一把太师椅,让她坐下。她的二十几个女徒弟,一个个衣着华丽、浓妆艳抹,紧紧簇拥在师父身旁,不时用鄙夷轻蔑的眼光瞥一眼西门豹。

西门豹不动声色,态度更加恭敬地面对着漳河,双手垂拱,身躯笔直。

这时，一阵凄凄惨惨的哭啼声传来——正是今年的河神新妇发出的：一个年仅十三四岁的女孩儿，面色苍白，两眼直呆呆地望着即将吞没自己的漳河水。看来她已经在河边待嫁的"斋宫"里哭了几天几夜了，声音微弱得若有若无，连坐都快坐不住了。她的身边有两个老人，面容僵滞、神色恍惚，一句话也说不出来，只有四只枯瘦的手紧紧揪住"新妇"的衣裳。毋庸置疑，这是因贫穷无钱赎出女儿的"新妇"父母了。

众多百姓不忍看这一家人生离死别的凄惨场面，纷纷掉头他顾。

大巫师闭目养神，足足有半个时辰。然后她突然口中念念有词，发出人们听不懂的咒语，接着站起身来，一声大喝："时辰已到，送新妇！"

锣鼓声大作，震天动地。哭声也顿起，哀惨伤绝。几个年轻女巫上前推开两个老人，拉出已哭昏过去的姑娘，就要往河边苇草编成的船上送。

河风呼呼，波浪哗哗，河神似乎已迫不及待了。

大巫师下令："上船！"

"且慢。"一直静立旁观的西门豹响亮地发话了。他那凛凛身躯如一截铁塔，稳稳耸立在众人面前，身后十几名持刀握箭的武士虎视眈眈，护卫着邺城的最高行政长官。

锣鼓声戛然而止，所有人都一怔，连河风也受惊吓了似的,倏忽逃遁。于是,河面也死一样再无波涛。

"为河神娶妇,这是关系邺城百姓存亡的大事。我作为邺城长官,当然不敢怠慢河神,愿为邺城百姓祈祷。现在,为负责起见,先让我看看这位新妇长得怎么样,配不配当今年的河神之妻。"说罢,西门豹转身命令身后武士:"把新妇带到我面前来!"

那个女孩儿被带来了。西门豹围绕她前后看了两眼,眉头大皱:"这样容貌一般的女子怎配做河神之妇?万一河神怪罪,谁能担待得起?"

此时,那位大巫师惶急恼怒地站了起来,刚要说什么,西门豹双手向她一拱:"有劳大巫师,先对河神通报一下,代我传个话儿,我要重新挑选一个更好的女子,等到明后天再送去。"说罢,冲武士一挥手。

两个雄壮的武士走上前,拦腰抱住那大巫师,高高举起,从高高的河岸上投入漳河中。

浪花飞溅之后,河面变得平静,只有咕嘟咕嘟的水泡不时从河底冒上来。

众人大惊失色。

西门豹静静地肃立在河边,态度恭敬有加,举止一丝不苟,甚至连被风刮乱了的几丝头发,也被他认认真真地重新抚平。接着,他又垂手直身,等待大巫师回来。

过了很长时间,河面一无反应,连气泡也不再冒起。西门豹转身看了看那些年轻的女巫，缓缓道："你们的师父看来年龄太大，做事太迟缓，怎么这半天还不回话？"

那些女巫面面相觑，说不出半句话。

西门豹摇摇头："还是再让一个徒弟去催一下师父吧！"

西门豹话音刚落，一个女巫便被武士扔进河中。或许是年轻的缘故吧，这次河面上水浪翻腾，折腾了很久才平静下来。

"怎么，又是一个不会做事、传话的人？"西门豹十分失望，"难道大巫师门下就没有能干的徒弟了不成？这回，派两个人一块儿去吧！"

又两个躲避不及的女巫被推进了河里。

其余女巫早已浑身颤抖，连站也站不住了。

西门豹长长叹了一口气，对面前的领头乡绅道："看来都是因为她们是女流之辈，传话不清。现在，烦请你老人家走一趟，代说明白吧！"

这位老乡绅刚要推托溜走，几个武士早已将他团团围住，一声齐吼之后，乡绅那肥硕臃肿的身躯也砸入水中。水浪冲天，水花把岸上不少人的衣服都打湿了。

那些连年来一直主持为河神娶亲的邺城头面人物，一个个舌头吐出半截，缩都缩不回去了：呆若木鸡，僵若死尸。

西门豹依旧保持着恭谨的神色，庄重地望着流动的河水。

又过了一个时辰。

在这一个时辰中，那些头面人物真是度时如年、胆战心惊，唯恐这位西门大人再请几个人下河去通报。因为此时，他们比谁都明白：这是西门大人将计就计，以错对错，以其人之道还治其人之身的手段！可他们又不能解释、不能推托，尤其不敢冒险向众人说出他们这些年的欺诈阴谋、杀人罪恶。哪里有什么河神？不过是他们借此搜刮民财而已。哪有什么河神发怒降灾？不过是他们暗中派人挖开河堤、故意导致"天灾"而恐吓、欺骗百姓罢了！一旦真相大白，百姓们还不把他们生吞活剥？……不过，眼前最为害怕的则是：下一个，又会轮到谁下河呢？他们边想心事，边偷偷打量着西门豹的神情动作。

此刻，西门豹虽端立不语，可那伟岸的身躯自有一股令这些心怀鬼胎、作恶多端的恶棍们不寒而栗的威严。这些人，想走又不敢走，甚至连继续站在原地的力气也没有了。其中一个小吏终于"扑通"一声，瘫倒在地，昏了过去。其他数人正魂不守舍，西门豹已走到他们面前，认真施了一礼，道："刚才那位年高体弱，也一去不返。只好有劳众位了！"

没等武士上前，这些本就支持不住的家伙们"扑通扑通"，一个个都跪了下来，以头碰地，磕得满脸流血，连连认罪、讨饶："请大人饶命！请大人开恩！……"那狼狈模样，让在场的百姓们又吃惊又可笑：谁承想平日作威作福的河神的"代言人"，竟这样不顾身份呢！

西门豹不理睬这些讨饶的人。

这些人连滚带爬，爬到西门豹脚下，磕头、作揖、连哭带求，汗水、血水把头脸弄得一塌糊涂。

西门豹任其哭求，只望着河水不作声。

又过了一会儿，那几个人，已连吓带怕，快要昏死过去了。

这时，西门豹转身面对众人："这么长时间过去了，但见河水滔滔，不见那几个人返回。河神到底在哪里呢？这几个人明明是欺诈钱财，枉杀民女，真是罪该万死！是不是该让他们以命抵命？"

此时众人已从那几个人的表现中明白了这几年给河神娶媳妇不过是一场大骗局。他们无不义愤填膺，举臂大呼："杀死他们！给民女报仇！"

那几人面无人色，挣扎起身，冲西门豹连连磕头："小人知罪！罪该万死！我们都是被那老巫婆所欺骗、逼迫，才昧着良心和她一起干的。今后再不敢了！请大人饶命！"

西门豹见首恶的巫婆和那个乡绅已死，就庄严宣布："今后，有再敢提给河神娶亲者，就令他为媒，先下河去通报！"

众百姓雀跃欢呼。

西门豹又下令：把这些官吏、乡绅、富豪、里长这几年搜刮来的钱财，全部收回发给邺城最贫穷的百姓。又把老巫婆那几个女徒弟，嫁给城里年长而尚未娶妻者。

这样，横行邺城的巫风彻底被消灭。外出逃亡的百姓也纷纷返回故里，再不迷信什么河神了。

西门豹又测量地势，设计水利工程，挖通十二处渠道，引漳河水入渠。这样，既削弱了多水季节漳河的水势，避免了河水泛滥；又用这遍布各处的渠水，灌溉了远离河道、常受干旱的农田。从此，邺城民风变得质朴淳真，也没有了水旱灾害，庄稼丰收，百姓乐业安居，邺城成为魏国有名的繁荣富足的城市。

至今，临漳县仍有条西门渠，据传就是当年西门豹开凿的，当地的人们还十分怀念、称颂这位战国时期卓越的政治家。

后人评说西门豹治邺：不草率去制止，以免因民众尚怀迷信而失败；而是以毒攻毒，令其自我暴露，这手段委实高妙。而且他不仅破除迷信骗局，还切实为民众做真正有益的实事，使人民群众安居乐业。这样做，还怕会不成功吗？

西门豹治邺，确是对后人积极有益的权谋体现。谁又说权谋只能用于刀光剑影、尔虞我诈的卑劣行径之中呢？

郑庄公杀弟

历史上可有发誓不见自己的母亲，并杀死同胞兄弟，却被世人称颂"孝、悌"美名的人吗？

有。这就是春秋时期的郑庄公寤生。

郑庄公的母亲姜氏，生有两个儿子，长子是寤生，次子叫段。长子为什么叫寤生呢？据说姜氏生他的时候难产，可能是神经上受了些刺激，姜氏见到他总是觉得别扭，于是自然也就不很喜爱他了。

而次子段，姜氏生他时很顺利，而且他长得一表人才：面如敷粉，唇若涂朱，身材凛凛，孔武英俊。他不但长得英俊，而且武艺高强。姜氏十分宠爱这个儿子，凡有要求，无不满足。这样，段自然就养成了骄纵放任、为所欲为、毫无顾忌的性格。尽管段对别人总横眉立目、一副凶蛮相，但对自己的母亲姜氏却能笑容满面，全然一副孝子模样。相比之下，长子寤生老成持重、不苟言笑，在姜氏面前又不无拘谨谦恭神色，于是姜氏益发喜爱段而讨厌寤生了。

为此，姜氏多次在丈夫郑武公面前说起两个儿子，一褒一贬，极力赞扬段，百般挑剔寤生。她还直接提出建议："若让段承袭君位，一定比寤生为国君强上百倍！"

武公却不同意："继承君位，从来长幼有序，不可轻易错乱。何况寤生也没什么过错，怎能无端更改次序、废长立幼呢？那样，只会给国家带来动乱。"

姜氏无话可答，但心中十分不快。

后来郑武公果然按长幼顺序，立寤生为世子，作为自己的接班人。郑武公只以一个小城共城，封给段。于是人们就称段为共叔。

对此，姜氏十分恼火，却一时也无可奈何。

郑武公去世后，寤生即位，是为郑庄公。郑庄公作为一国之君，全面执掌大权，在治国理政方面，体现出机智老练的才能，得到众大臣及国人的好感与拥戴。而共叔段只有共城一块小小的封地，不能满足自己的权力欲，很是恼火。

姜氏心疼小儿子，为此快快不乐。终于有一天，她对庄公直截了当地提出指责："你继承了父位，拥有数百里的国土。可你的同胞兄弟却局限在那窄狭的地方饱受委屈，你于心何忍？"

"那您说怎么办？我愿意听从您的建议。"郑庄公冲母亲深施一礼，和顺地说。

"你为什么不把制邑封给你兄弟？"姜氏道。

制邑是大城，而且地处军事要塞，对整个郑国的安危具有决定性作用。申请把制邑封给共叔段，等于是要求把郑国的命运让共叔段掌握。对此，郑庄公尽管表面上礼仪有加、极重孝悌，但在处理国家大事上却绝不退让。

"制邑地处险要，乃国家安危所系之处。先王有遗命：此处绝不许分封给任何人。除制邑以外，您无论为弟弟要求分封何处，我都听从。"郑庄公态度平和，但言辞坚定。又以"先王遗命"为理由，使姜氏无法对他发火。

姜氏悻悻地说："那好，就把京城封给你兄弟吧！"

京城也是郑国重要的大城，地位几乎与首都荥阳相等。面对姜氏的要求，郑庄公感到十分为难，一时沉吟不语。

姜氏恼了，大声喊道："这也不行，那也不行，干脆把你兄弟赶出郑国，让他要饭去吧！"

庄公连声道："儿不敢，儿不敢，望母亲息怒。"说罢唯唯诺诺地退了出来。

第二天升殿，庄公当众宣布要把京城封给共叔段。大夫祭仲劝谏道："这可不行！天无二日，民无二主。京城地广民众，几乎和首都荥阳一样。这样的地方怎可分封？何况共叔是夫人的宠儿，若把京城封给他，等于一国之内有了两个国君！他倚仗夫人的支持，难免不成为国家的大患！"

庄公却不以为然，转身冲姜氏所在处敬礼致意后，转过

身来对众大臣道:"对母亲的命令,做儿子的是不该违背的。忠孝友悌,不是做人的准则吗?"于是就把京城封给了段。

段进宫向姜氏辞行。姜氏让左右侍从都退出去,私下对段说:"你哥哥不念兄弟之情,一直对你不好。今日封给你京城,是我再三要求他才答应的,其实他心里很不愿意这样做。等你到了京城,可以悄悄做些准备,积聚力量,若有适当时机,我就告诉你,咱们内外相呼应,这个国家就可以由你来掌管了!"段接受母亲的授意,到京城去了。

从此国人就改称段为京城太叔。

不久,郑国西北边境的长官来到京城向段致贺。段对这两处地方长官发命令:"你们所掌管的地方,今后不许向朝廷进贡,而要向我缴纳赋税,而且,兵车人马也都要只听我的调遣与指挥!"

两个地方官开始一怔:这不是要搞国中之国、与朝廷对抗吗?又一想,段是姜氏爱子,有极大可能当国君。再加上段的威逼,他们也就答应了,将西边和北边的两处辖地归属于京城太叔段。

这个消息传到郑国首都,众大臣议论纷纷。大夫祭仲告诫郑庄公道:"地方城市方圆超过三百丈,就会成为国家的隐患。因为有拥兵自立、与朝廷对抗的可能,所以先王规定:大城不能超过都城的三分之一,中城不能超过都城的五分之一。可现在,京城这个地方,早已违背了先王的规定,几乎和首都荥阳一样大了,这已经隐含极大的不安定因素了。您没有考虑到吗?"

郑庄公笑了笑:"是我母亲要我封给段的,我能违背母亲的意愿吗?"

祭仲道:"姜氏夫人的要求是难以满足的,所以还是请主公早些做准备,以杜绝隐患,千万不要使这种隐患蔓延滋长。蔓草一旦滋长就难以除掉,更何况是您的兄弟呢?"

郑庄公仍然一笑:"干多了不义的行径,自己就会倒台的。我们还是等等看,静待事情的发展吧。"

这时,大夫公子吕站出来,义形于色地大声道:"现在,段已将西部、北部大片领土划归己有了。我认为:一个国家,不能忍受两个国君同时存在。您到底打算怎么办?要是想让国于段,那么,我就请求您允许我们去做他的臣子;要是不想把郑国拱手让给段,那么,请您给我一支人马,我去为您除掉他!总之,不能让国内老百姓产生二心!"

郑庄公叹了一口气,态度十分诚恳地说:"段是我母亲的爱子,又是我所喜欢的同胞兄弟。我宁可损失些土地,也绝不想伤害自己的兄弟,尤其不想违背母亲的意愿。"

众大臣见庄公一副迂腐、软弱的神色,一派只讲孝悌、不重国事的糊涂言论,不免失望又沮丧。

郑庄公见状,说:"作为人,最重要的是讲究人品情义。人能不忠不孝吗?人能毫无情义吗?我最恨不忠不孝之辈。

难道你们要陷我于不忠不孝之地吗?"

众大臣皆感叹不已:郑庄公真是重孝悌、讲情义的仁厚君主!此时,只有祭仲面露冷笑。

郑庄公快速地扫了他一眼。

不久,京城太叔段又做出了新的举动:借打猎为名,日夜操练士兵;又把西部、北部的军队集中到京城,经过组织策划后,突然袭击,一举攻占了鄢与廪延两座城市。段的势力益发强大,气焰也更为嚣张。

情报紧急报到都城。众大臣惊慌、愤怒、叹息、摩拳,反应十分强烈。

公子吕更是义愤填膺道:"主公,再不能拖延下去啦!段的势力、地盘已经大到不能容许的程度啦!"

庄公仍是微微一笑,不置可否。

"一旦他占领了大片国土,拥有了众多百姓,后果将不堪设想!"公子吕急得面红耳赤。

庄公缓缓道:"我不想兄弟相残,更不想伤母亲的心。段这样做,只会败坏国人心中自己的形象。"

公子吕简直想大喊大叫了:"这已到了什么时候啦?还说什么情啊义的!"

"情、义、忠、孝,不是立国之本吗?"庄公平和地说。

"人家马上要打到咱们头上啦!"

"如果真如报告所说,段有不轨行为,那么,像他那样做不义的事,又明目张胆地干,会失去人心的。人心失去,则占地越多、拥有百姓越多,越会引发崩溃的。我们现在该做的,只是要把这些道理讲给段和他的从属人员以及全国百姓听。"庄公对众大臣解释自己的想法。

公子吕掉头下殿,很是不满庄公的优柔寡断。祭仲面带微笑,望着这些忠心耿耿的同僚们远去的身影,一言不发。

京城太叔的举止,郑庄公的言行,鲜明地形成了对比。而这种对比,更渐渐在全国百姓中传播开来……

京城太叔段果然变本加厉地要夺取全国政权了!他在所辖、所掠的地盘上,日夜练兵,准备车马兵器。他与母亲姜氏暗中联络,约定好日期,由姜氏打开首都荥阳的城门,然后里应外合,推翻庄公,由段做新的国君。

就在他们约定起事的日期即将到来之时,郑庄公突然升朝,召集所有文武大臣议事。此刻的郑庄公早已不是前些时候温良恭谦的神色,而是精神勃发、目光如电,表情刚毅坚决,而且举手投足间,不但没有丝毫的愤怒,反倒透出一股按捺不住的兴奋。

正当众大臣惘然不解之际,郑庄公"啪"的一声,把早已截获的段与姜氏多次联络的信件拍在书案上,声色俱厉道:"现在,终于到时候了!"说罢,简明扼要地讲了当前的形势,陈述了为保全先王遗留下的国家,不得已而反击、镇压叛乱的理由。

众大臣斗志昂扬，纷纷请愿，为国立功。

祭仲哈哈大笑起来，郑庄公也哈哈大笑不已，笑得众大臣疑惑不解。

祭仲道："主公早运筹帷幄、决胜千里了！都城的叛贼乱党，早已被全部拘捕；公子吕统帅的大军，也即将消灭段的主力部队了！"

原来，早在段刚去京城时，庄公就已经预料到即将到来的殊死搏斗：天无二日，国无二主，他与段只能是你死我活，难以调和。于是，庄公早就暗中组织好军队、布置了战略方针，安排了控制、监视姜氏的严密措施，并把这一切告知了祭仲，让他不露声色但万分急迫地准备了。

由于郑庄公的孝悌之名在民众中广泛传颂，人心所向，公子吕率领的大军很快就把段的部队击得溃不成军，段也被迫逃到国外去了。

大获全胜、再无后顾之忧的郑庄公马上怒气冲冲地下命令：把姜氏放逐到远离都城的一个偏僻小城监视起来。并当众发誓："这辈子，只有到了地下时，才与她再见！"说此誓时，庄公面色铁青，咬牙切齿，再没有以前一丝一毫的温和孝顺。在场的众大臣、众百姓都惊诧不已：怎么前后竟判若两人？

见众人如此反应，郑庄公马上后悔了自己的失态。但一时又不好改口，心中十分懊恼。

这时，一个叫颍考叔的人十分明晓庄公的心事，就替他出主意："国君的誓言当然不能说了不算，否则今后还怎样管理国家？您不是发誓不到地下不见您母亲吗？一气之下当然是说只有死后才见，但我们可以想个办法：既能生前相见，又不让您违背誓言。您看如何？"

庄公一听，顿时满面笑容："愿闻其详。"

颍考叔于是说："我们可以在地下挖一条通道，让您与母亲在这地道中相见。然后再一起出来，重归于好。这样，国人就不会说您不遵守誓言了。"

庄公大喜，马上照办。

地道挖好了，姜氏与庄公从两端分别进去，在中间相遇。庄公抢先跪在地上，声音哽咽地说："寤生不孝，很久没来问母亲是否安康了。请母亲恕儿之罪！"

姜氏又惭愧又难受，忙用双手扶起寤生，悲切地回答："这一切都是我的过失造成的，与你无关。"

母子抱头痛哭起来。

从地道中出来，庄公亲自扶姜氏登上华丽的车辇，自己则牵着马缰绳，在众多国人面前，一步一步地随侍在母亲姜氏的车旁。

老百姓们见自己的国君这样孝顺母亲，无不称颂庄公之孝，庆幸自己有这样一个好主公。

于是，郑庄公孝悌之名，传遍诸侯。

郑庄公在这件事情的整个处理过程中，可以说是极富权谋的。

明明早知道母亲、弟弟是自己的政治死敌，不共戴天。但在对方罪行尚未显露到一定程度、己方没有确切证据，尤其是尚没有通过种种手段把民心拉到自己一方时，他就隐忍不发，只表现出一副安和孝悌、仁爱容忍姿态。因为他很清楚，若刚一上台，就快刀斩乱麻般收拾自己的母亲与弟弟，势必不利于获得民众支持，不利于自己的长久统治。不是不报，时候未到。由于郑庄公善于把握时机，便把这件十分棘手的兄弟相残杀的政治事件，处理得十分老练、圆滑，没留半点非议在国人面前。

不过后人评论此事，认为郑庄公不在弟弟刚走错误之路时及时制止、真诚挽救，而是有意助长他的错误行径、一步步纵容他为所欲为地在国人面前暴露其罪过，进而最终达到置自己亲弟弟于死地而后快的目的的用心，是十分险恶的，又哪里谈得上孝悌温良呢？

晏子其人其事

齐国上大夫晏婴，字平仲，为人极富机谋权变。下面，择其一二故事以证。

有一年，晏子奉齐景公之命，出使楚国。

晏子未到时，楚灵王对臣下说："我听说晏平仲身高不足五尺，简直是个侏儒，却以贤闻名于诸侯。当今海内，我楚国最为强大，我想羞辱他，以张扬我们的国威。众位有什么好方法？"

大臣们议论很久，终于想出了一系列企图羞辱晏子的办法。

首先，在楚国都城的城墙上凿出一个小洞口，大小五尺有余。然后楚灵王吩咐守城士兵："齐国使臣来时，不得打开城门，只让他从这洞口钻进来！"士兵们自然明白其中用意，都咧开嘴哈哈大笑，兴致勃勃地等待一场好戏。

晏子来了。只见他身穿破旧衣服，乘着一辆不起眼的车子，驾车的马也羸弱瘦老。整个形象，哪像来自大国的使臣？几乎和讨饭的乞丐没什么两样。守城士兵更不把晏子放在眼里，大大咧咧拄着枪杆，在城头俯视城外个子矮矮的晏子，交头接耳、挤眉弄眼，一副嘲弄轻蔑的神色。

晏子不动声色，平静地按礼节打了招呼，然后请士兵及守城将领开门，迎接自己。

守城将领爱理不理、懒洋洋地一指城门旁的小洞口："大人出入这个小洞口，已经绰绰有余，何必要大开城门呢？"

城上的士兵们哈哈大笑。

晏子的随从人员气得面红耳赤，刚要有所举动，被晏子平静安和的态度制止了。只见晏子微微一笑："这是个狗洞，不是人应该出入的通道。出使若是来到狗国，那自然该钻狗洞；若眼前是人国，就要从城门进出。你们看我该从哪里进城呢？"

城上众人张口结舌了，慌忙派人禀告楚灵王。楚灵王也无话可答，摇摇头："本想戏弄他，反倒让他给戏弄了。好吧，就先让他从城门进来，按必要的礼节迎接。否则他一定嘲讽我们是野蛮之邦，不懂规矩呢！"

于是，晏子堂堂正正地被楚国大臣迎接进城了。

楚王升殿，与晏子见了面，还没谈正事，开口就说："齐国已经没有人了吗？"

"齐国的人，呵气可以变成天上行云，挥汗立刻变作倾盆大雨。街市上行人肩挨着肩，连一块空地也找不到，怎么能说齐国没人呢？"晏子彬彬有礼地回答，态度却不卑不亢。

楚王进一步放肆地说道："既然如此，怎么偏派你这样不起眼的小矮子来当出使我国的使者呢？"

晏子静静答道："敝国有条不成文的规矩，贤者到贤明的国家为使，不怎么样的人物则出使不怎么样的国度；大人物出使大国，小人物出使小国。臣在齐国，是最不起眼、最没能力、又最不懂礼法规矩的粗劣小人，所以就被派到贵国来了。对此，我也觉得有些遗憾呢！"说着，微微一笑，又欠欠身，向楚王点头致意，似乎对把自己派到楚国来，很有些委屈。

楚王大为羞惭，又没理由发火，十分尴尬。同时他对晏子的机智聪灵，也有些佩服。

过了一会儿，正当楚王招待晏子吃橘子时，殿下三四个武士推着一个被捆绑的犯人走过来。楚王大声问："这是个什么人？犯了什么罪？"

武士拜答："这是个齐国人，犯了抢劫偷盗的罪！"

楚王得意地瞟了晏子一眼："看来，齐国人习惯当盗贼呀！"

晏子知道这又是有意羞辱齐国及自己的把戏，便举起手中的橘子，笑吟吟解释道："我听说这产于江南的橘子，要是移栽到北方,就会结出又酸又涩的果子,人们叫它'枳'。之所以会有这种变化,只在于地方水土不同。同样道理,这个齐国人在齐国没犯盗窃罪,而一到楚国便沦为盗窃犯,自然是由于贵国风土人情所致,这与齐国又有什么关系呢?"

楚王哑了口,半晌说不出一个字。最后,他发自内心地赞叹道:"我本想嘲弄您的,反倒让您给嘲弄了!这都是玩笑,请大夫不要认真。"

于是,楚国上下无不对晏子充满敬意,均以隆重的礼节接待他。晏子出色、圆满地完成了这次出使任务。

回国后,齐景公嘉奖晏子,拜他做了丞相。

没过多久,齐国在晏子的治理下,国势渐渐强盛起来。齐景公于是有了称霸中原的愿望,想像祖上齐桓公那样,干一番彪炳史册的大事业,便对晏子说:"现在的中原地区,只有晋国比较强大。我想暂时让它先称霸西北,我国先称霸东南。然后找机会与它大战一场,彻底征服中原各国!你看怎么样?"

晏子道:"晋国之所以近年不如以前强盛,是由于过分劳动民众,大兴土木、大动干戈。您要称霸中原,就要接受晋国的教训,不要轻易劳动百姓,避免动辄出兵打仗,而是要采取休养生息、优恤民众的政策。不战而胜,比战而胜之,要高明百倍。"

"那，你说怎样才算恤民？"齐景公问。

"减轻刑罚，则人民就不会产生怨恨；削减赋税，则百姓自然感恩戴德。这样，民众生活富足，国力自然强盛。再劝耕作、励农工、奖勤罚懒，不同季节给予百姓切实的生产与生活方面的帮助。不用多久，我国上下就会同心同德，我国在诸侯间的地位与影响也就必然提高、扩大，又何必一定用刀兵解决问题呢？"晏子道。

齐景公听从晏子的建议，不久，国家果然强大起来。东方各国诸侯纷纷主动归附、进贡。

不过有一个小国徐国，不知什么原因没有表态，更没有进贡称臣。齐景公很恼怒，不听晏子劝谏，便派一个叫田开疆的大将率师伐徐。田开疆这个人，一介武夫，根本不懂治国安邦平天下的策略，只想在战场上逞其勇力，自然积极支持齐景公打仗。

徐国是小国，军队兵力单薄，又没有准备。齐国以大军压境，田开疆又是个蛮勇善搏、杀人不眨眼的"凶神"，所以还没正式开战，徐国就被齐国打败了。田开疆在这次战争中，为炫耀自己能征善战，杀人无数，并俘虏了五百多名徐国将士。

齐景公很高兴，把田开疆的功劳记在功劳簿上，对他大加赏赐。田开疆则借机吹嘘自己能率兵横扫中原，最终还能帮助齐景公主宰华夏，说得齐景公心花怒放。田开疆乘机又向景公推荐了一名勇士公孙捷。

这公孙捷长得面色漆黑，眼睛暴出眼眶，身材高大，力大无穷。

齐景公很惊异世间竟有这样人物，便高兴地接收，并将他作为自己的亲近随从。

有一天，景公和公孙捷在山中打猎，突然狂风大作，飞沙走石，从林中跳出一只吊睛白额的老虎！那虎咆哮生威，震撼山林，不容景公躲避，已经朝着景公座下的白马飞奔而来。景公吓得魂不附体。正在危险关头，只见公孙捷跳下马，不用刀枪，赤手空拳朝那猛虎迎去。他左手揪住老虎颈上皮毛，右手挥拳，片刻工夫，竟将老虎活活打死了！

齐景公感激他的救命之恩，又目睹了他的神力勇猛，回朝便封他为将军，使他统领部队。

这时期，齐景公身边还有一个以勇著称的人——古冶子，此人也有功于景公。有一次他陪齐景公渡黄河，舟到河中，大雨骤至，风波顿起，船在狂风恶浪中快翻倒了。这时，河中又冒出个硕大无比的大龟的脑袋！只见这大龟张开血盆大口，冲向船头，一下子就把景公最喜爱的一匹马吞到肚中。景公吓得魂飞魄散，差点儿也掉下河去。这时，古冶子大吼一声："主公不必惊慌！"便赤条条跳下河去！不久，河静浪平，天晴雨住，正当齐景公以为古冶子已死而叹息不已时，突见水面涌腾，冒出大片血迹，接着古冶子从水里钻

了出来：左手牵着那匹马，右手提着血淋淋的大龟的脑袋，踏波而出，有如天神！

齐景公身边自从有了田开疆、公孙捷、古冶子三个勇士，气魄大增，而且开始觉得还是以勇力、靠战争征服各国，来得快速、省事。于是，便改变了当初与晏子共同设计的方略，不再以休养生息、富民强国为宗旨了，而是动辄兴兵攻伐，国内也大兴土木，渐渐地，国力削损，民心怀怨，各国诸侯也常侧目而视了。

尤其令晏子担心的是：那三个人自称"齐邦三杰"，恃功自傲，又蛮横无理。在民间，随心所欲地抢夺杀戮；在朝中，对百官也粗暴专横，全不顾忌法制礼仪；就是在齐景公面前，也大大咧咧称兄道弟，觉得齐国的强盛全是他三人挣来的，已经不把景公放在眼里。这三人又结成死党，招降纳叛，已经成为国中一股无人管辖的势力。他们内交景公身边的侍卫官员，外结朝廷掌权的大臣将领，更半公开地拥护与田开疆同族的权臣陈无宇，要与齐景公分庭抗礼。

朝野众人，无不心怀不安，感到马上就要有一场大乱降临到齐国头上了。

其中最担心的是晏子。对齐国的未来，他深感忧虑。他决心要除掉这三个蛮勇狂暴的国中祸害，又暂时没有办法：他们已掌握了很大权力；而齐景公又被蒙在鼓里，还要依赖他们建立所谓霸业！因此，只能智取，不能强除。

机会终于来了。

一日，鲁昭公来访。齐景公热情欢迎，并在朝堂设宴招待。陪坐的是鲁国大臣叔孙婼和齐国大臣晏子。田开疆、公孙捷、古冶子三人佩剑立于阶下，充作护驾之人。

堂上，君臣四人彬彬礼让，饮酒交谈。阶下，那三人大大咧咧，傲睨自若，目中无人。

酒喝到一半，晏子起身禀奏："后园中金桃已熟，可摘来尝鲜，并为两位君主祝寿。"

齐景公道："太好了，快派人摘来！"

晏子道："金桃是难得之物，臣应当亲自监督园吏采摘。"说罢便下殿去了。

景公向昭公解释："此桃是先公在日，有个东海人进献了一枚奇大无比的桃核，说叫'万寿金桃'，出自海外仙山，又叫'蟠桃'。种下三十年了，一直没结果实，今年才结了有数的几颗。今天且喜君侯降临敝国，我当然不敢独享，特取来与您及您的大臣叔孙大夫一起品尝。"

鲁昭公君臣拱手称谢。

一会儿，晏子引着园吏，用托盘把桃子献了上来。共六枚，个个大如碗，赤如红炭，香气扑鼻，确实是奇异之物。

景公问晏子："就结了这几个吗？"

晏子答："还有三四颗，但没熟。所以只摘了六枚。"

于是景公与昭公各食了一枚。其味道极佳，两人称赏不已。景公又让叔孙大夫与晏子各食一枚。两人推让一番，也吃了下去。

这时，盘中还有两枚金桃。台下的三个勇悍骄横的家伙早已气恨不平，有受辱之感了：难道凭他们的功劳、本领及国中威望，只该给别人站岗当差吗？但他们毕竟还不敢与齐景公翻脸，只气得面红耳赤、咬牙切齿，手中佩剑铿锵作响。

晏子装作没看见，只对景公道："还剩下的这两枚桃子，应当赏给下边群臣中功劳最大的两位，以表彰他们对国家的贡献。"

"好。"景公下令，在场朝臣可以自报功劳，让大家评议。够资格者，即赏金桃一枚。

话音未落，公孙捷早跳了出来："当年我随主公打猎，力搏猛虎，其功大不大？"

晏子听罢，说："确实，救驾保君，这功劳非常大，可以赏桃一枚！"

于是，公孙捷得意扬扬，上前抄起一枚，大啃大咬起来，直吃得汁水四溅，一脸狼藉。边吃，还边斜眼扫视朝中众臣，一副轻蔑态度。

这时，古冶子大喊一声："搏虎算什么？我曾于黄河狂涛中，斩大龟之头，踏平冲大风浪，使主公拣了一条性命！这功谁可比？"

晏子频频点头:"无可比,将军神人一样!请吃一枚。"

古冶子志得意满,却又气哼哼地夺过桃,狠狠咬了一口。这一口就咬去一大半,似乎把对谁的仇恨全发泄在其中了。

晏子正要宣布散席,只见田开疆须发倒竖,目眦尽裂,发出一声炸雷般的咆哮,挺身站到大殿当中,道:"我曾率师伐徐,斩将夺旗,俘虏五百、杀人无数。使徐君恐怖,俯首称臣;诸侯畏惧,全来朝贺!咱齐国的霸业,完全是我拼杀挣来的。这盖世之功,谁可比得?"

晏子沉吟片刻,转身向齐景公启奏:"开疆之功,比刚才两位都大,可惜已没桃可赐,先赏酒一杯,等明年再说吧。"

景公同意,又表示惋惜。

田开疆推开侍从捧过的酒杯,按剑而立:"打虎杀龟,匹夫之勇。武功盖天地反不能食桃,在两国君臣面前受辱,让万代后人耻笑,我还有什么脸面行立于人前?"说罢,挥剑自刎而死。

公孙捷大惊,也拔出剑来:"我功劳不及田君,却食桃受赏,田君反受辱而死。我俩本兄弟般亲近,现在因我不知谦让而使田君死于朝堂,我还怎能活着?"说着,也挥剑自刎。

古冶子怒发冲冠,顿足大呼:"我三人情同骨肉,誓同生死，现在他们俩已死，我岂能独生？"说罢，也举剑自刎。

景公忙令人劝止，可哪里还来得及，只能眼看着古冶子直挺挺倒了下去。

就这样，晏子巧用心计，不露痕迹地为齐国除掉了大患。之后，他认真为齐景公分析了国家形势，重新使景公走上正确的治国道路。同时，又推荐有德有才、文武兼备的田穰苴为将。君臣共同整肃军纪，严明法度，很快恢复了齐国在诸侯心目中礼仪之邦、强盛之国的形象，再一次使齐国强大起来。

而晏子两桃杀三士的故事，也一直流传至今。

宋襄公厌"权谋"、讲"仁义"

宋襄公想做中原诸侯的霸主,但自觉国力尚不足以震慑各国,又看到南方的楚国日益强大,中原各小国纷纷与之通好,便听从一大臣的计谋:要借楚国之威纠集中原各国会盟,又以自己爵位的高尊使楚国屈居宋国之后,这样,既可以当盟主,又左右逢源。众国畏楚,楚既同意宋为盟主,中原各国自然不敢有异议;而楚国虽强,毕竟是南方蛮荒之域,自己可以因盟主身份,凭借中原各国的整体力量镇遏楚国,使楚国不敢造次。

于是宋襄公与楚国联络,讲出会盟的事。楚王一直苦于没机会把势力扩展到中原地区,见是个好机会,就假意应承,极力促成此事。宋、楚两国商定:于某日会盟,届时各国君臣都不带兵马武器,不披甲戴盔,而要穿礼服出席。

宋襄公见楚国如此,十分高兴,对公子目夷说:"楚国已经答应我当盟主了!"

目夷劝道："楚，是野蛮的国家，其心不可测。您只听他们口头答应，却不知道他们心里是怎么想的。我真怕您上他们的当呢！"

"你也太多心了！我以忠信待人，他们怎会忍心欺骗我？"宋襄公不听目夷的劝告，马上发出通知，请各国诸侯赴会。同时在国内大兴土木建场馆坛台，极尽华丽富贵，花费了无数钱财人力。

会期即到，宋襄公乘车，穿着礼服就要出发时，公子目夷又劝道："楚国兵力强大，而又素不讲信义，您不要毫无准备、防范。我请求带着兵车与您同去。"

"我与诸侯说的是'礼服聚会'，若咱们带兵车军马，不是自己违背自己的要求吗？今后在诸侯面前还有什么信义可说？"

"那么可否这样：您穿礼服轻装前往以践前约，我带兵车在三里外防备意外，行吗？"目夷又提议。

宋襄公火了，很厌烦地对目夷说："你带兵车去，和我带兵车去又有什么不同？不行，我一定要说话算话！"

宋襄公说罢，下令出发。车子发动的刹那，他灵机一动，要目夷也跟他一起走，以防目夷带着兵马在会场外接应自己而使自己失去信义。目夷无可奈何，只好也穿上礼服，陪他同去。

会盟的日子到了。各国君臣果然都穿着礼服，没佩带武器。

宋襄公瞥了目夷一眼。目夷没作声，冷静观察四周的情况。

一开始，会场情况很正常，各国君臣彼此间彬彬有礼。但到了确定盟主的关键时刻，却发生了令宋襄公没料到的情况：本来会前楚成王已答应在会上推举宋襄公为盟主，但此刻楚成王却一言不发、面色冷峻起来。中原各小国陈、蔡、郑、许、曹等国君见楚成王不表态，也不敢轻易说话。宋襄公有些生气，便站出来说："今日的盟会，是我想继承以前的霸主齐桓公的事业，尊王室、安民众、息兵罢战，和天下人共享太平日子。诸位以为如何？"

宋襄公这番话实际上是以霸主的口气在说，并以此试探各国反应，逼各国表态。

但各小国国君都低着头，不讲话，只是偷偷用眼角打量楚成王。

"你说得很有道理！今日会盟，目的就是为了天下安宁、百姓少受战乱之苦。只是不知道盟主是谁呀？"楚成王故意装糊涂，瞟着宋襄公。

宋襄公十分气恼，大声道："有功摆功，没功凭爵位高低！这还用说吗？"宋国被周王朝封为"公"，在当时诸侯间是最高的爵位，所以宋襄公当仁不让。

不料话音未落，楚成王已旁若无人地站出来，立在盟主位置。"我是王爵,宋虽然是'公',总不能在'王'前面吧!所以,不好意思得很,我只好排头一名啦!"

封建社会爵位,在当时依次排列为:王、公、侯、伯、子、男。王爵最高,男爵最低。

宋襄公大怒,本以为盟主已事前约定,非自己莫属!可眼见得煮熟的鸭子要飞,怎按捺得住?他脸色都发白了,大喝:"我的公爵,是周天子正式封的。你的王爵只是自己安在自己头上的!怎么能以'假王'而压'真公'?"

楚国正式封爵只是"子"。因后来周室孱弱而楚国强大,就自封为"王"了,这确是事实。

宋襄公这一揭底儿,令楚成王大为恼火,索性撕破脸道:"我既然是'假王',你为什么还恭恭敬敬、可怜巴巴地请我来给你撑腰?"

楚成王的陪同大臣成得臣则大叫:"今天的盟会,只问众位诸侯,是冲楚王而来的,还是冲着宋公而来的?"

陈、蔡等几个小国慑于楚国之威,于是齐声道:"只为敬服楚成王才来的。"

宋襄公气得浑身乱抖。

楚成王哈哈大笑。

此刻,只见成得臣"啪"地脱去外衣,露出里面的铠甲,又抽出一面小红旗,向台下一挥。立时,台下楚国随从人员都剥衣露甲,手执短刀利刃,足有千人,蜂拥到诸侯面前，一个个杀气腾腾、虎视眈眈。

台上一片混乱。楚兵乘机劫掠贡物礼品，台下更是人呼马叫，喧闹非常。

宋襄公见目夷紧紧护卫在自己身边，低声道："后悔没听你的话！你赶快回国防守，不要以我个人安危为念了！"

目夷一想，跟在襄公身边，只会双双被擒，于国无益，就乘乱逃了出来。

楚成王纵兵大掠之后，把宋襄公及各小国诸侯都扣押住，还当众训骂宋襄公一顿。然后，又招来早埋伏在不远处的大军，下令："进攻宋国都城睢阳！"

目夷逃回都城，把宋襄公被劫持、楚兵将攻打睢阳的事告诉了大司马公孙固。公孙固是宋国的带兵大将，对目夷说："国家不能一天没有国君。请公子暂时充任国君，然后发号施令，这样国人才会心安。"

目夷把嘴靠近公孙固耳边轻声道："楚王抓我们国君，想以此为要挟。要想让他们放襄公回来，只能如此这般……"

"好！就这么办！"公孙固赞同。他当即何朝中众臣宣布："我们国君已不能回来了。为国家安危考虑，我们应该立即推举公子目夷为新的国君！"

众大臣知道目夷为人贤明又干练，都同意了。于是，目夷成了宋国国君。

目夷即位之日，楚军已来到睢阳城外。楚军大将斗勃对守城的公孙固说："你们国君在我们手上。快开门投降！要不你们国君性命难保！"

公孙固道："我们已有新国君了！襄公生死听凭你们，但要我们投降绝不可能！"

斗勃一怔："宋襄公还健在，你们怎么又立新国君了？"

"立国君是为了国家安全。国家已经失去了旧国君，为什么不能新立？"

"那——我们可以送回宋襄公，你们拿什么酬谢我国？"斗勃道。

公孙固大声道："故君被你们抓住，已对国家造成了侮辱，就是回来，也不能再当国君了！放不放，随你们的便！要攻城，就来吧，我们奉陪到底！"

楚成王在阵中大怒，下令攻城。但宋国毕竟也是大国，国都中人心又齐、准备又充分，所以楚军连攻三天，伤亡无数，却仍没有攻破宋国国都。

楚成王很恼火，就想杀死宋襄公。

成得臣劝道："现在就是杀了宋襄公，也不过同杀个普通百姓一样，对宋国根本没什么大伤害，反而在中原诸侯间留下咱们野蛮粗暴的印象。因为毕竟是为会盟的事闹翻的，杀他国之君就有些讲不通道理。这对我们今后主宰中原，会产生不好的影响。不如放了他，更好些。"

"放了他？"楚成王横起眼睛。

"放他回去,他能甘心目夷当国君吗?两人必然会发生内讧。这样必定使宋国大乱、力量减弱。那时,我们再借口攻打,不更容易吗?"成得臣解释。

楚成王一听有理,就用个名义,把宋襄公放了,还对众中原诸侯讲:楚国乃仁义之邦,原谅宋襄公的不礼貌行为了。

被楚国释放的宋襄公,听说目夷已接任国君,又羞又恼,却也无可奈何,便想到卫国避难。不料目夷却派车马来隆重迎接他,并致辞道:"臣暂时以国君名义守城,臣所做的一切都是为了您。宋国仍是您的宋国,怎能不回去呢?"

于是宋襄公又回到宋国。公子目夷仍作为臣子,忠心耿耿地辅佐他。

宋襄公本要当一回霸主,反而受了一场大侮辱,对楚国恨入骨髓;但因国力尚不足以与楚国为敌,便把气撒在当时会盟对楚国最依从、奉承的郑文公身上。当听说郑文公又去楚国朝拜、讨好时,顿时大发雷霆,下令:倾全国之兵,讨郑国之罪!

目夷劝道:"楚国和郑国正在交好,我们要攻打郑国,楚国必救,我怕我们难以取胜。不如先不动兵,而先在国内整顿休养,增强实力,以后有适当时机再有所举动。"

大司马公孙固也劝。

宋襄公根本听不进任何意见,内心的屈辱感已叫他失去了理智,他怒气冲冲地叫道:"你们要不想去,我一个人去!"

目夷、公孙固不好再劝,只好随同出征。

郑文公探知宋国大兵压境,慌忙派人报告楚国,向他们求救。

楚国君臣决定:不救郑,而征宋;宋师回救时,则以逸待劳,大败宋襄公。于是派成得臣为将,出兵进攻宋国。

公孙固闻知,对宋襄公说:"楚强于我,不宜正面接战。不如卖个人情给楚,解去郑国之围。"

宋襄公不以为然道:"楚国只是兵多,但仁义不足!我军兵力不足,但仁义有余!当年周武王伐纣,只三千人马却战胜纣王亿万大军,就因为是正义之师!以有道之国君,却为成得臣这样无道义国家的臣子让路,我宁死也不愿这样做!我就不信正义之师会失败!"说罢,命人在军中特制一面大旗树在车上,旗上写了两个鲜明的大字——仁义。

公孙固暗暗叫苦:打仗本是凶残的事,却又大讲仁义。不该打仗偏要打仗,必然死伤无数,又哪有仁义可言?言行矛盾,这就已藏下危机了!见宋襄公已无法被劝阻,只好下决心,尽力保护他,尽可能别让宋国灭亡。

交战那天,公孙固早早起来,请宋襄公早做准备,列队布阵。此时,宋襄公倒是听了,下令严阵以待。

两军隔一条大河对峙。

楚军决定渡过河与宋军大战。楚将斗勃对主将成得臣说:"我们应在深夜偷偷渡过河,排列好阵式。否则,宋军会在我们前头摆好阵式,我们就难以取胜了。"

成得臣笑了笑:"宋襄公这个蠢家伙迂腐不堪,根本不懂打仗。无论我军何时过河,都可以轻易打败他,有什么好顾忌的?"于是他决定天亮以后,再当着宋军的面大大咧咧渡河。

天亮后,楚军开始陆续乘船、乘筏子渡河。对岸严阵以待的宋军只静静观望。公孙固见宋襄公不动声色,忙请求道:"楚兵十分傲慢轻敌。我们趁他们刚渡了一半,突然出击,必能获胜!"

宋襄公用手一指军中的大旗:"你看到那'仁义'两个字了吗?我军光明正大,哪能搞不正当的行为?乘人之危,非仁义的君王!"

公孙固只有暗自叫苦:敌人兵力多于己方,趁其半渡,则宋军可以全军攻击其一半,兵力占优势。一旦敌人全渡过河,则兵力大大超过己方。要取胜,太难了!

这时,楚军几乎已全部过河。只见成得臣左挥右喝,调遣部队排列阵式。由于刚登岸,楚军士兵显得很慌乱,灰尘四起,喧嚣一片。

公孙固又向宋襄公请求出击:"他们还没排好阵、站稳脚,此时出击,尚可取胜!"

宋襄公怒气冲冲地把一口唾沫啐到公孙固脸上："呸！你只知道贪求一时利益，而根本不顾流芳百世的仁义之名！我们堂堂大国，庄严对阵，怎能在对手没准备好时先出击？"

公孙固无话可说。

过了一些时候，楚军列阵已成，盔甲鲜明、士气强盛，漫山遍野，旗帜飘扬。成得臣等楚国大将，耀武扬威，如入无人之境。

宋军将士，大都面有惧色、心中空虚起来。还没接战，已没了士气。

此刻，宋襄公才下令击鼓冲锋。

楚军也击鼓前进，而且声势比宋军强百倍，杀声震天、鼓声动地。

结果，两军才一交战，宋军便败下阵来。宋襄公在公孙固等人的拼命救护下，总算逃得一条性命，却也身受重伤。那面"仁义"大旗也被楚军夺去、踩得稀烂。宋军将士更是十丧八九，死伤遍野。

宋襄公逃回国都，迎接他的是一片士兵家属的恸哭。他也倍觉苍凉，但更感到气愤。而他气愤的却是："正人君子不再伤害已受伤的人，不杀死头发已花白的老兵、老将；楚国人却再三击伤我，并杀死我军大批老兵，太不讲仁义了！今后，我仍要以仁义治军打仗，绝不学楚国这种毫无仁义的野蛮行径！"

目夷、公孙固等大臣听罢,带着满身剑伤,一时哭笑不得。

于是,宋襄公迂腐地讲究仁义的故事,便在各国流传开来,并一直流传至今,成为笑柄。

就宋襄公个人而论,他在国中确实待人宽和、讲究情义礼节,品德也是国人公认较好的。但为什么却成了千古笑料了呢?

后人评说,为人处世,不可只讲权谋、权术而失去正派人品,否则,虽能小有成效,却难有大的建树;但另一面则是,只讲人品正派端庄而不会运用必要的权谋、权术,也不能取得人生的成功。

冯谖客孟尝君

孟尝君田文,是齐国相国,又是战国有名的"四公子"之一。他轻财好客,门下养的食客达数千人。他把食客列为三等:一等客人住在"代舍"里,表明他们非常有才干,可以代他做事;二等客人住在"幸舍"里,表示这类客人可为他所用;三等客人则住在"传舍"里,这类人基本上没什么本领,不过给他们些粗茶淡饭,免其饥苦而已。

有一天,一个自称冯谖的齐国人来了,表示愿意寄食在孟尝君门下。此人穿得很破烂,脚下竟是一双草鞋。不过身材体魄还算壮伟。

孟尝君很有礼貌地接待了他,问:"先生下临敝处,有什么见教?"

"没有。只不过听说您喜欢收养食客,而且不择贵贱,所以就十分冒昧地来了。"冯谖答。

"请问先生平日喜好什么学术?"

"我没什么喜好。"

"那再请问:先生有什么特长?"

"我也没什么特长,是个没本事的穷人而已。"那人不卑不亢地回答。

孟尝君笑了笑,说:"好,就住在我这儿吧。"说罢,命人把冯谖送到第三等食客所住的"传舍"去。

过了两天,冯谖坐在"传舍"门槛上,倚着门柱,把那把随身带来的连鞘也没有的剑放在膝上,满脸不快地弹着剑身,唱起来:"宝剑啊宝剑,咱们回去吧,吃饭连鱼也没有!"反复再三地,就当着来往众人的面发牢骚。

孟尝君听到后,笑道:"这是嫌提供的饭食太粗劣了!好吧,请他住进'幸舍',按二等客人标准招待他。"

二等客人吃的伙食有鱼有肉,很是精美了。可过了两天,冯谖又弹剑唱歌,发新的牢骚了:"宝剑啊宝剑,咱们回去吧,出门连车也没有!"

人们都有些烦他,纷纷嘲笑他不知足。

孟尝君听后,一怔:"这人可能是藏而不露的有大才能的人呢!快,把他请到'代舍'去吧!看看他还会有什么表现。"

这次冯谖安静了几天,白天乘车,旁若无人地到处游逛,天黑了才回来大吃大喝。可过了几天,他又弹起剑唱歌了:"宝剑啊宝剑,咱们回去吧,没钱养活家里人!"

于是,左右人等都十分厌恶冯谖,不爱搭理他。连孟尝君也皱起眉头:"这位冯先生也真难以满足啊!"但还是派人问冯谖,还有什么需要主人帮助之事。冯谖就讲到家里还有个老母亲,没人奉养,在受饥苦。孟尝君表示理解,就派人按时给冯母送去衣食钱物。直到这时,冯谖才踏实下来,再不发牢骚。

过了一年有余,有一天管家对孟尝君说:"咱家食客众多,现在所存钱粮只够一个月的开销了。"孟尝君忙查找一番,想到曾在自己的封地薛地放了不少债,就想派人代他去收讨利息及本金,以解救钱财的窘迫,于是问众食客:"哪位可以代田文去薛地跑一趟?"

那些一等食客都嫌麻烦辛苦,不愿、不屑去做这代主人收账的事。二、三等客人又怕自己干不好受责,也没人主动表示要去。这时,冯谖扫了众人一眼,抖抖衣袖,从容地站出来,静静地说:"我可以去。"

孟尝君问:"这位是?"

旁边有人抢着回答:"这位就是弹剑发牢骚、要鱼要肉、要车要马的冯谖冯先生!"口气中不无嘲讽。

孟尝君却满面含笑,过去拉住冯谖的手,连连致歉:"先生果然是有大才而不外露的人!田文性情愚钝,又被杂事搅乱了头,以前对您多有得罪!而先生不嫌弃、不记恨我,还愿帮我干这件辛苦的事,实在是太感激您了!"

冯谖淡淡一笑。

孟尝君为他整装、备车，又把薛地百姓押在这里的大捆债券郑重交给冯谖："先生，辛苦您了！"

冯谖上车，临出发时，问："收债回来，需要买些什么给您？"

孟尝君说："一切听凭先生安排，只看家里缺什么，就带回点儿什么就是了。"

冯谖一行人很快赶到薛地。

薛地是齐国国君封给孟尝君的世袭封地，有百姓近万户，不少人家都向孟尝君借过债。冯谖一来收债，人们都有些紧张害怕：天灾连年、战祸不断，连日常生活都难以支撑，要一下子还清所欠债款，这日子可就难再过下去了。自然，稍微富裕点儿的人家也有，但也不能全部偿还清，最多能还些利息。

冯谖了解了这些情况，先按部就班地让一些富户缴来所欠利息；讨债时他不急不躁，反劝人们量力而行，不要不顾自己的日常生活。然后，他把收来的为数不多（相对全部债款少得可怜）的钱财，让随从到街市上买来酒肉，又张贴告示：

"凡欠孟尝君钱物者，无论现在能不能偿还，明天都来我处，重新验明债券，商议有关事宜。"

百姓们一听有酒有肉招待，纷纷前来。

冯谖一一热情接待，并让他们喝酒吃肉。等他们酒足饭饱之后，才当众宣布："孟尝君之所以借钱、借粮、借物给大家，只为了让你们安度荒年、有所生计，而绝不是为了赚钱获利。现在我告诉大家一个好消息：由于近年天灾战祸不断，百姓生活艰苦，作为薛地的主人，孟尝君十分关心大家，唯恐自己封地内的百姓过不上好日子，所以，他决定：所有欠债，一概免除！"

说罢，让人把百姓手中债券全收上来，再把自己手中的债券也全部拿出来，堆在一起。之后，当着众人的面，一把火，把它们全烧了。

随着腾空而起的火焰，百姓们激动得热泪盈眶，跪地大呼："万岁！"

冯谖于是回来复命。

孟尝君没想到他这么迅速便完成了任务，问："债收完了？"

"全部收完了！"冯谖答，"而且还给您带回了贵重礼物呢！"

"什么礼物？"孟尝君奇怪地问。

"仁义。"

"仁义？"孟尝君迷惑不解。

"实话对您说吧，债券全让我当着百姓的面烧了。钱，我是一分一毫也没要回来。"冯谖平静地说。

"你?"孟尝君火了!

"请您息怒,听我说说其中的道理:薛地是您的封地,薛地之百姓就是您的子民,他们的人心向背对您关系重大。现在连年天灾战祸,他们已无余力余财。就算我们强征暴敛,能收回些钱物,也微不足道,于事无补。既然如此,何不做个顺水人情,干脆表示不再追还欠债,以赢得人心呢?现在,我以您的名义广施恩惠于薛地百姓,他们正称颂、感激您的恩德呢。这不是用钱给您买回了无价之宝——'仁义'了吗?"冯谖认真地说。

孟尝君听了无话可说,但心里很不高兴,认为这冯谖实在迂腐不堪,干不得一点儿实事。但碍于面子,也没怎么责怪他,只悻悻地挥挥手说:"先生辛苦了,休息去吧。"

过了不久,秦国君臣感到孟尝君在齐国为相国,使齐国声名远扬、国力强盛,这样下去,齐国必然会成为秦国的强大对手,于是采用造谣中伤、挑拨离间之计,在齐国广泛散布谣言:"孟尝君名声远播天下,各国诸侯都只知齐国的孟尝君,而不知还有个齐王了。不久,孟尝君将要取代齐王而主宰齐国了!"

孟尝君本是王族血统,齐王对他日益增加的名声本就怀有疑忌,一听谣言更加害怕,就借机在宴会上对孟尝君说:"君功高资深,为齐国两朝元勋。可我考虑:从礼节出发,为尊重您起见,不应该让您这位先王的功勋之臣再屈驾当我的臣子了。"

孟尝君当然明白其中的含义,就主动辞去相国之位,打算离开京城,回到自己的封地薛地去养老。

原先依附在孟尝君身边的数千食客,一听他不再当相国,失去了权势,而且又被齐王猜忌,很可能还有更大的危险在前面等着他,就纷纷不辞而别。到最后,只剩下冯谖一人陪着孤零零、凄惶惶的孟尝君,赶着马车向薛地而去。

一路上,孟尝君垂头丧气,悲愤交加。

可还没到薛地,就见前面尘土飞扬、人声鼎沸,有无数百姓携幼扶老、驱车乘马,蜂拥而来。

开始孟尝君吓了一跳,脸色苍白,还以为是齐王派来的伏兵要截杀他呢!

冯谖却笑笑,径直赶车朝人群驰去。及近,才清楚看到:原来是薛地百姓夹道欢迎自己的主人归来!一阵阵欢呼,一排排叩首,一样样的贡品,一句句感谢爱戴的话语……孟尝君应接不暇,起身站在车上,连连向众百姓作揖致谢,同时,眼泪也哗哗地流了下来。

"先生,您为我买的仁义,田文今天才看到,才明白它确实无价啊!"孟尝君激动地说。

冯谖道:"我为您所做的,到此只是个开头。俗话说,狡兔三窟。您现在才只有一个安身之处,这在风云变幻的政局中,还不能说已经可以高枕无忧。请您借我一乘车马,让

我出去为您活动,一定能使您重获权势、扩大封地,并有充分广阔的活动空间。"

孟尝君满足了冯谖的要求,给了他车马及金钱:"完全听任您的安排吧!"

冯谖于是乘车,西游秦国。他入见秦昭襄王:"当今人才,来到秦国做官的,都希望秦强而齐弱;而去齐国谋生的,自然愿意齐强而秦弱。秦与齐是当前两雄。两雄不能并立于天下,必然要比高低、争存亡。因此,现在对于人才的动向、归属,不可掉以轻心!"

秦昭襄王点头:"是,谁拥有了众多强有力的人才,国力必然强盛。那么今天,先生到底有什么具体指教呢?"

"大王知道齐国已经把孟尝君的相位撤了,赶他回封地薛地赋闲去了吗?"

"隐约听人说过。"

"齐国之所以能闻名天下、与秦国抗衡的重要原因,就在于有孟尝君在支撑着它。但现在齐王受人挑拨,不但不表彰其功,反要论其罪,罢他的官、夺他的势,孟尝君能不心怀愤恨吗?要是乘此时,把孟尝君请来秦国做大臣,他一定感激大王,于是自然会把齐国的各种秘密情报告诉您。我们再利用他,去谋取齐国,必定大获全胜。那时,就已经不是两雄强弱的问题,而是一生一死、一存一亡的问题了。大王不希望如此吗?"

秦王大喜。

冯谖紧接着说:"机不可失,失不再来。大王应该立即派人,乘高车、载重金,急速地、偷偷地把孟尝君接来。万一齐王悔悟,重新重用孟尝君,则秦、齐两国谁胜谁负,可就不好说了!"

当时,秦国丞相刚病逝,秦王正为一时没有合适的贤相人选而犯愁,听了冯谖的话,喜出望外。于是他马上下令,让使臣带着装饰华丽的高大马车十辆,黄金二千两,以丞相的仪仗、礼节,去迎孟尝君赴秦。

冯谖对秦王说:"请让我为大王先行告诉孟尝君,让他预先有所准备,免得让使者在齐地拖延时间,露出风声。"

秦王认为他想得很周到,办事小心细致,便让他先去齐国。

冯谖到了齐国,没去见孟尝君,而是先去见齐王:"齐、秦并雄,不分上下。当今,谁得的人才多,谁就会超过对方。现在我在路途上听人纷纷传说,秦王对您罢免了孟尝君的职务感到十分高兴,已经偷偷派人带着高车十辆、黄金千两来聘孟尝君,要拜他为秦国的丞相了!假如孟尝君西入,成为秦国丞相,把他本为齐国设计、运用的治国安邦的办法、谋略用于秦国,则秦国必然强大,我国就要危险了!"

齐王听罢,很紧张:"你说,我该怎么办?"

"乘秦使尚未到达薛地,您先恢复孟尝君的相位,再扩大他的封地。这样,他本来就是齐国宗室,又受到您的重用与信任,他还会远去西秦、辅佐异邦吗?"

齐王一拍大腿:"对!"

但齐王毕竟也富于心计,不能听冯谖一人之言便决定这么大的事,便召集满朝大臣商议。众大臣大多认为孟尝君忠心为国,没有篡位野心,齐国是上了秦国的当,中了离间计。因此,他们都极力主张恢复孟尝君的相位。齐王仍在犹豫。直到派人去边境观察,果然见秦国使臣已拥车载金而来,才最后决定,召见孟尝君。

齐王派大臣亲自去孟尝君处,赏他黄金千斤、车马无数,还赠他一把齐王自己的佩剑,并写了一封亲笔信。信中道:"寡人很糊涂,做了件错事,可能是受到魔鬼的蛊惑了!真不应该听信小人奸徒的挑拨离间,使您受到委屈、冤枉!愿您顾及我们共同的祖宗,为国家着想,赶快回到我身边,咱们一起治理齐国。"

孟尝君见信,马上兴冲冲要出发去都城。

冯谖劝告:"先别着急。请您对齐王提要求,让齐王同意把齐国历代先王的宗庙移到薛地,然后再去都城当丞相。"

"为什么?"

"先王的宗庙若移到薛地,齐王必然保护薛地不再受兵祸,也势必优恤薛地百姓,这样,百姓更会长久拥戴您,齐王也不能再轻易废黜您、伤害您了。此乃投鼠忌器,何况历代祖宗的宗庙呢？"

齐王为使孟尝君辅佐自己，自然答应他的一切要求。

就这样，孟尝君恢复了相位，又扩大了自己的封地。

秦使臣见孟尝君已复相位，只好半途折回。秦王则写信来，对孟尝君表示祝贺，并希望两国交好。还暗示若有变动，则秦国也是孟尝君当丞相的地方。

就这样，齐国都城、秦国都城及薛地，成了孟尝君三个可安身立命之处。

重新有权势以后，以前从孟尝君身边溜走的上千食客又回来了。孟尝君十分反感这些人，不准备接见、收留他们，他气愤地说："田文自问对人从不失礼，不料一旦失势，食客几乎散尽。现在依赖先生的力量，恢复了权势，这些无耻无义之徒还有什么面目再见我呢？"

冯谖笑笑，郑重地说道："荣辱盛衰，是事物的自然规律。您不见城里的集市吗？早晨时，人山人海，手推肩扛，拥来挤去，争着往里来；一到下午散市，则不一会儿就散个干干净净。所以如此，只因为这地方已对赶集求利的人没用了。人总有所求。您能因此而把早晨来的赶集人都轰走吗？那市场还能叫市场吗？所以，有权势时人多，受迫害时人少，这是正常现象。现在您既要'开市'，哪有轰'赶集人'的道理？不过心中有个把握就好了。"

孟尝君深深佩服冯谖这一番开导，重新对那些归来的人礼遇如初,那些人由于惶愧,对孟尝君也更加敬重,出谋划策、办事奔走,也更加积极主动了。

后人评说:"四公子"(赵国平原君赵胜、魏国信陵君无忌、楚国春申君黄歇、齐国孟尝君田文)在战国时期为不可缺少的杰出英雄。而由上述故事中,谁又能说平民出身的冯谖不是推动历史的豪杰?两者相比较,犹如高山上的茅草与山谷中的大树,高下之别,形势使然而已!

孙膑与庞涓斗智

孙膑和庞涓是同学,拜鬼谷子先生为师一起学习兵法。同学期间,两人情谊深厚,并结拜为兄弟,孙膑稍年长,为兄,庞涓为弟。

有一年,当听到魏国国君以优厚待遇招求天下贤才到魏国做将相时,庞涓再耐不住深山学艺的艰苦与寂寞,决定下山,谋求富贵。

孙膑则觉得自己学业尚未精熟,还想进一步深造。另外,他也舍不得离开老师,就表示先不出山。

于是庞涓一个人先走了。临行前,对孙膑说:"我们弟兄有八拜之交,情同手足。这一去,如果我能获得魏国重用,一定迎取孙兄,共同建功立业,也不枉来一回人世。"

两人紧握双手,最后洒泪而别。

庞涓到了魏国,见到魏王。魏王问他治国安邦、统兵打仗等方面的才能、见识。庞涓倾尽胸中所有,滔滔不绝地讲了很长时间,并保证说:"若用我为大将,则六国就可以在我的把握之中,我可以随心所欲统兵横行天下,战必胜,攻必克,魏国则必成为七国之首,乃至最终兼并其余六国!"

魏王听了,很兴奋,便任命他为元帅,执掌魏国兵权。庞涓确有本领,不久便入侵魏国周围的诸侯小国,连连得胜,使宋、鲁、卫、郑的国君纷纷来魏朝贺,表示愿意归属魏国。不仅如此,庞涓还领兵打败了当时很是强大的齐国军队!这一仗更提高了他的声威与地位,魏国君臣百姓都十分敬重、崇拜他。而庞涓自己也认为取得了盖世大功,不时向人夸耀,大有普天之下、舍我其谁的气势了。

这期间,孙膑却仍在山中跟随先生学习。他原来就比庞涓学得扎实,加上先生见他为人诚挚正派,又把秘不传人的孙武子兵法十三篇细细地让他学习、领会,因此,孙膑此刻的才能更远远超过庞涓了。

有一天,从山下来了魏国大臣,礼节周全、礼物丰厚,代表魏王迎取孙膑下山。孙膑以为是学弟庞涓以魏王的名义请自己共创大业,为两人的情谊并未失去而感到高兴,但又留恋自己的老师,心中不免有些矛盾。鬼谷子先生见魏国使者很真诚热情,务必要请孙膑下山,也就劝孙膑:"学本领固然不为谋个人富贵,但若有为国家百姓效力的可能,还是应施展自己才能的,你去吧!"

孙膑于是秉承师命,随魏国使臣下山。

其实，请孙膑到魏国，并非出于庞涓的推荐，而是一个了解孙膑才能的人向魏王讲述后，魏王自己决定的。

孙膑来到魏国，先去看望庞涓，并住在他府里。庞涓表面表示欢迎，但心里很是不安、不快：唯恐孙膑抢夺他一人独尊独霸的位置。且得知自己下山后，孙膑在鬼谷子先生的教诲下，学问、才能更高于从前，十分嫉妒。

第二天两人上朝。魏王对孙膑很敬重："听人讲先生独得孙武子秘传兵法，才能非凡。我盼您来，几乎到了如饥似渴的程度。今天您终于来到敝国，我太高兴啦！"接着问庞涓："我想封孙膑先生为副军师，与卿同掌兵权，卿以为如何？"

庞涓最忌讳的就是这种情况，暗自咬牙，表面上却说："臣与孙膑，同窗结义，孙膑是臣的兄长，怎么能屈居副职、在我之下？不如先拜为客卿，待建立功绩、获得国人尊敬后，直接封为军师。那时，我愿让位，甘居孙兄之下。"

魏王听罢，很满意庞涓的处世为人，便同意了。

其实，这不过是庞涓防范孙膑与他争权的计谋：客卿，半为宾客，半为臣属，不算真正的魏臣。于是孙膑自然没有实权，只空享一种较高的礼遇而已。

从此孙膑与庞涓朝夕相处。两人谈论兵法，庞涓时时因学识粗浅而无话可答，而孙膑却诚心诚意为他讲解介绍。庞涓知是孙膑学过孙子兵法所致，就故意叹气自责："愚弟当年也经先生传授，但近年忙于政务，几乎遗忘了。能不能把孙子兵书借我复习一遍？"

"此书经先生讲解后，只让我看了三天，就收了回去，并无书本在此。"孙膑诚恳地说。

"吾兄还能全部忆出吗？"庞涓问。

"基本能背下来。"

庞涓心里巴不得让孙膑告诉他，但一时又不好开口硬逼。

有一天，魏王要试验一下孙膑的才能，就在演武场，让孙、庞二人表演阵法。庞涓之阵，孙膑一眼就能看懂，并指出如何攻破。而孙膑排成一阵，庞涓却茫然不识。为怕失面子，忙偷偷问孙膑，孙膑一五一十告诉了他。庞涓听罢，赶忙走到魏王面前讲："这叫八门阵，又可以中途变为长蛇阵。"待孙膑布置完毕来到魏王面前，所回答自然与刚才庞涓所说一样。

"两卿才能并称杰出，真是魏国大幸！"魏王十分高兴。

但庞涓经过这事，便有了一种危机感。于是下决心：必须除掉孙膑！否则，日后必然屈居其下了！他心生一计，便在一次私下聚谈时，问："吾兄宗族都在齐国，现在我们二人已在魏国为官。为什么不把兄长家属宗族也接来一起享福呢？"

孙膑一听，掉下泪来："天灾战乱，我家亲属宗族早消亡殆尽了。当年，我只是由叔叔和两个堂兄孙平、孙卓带到外地流浪。后来我被放在一户人家当佣工，叔叔、堂兄也不知去向了！再后来我单身师从鬼谷先生，已多年没跟故乡亲人联络，连仅有的叔叔、堂兄怕也已不在人间了吧！"

"那么，兄长就不想念故乡吗？"

"人非草木，谁能忘本？只是现在既已做了魏臣，这事就不必提起了吧。"孙膑有些伤感地说。孙膑是齐国人，而齐、魏两国一直敌对，所以孙膑只能隐忍思乡之情。

"兄长说得有理，大丈夫随地立功，又何必非在故土？"庞涓安慰说。

半年之后，孙膑早把这次谈话忘了。有一天，忽然有山东口音的汉子来找他。及问，那人说叫丁乙，是齐国人，有孙膑堂兄孙平的书信带来。孙膑忙接过信。信中以孙平口气，讲述了兄弟情谊，告知了叔叔已去世。堂兄两人已回到齐国，希望孙膑也回到故乡，把几近消亡的孙氏家族重新建立起来。信中语气恳切、情感深重，最后再一次盼望孙膑早日归来。

孙膑看罢，不觉流下泪来。然后热情招待传信人丁乙，并写了回信请他带回去。信中讲：自己十分思念故乡，但目前已成为魏国臣子，不能很快回去。待为魏国建立了功勋，年老后，一定与两堂兄在齐地故乡相聚，欢度晚年。

不料丁乙根本不是齐国乡亲，而是庞涓的心腹家人。庞涓骗到孙膑回信，又仿其笔迹，在关键处涂改了几句："仕魏乃不得已，碍于情面。不久一定回国，为齐王效力！"然后庞涓将此信交给魏王："孙膑久有背魏向齐之心，近日又私通齐国使者。臣为忠于大王，忍痛割舍兄弟之情，现截取孙膑书信一封，请大王过目。"

"你看该怎么处理？"魏王问。

"孙膑才能不低于我，若放他归齐，将对魏国霸业不利。所以……"庞涓没说下去。

"杀掉他？"魏王一语道破。

"我与他毕竟是同学、兄弟，还是让我再劝劝他。他若同意留下来，最好。若不想留，仍要归齐与我国为敌，请大王把他发到我府中，由我监管、处置，您看怎么样？"庞涓一副为朋友尽情尽义的神色。

魏王虽气恼孙膑，但在庞涓请求下，还是同意了。

庞涓当晚见孙膑说："听说兄长接到了家书？"

孙膑对朋友毫不隐瞒："是。要我回乡。可我怎能辜负魏王及兄弟待我的深情？我已回绝了。"

"兄长真的不想念故乡？"

"久别故乡，怎能不想？只是目前不能回去。"孙膑叹道。

庞涓深表同情，说："兄长是不是请魏王准一两个月的假期，让兄长回乡扫扫亲人之墓，然后再归来？"

"恐怕魏王会怀疑我去而不归,不会答应的。"

"兄长明天试试看。我在旁边为兄长劝说几句。以兄长的为人品行,谅魏王会相信的!"庞涓道。

孙膑很感动,说:"全仗贤弟促成了!一旦扫墓归来,我一定全身心报效魏王,再无别意!"

庞涓辞别孙膑,当夜就入见魏王:"臣奉大王之命劝他回心转意。但他不但不改,反怨恨大王。他明天还要当面以请假之名,要求回齐国!我真是爱莫能助了!"庞涓一脸无可奈何。

第二天,孙膑上朝,很奇怪没见到庞涓。孙膑以为庞涓因事耽搁,就先对魏王讲出要请假回齐之事。不料话刚一出口,魏王就大发雷霆,不容他半句解释,就令武士把他抓起来,押到军师府问罪!

见到孙膑被捆绑进军师府,庞涓装作一怔:"我因事耽误一会儿,正要上朝。怎么回事?"

押解官员宣布魏王命令:"孙膑私通齐使,要叛魏投齐,请军师问罪!"

庞涓大惊失色,忙对孙膑说:"不要着急,我去魏王面前替你求情去!"说罢,急惶惶离家上朝。

及见魏王,庞涓道:"孙膑虽有私通齐使之罪,但罪不至死。以臣愚见,不如让他成为不能行走、面有罪记的废人。这样,既成全我们弟兄的情分,又无后患,您看怎么样？"

"照你意思办吧。"魏王道。

庞涓回府，流下泪来，对孙膑说："大王盛怒，判兄死罪。我力争苦求，才免于一死。但要受膑刑及黥刑。"说罢，唏嘘不已。

孙膑叹了一口气："总算保住了性命，这全赖贤弟救助愚兄了！以后我定要报答的。"

庞涓于是掩面跑出大厅。不一会儿，来了行刑的刽子手，把孙膑绑起来按在地上，用尖刀剜剔下孙膑的两块膝盖骨。孙膑惨叫一声，立刻昏了过去，在他昏迷中，脸上被用黑墨刺上"私通敌国"四字。

这时，庞涓泪流满面地走进来，亲自为孙膑上药、包扎伤口，把他抱进卧室，百般抚慰，无微不至地照料。

一个月之后，孙膑伤口基本愈合，但再不能走路，只能盘腿坐在床上，真成了废人。

此时，庞涓对孙膑更是关心体贴，一日三餐，极其丰盛。这倒使孙膑很过意不去了，总想尽自己所能为庞涓做点什么。开始庞涓什么也不让他干，后来在孙膑的再三要求下，才说："兄坐于床间，就把鬼谷先生所传的孙子兵法十三篇及注释讲解写出来吧，这也是对后世有益的善事，也可因此使吾兄扬名于万代千秋呢！"

孙膑知道庞涓也想全面学习这十三篇兵法，就高兴地答应了。而且从那天起，夜以继日地在木简上写起来，日复一日，废寝忘食，以致人都劳累得变了形。

一个照顾孙膑起居的小男孩儿为孙膑拼命工作的精神所感动，便对庞涓的一个贴身侍卫讲，是否求庞将军让孙先生休息几天。那个侍卫道："你不知道吗？庞将军只等孙膑写完兵书，就要饿死他呢！哪还会让他休息？"

小男孩儿一听，大惊，偷偷把这消息告诉了孙膑。犹如一盆凉水从头浇下，孙膑的心一下子凉透了！原来如此！原来如此啊！

第二天，正要继续写书的孙膑，当着小男孩儿及两个侍卫的面，忽然大叫一声，昏倒在地，呕吐不止，两眼翻白，四肢乱颤。过了一会儿，他醒过来，却神态恍惚，无端发怒，立起眼睛大骂："你们为什么要用毒药害我？"骂着，推翻了书案桌椅，扫掉了烛台文具，接着，抓起花费全部心血好不容易写成的部分孙子兵法，一齐扔到火盆里。立时，烈焰升起。孙膑则把身子扑向火盆，头发胡子都烧着了。

人们慌忙把他救起，他仍神志不清地又哭又骂。那些书简因抢救不及已化成灰烬。

小男孩儿赶忙向庞涓报告。

庞涓急慌慌跑来，只见孙膑满脸污秽，脏不忍睹；又趴在地上，忽而磕头求饶，忽而哈哈大笑，完全一副疯癫状态。见庞涓进来，孙膑爬上前，紧揪住他的衣服，连连磕头:"鬼谷先生救我!鬼谷先生救我!"

"我是庞涓,你别认错了!"

"鬼谷先生,鬼谷先生,我要回山!救我回山!"孙膑仍旧揪住庞涓,满嘴白沫,大喊大叫。

庞涓使劲甩开他脏兮兮的痉挛的手,心里疑惑。仔细打量孙膑半天,又问侍卫及小男孩儿:"谁对他说什么了没有?"

侍卫及小男孩儿连连摇头。

庞涓仍怀疑孙膑是装疯,就命令把他关到猪圈里。孙膑浑身污秽不堪,披头散发,全然不觉地在猪圈泥水中滚倒,直怔怔瞪着两眼,又哭又笑……

庞涓趁夜晚四周别无他人时,派人悄悄送食物给孙膑:"我是庞府下人,深知先生冤屈,实在同情您。请您悄悄吃点东西,别让庞将军知道!"

孙膑一把打翻食物,面目狰狞,厉声大骂:"你又要毒死我吗?"

来人气极,就捡起猪粪、泥块投给他。孙膑接过来就往嘴里塞,毫无知觉的模样。

于是来人回报庞涓:孙膑是真疯了。

庞涓这时才有些相信,从此任孙膑满身粪水地到处乱爬。他有时睡在街上,有时躺在马棚、猪圈里,也不管白天还是黑夜,困了就睡,醒了就又哭又笑、又骂又唱。庞涓终于放下心来，但仍命令：无论孙膑在什么地方，当天必须向他报告。

此时，真正知道孙膑是装疯避祸的只有一个人，就是当初了解孙膑的才能与智谋、向魏王推荐孙膑的人，这个人就是赫赫有名的墨子墨翟。

他把孙膑的境遇告诉了齐国大将田忌，又讲述了孙膑的杰出才能。田忌把情况报告给齐威王，齐威王要他无论用什么方法，也要把孙膑救出来，为齐国效力。

于是，田忌派人到魏国，乘庞涓的疏忽，在一个夜晚，先用一人扮作疯了的孙膑把真孙膑换出来，脱离庞涓的监视，然后载着孙膑快马加鞭逃出了魏国。直到此时，假孙膑才突然失踪。庞涓发现时，已经晚了。

孙膑到了齐国，齐王十分敬重他，田忌对他更是礼遇有加。在一件小事上孙膑表现出的智谋，尤其令齐国君臣叹服。

齐国君臣常以赛马赌输赢为戏。田忌因自己的马总不及齐王的马，经常输掉比赛。有一次孙膑目睹了齐王与田忌的三场赛马之后，对田忌说："君明日再与齐王赛马，可下人赌注，我保证您能赢。"

田忌一听，当即与齐王约定赛马，并一注千金。第二天，观众达千人。齐王的骏马耀武扬威，十分剽悍。田忌有些不安，问孙膑："先生有什么办法，使我一定取胜呢？"

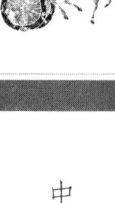

孙膑道:"齐国最好的马,自然都集中在齐王身边。我昨天看过,赛马共分三个等级,而每一等级的马,都是您的比齐王的稍逊一等。若按等级比赛,您自然三场皆输。可我们可以这样安排:以您第三等的马与齐王第一等的马比赛,必然大输。但接下来,以您第一等的马与齐王第二等的马、以您第二等的马与齐王第三等的马去比赛,就可保证胜利。因此从总结果看,两胜一负,您不就获胜了吗?"

田忌一拍额头:"我怎么就不会动脑筋呢?"于是按孙膑的话去做,果然赢了齐王千金。

再讲庞涓。庞涓在魏国掌军权,总想靠打仗提高身份与威望。在孙膑逃走后不久,他又兴兵进攻赵国,打败了赵国军队,并围住赵国都城邯郸。赵国派人到齐国求救。

齐王知孙膑有大将之才,要拜他为主将。孙膑道:"我是残废人,当大将会令敌人耻笑。还是请田忌为将才好。"于是齐王命田忌为将,孙膑不公开身份,只暗中协助田忌,为他出谋划策。

田忌起兵,要直奔邯郸解赵国之围。孙膑劝止,道:"我们远途解赵国之围,将士劳累,而魏军以逸待劳。而且赵将不是庞涓对手,等我们赶到,邯郸可能已被攻破。不如直袭魏国的襄陵,而且一路有意宣扬让庞涓得知。他必弃赵而自救。这样,我军就以逸待劳,形势就大不同了!"

田忌觉得有理,便按计行事。

结果，不费吹灰之力使邯郸脱离了危险；又在庞涓率部回救途中，正疲惫不堪时，大胜魏军，使之死伤两万余人。直到这时，庞涓才知道孙膑果然在齐国与自己为敌。

为此，庞涓日夜不安，终于想出一条离间计：他派人潜入齐国，用重金贿赂齐国相国邹忌，要他除掉孙膑。邹忌正因齐王重用孙膑，唯恐自己有朝一日被孙膑取代，便暗中设下圈套，并做假证，告发孙膑帮助田忌，要夺取齐国王位。由于庞涓派人早已在齐国到处散布谣言，说田忌、孙膑阴谋造反夺权，齐王已有些疑忌，一听邹忌所说，勃然大怒，果然削去田忌兵权，罢免了孙膑的军师之职。

庞涓大喜："孙膑被黜，我可以横行天下了！"不久，就又统兵攻侵韩国，韩国自知不能取胜，派人到齐国求救。

恰恰齐威王逝世，其子齐宣王继位，他知道田忌、孙膑被冤枉一事，便恢复了他们的职位。听到韩国求救之事，齐国君臣忙在朝堂议事。宣王问众臣：救还是不救？

邹忌主张：不救。让这两邻国自相残杀，于齐国有利。田忌等人则极力要求去救：不救，一旦韩被魏吞并，魏国力大增，必要进攻齐国。那时就危险了！

此时，只有孙膑含笑不语。

宣王问他该怎么办。孙膑道："这两种意见都不好。我们应该'救而不救，不救而救'。"

众人都不明白。

孙膑解释："不救，则魏灭韩，必危及我国；救，则魏兵必先与我军开战，等于我们代韩国打仗，韩国安然无恙，但我国无论胜败，都要大伤元气。所以这两种意见都不是很好。我认为大王应采取这样的方针：答应救韩，以安其心。韩国必然努力坚持与魏国死战。等到两国都疲惫之极，马上要分胜负时，我们再真正出兵击魏。这样，攻击已精疲力竭的魏军，不用大力；救解已快失败的韩国之危，他们也必定感激。少出力而建功多，不更好吗？"

宣王一听，佩服得鼓起掌来："太好了！"便命田忌、孙膑统兵，伺机救韩。

等韩、魏已打了段时间后，齐军又按孙膑谋划不救韩，而袭魏国都城大梁。

庞涓闻讯，暴跳如雷，大骂孙膑狡猾，发誓与齐军决一死战，于是气冲冲率师迎战齐军。

孙膑得知庞涓兵来，制止了田忌迎敌的打算。

田忌不解："以逸待劳，不是上次成功的战法吗？"

"此次不同，庞涓怀愤怒、挟气势而来，若正面交锋，我军纵胜，损失亦大。不如如此这般……"孙膑小声说出计策。

庞涓提兵赶到魏国，齐军已撤离。庞涓决心与孙膑拼个你死我活，拼命追击。追击前，他派人去数齐军营垒中的灶迹，一听竟有十万之多，吃了一惊："齐军人多，我们不可轻敌！"待追了一天，再数齐军遗下灶迹，只剩五万了。庞涓大喜："齐兵厌战，更闻风丧胆，逃亡过半了！快追！"及第三天，齐军只有三万个灶了。庞涓再也抑制不住冲动，下令："不顾一切，尽快赶上去，务必活捉孙膑！"自己更是披甲执戈，亲自率二万轻骑，日夜兼程追击齐军。

再说孙膑，计算日程、地点后，在马陵道设下埋伏。马陵道，是夹在两山间的峡谷，易进难出。孙膑又让人在道中一棵大树上刮下大片树皮，用墨写上六个大字："庞涓死此树下。"然后在附近安排五千弓弩手，命令："只看树下火把点亮，就一齐放箭！"

庞涓赶到马陵道，已是黄昏时分。士兵报告："前面谷口，有断树乱石堵住道路了！"庞涓大喜："这说明敌军畏惧，而且马上要追上他们了！快，搬开障碍，冲锋！"说罢，一马当先，率部队冲入峡谷。

正快速前进，忽然被一棵大树挡住去路，隐约见到树身有字迹。此时天色已黑，无星无月，只冷风飕飕，山鸟惊啼。庞涓令人点亮火把，亲自上前辨认树上之字。及看清，立刻大惊失色："我中计了！"话音未落，一声锣响，万弩齐发，箭如骤雨，庞涓浑身上下像刺猬一样，"扑通"栽倒在地，呜呼身亡。

以害人始，以害己终。捣鬼有效，但毕竟有限，这就是孙膑与庞涓的故事留给后人的启示。

邹忌巧劝齐威王

齐威王算得上是一位欲有所作为的君主,但也有一般君王共有的毛病:喜欢听奉承赞美之语,反感批评指责之言。因此,在他治理下的齐国朝政,可谓利弊并生、是非同在。

齐威王的相国叫邹忌,这是个很有见识,并善于把自己的观点、见解让人接受的人。

邹忌身材修长挺拔,面目端庄俊美,可以说是位相貌出色的人物。

有一天早晨,邹忌穿衣戴冠时,望着铜镜中自己漂亮优雅的形象,不无欣赏、不无得意地问旁边的妻子:"你看,我与城北那徐公相比,谁美?"

"你比他漂亮,他不能跟你比的。"妻子用爱戴的眼光上下打量自己的丈夫,亲密地说。

徐公,是齐国公认的第一位美男子。邹忌听妻子说完,虽高兴,但不免缺乏自信。又扭头,对正照料他洗漱的妾问:"你说说看,我和徐公谁更好看?"

那个妾很年轻,刚进邹府不久,听邹忌问,慌忙抬起头,看了邹忌一眼,见邹忌正目不转睛盯着自己看,忙又低下头,眼皮也不敢抬,怯怯地说:"您非常美,徐公哪儿能跟您比呢!"

邹忌听罢,哈哈大笑,很是痛快。然后,兴冲冲走到前厅,往来踱步,自顾自举手、投足,自我欣赏起来。

此刻,有几个客人登门拜访。门卫进来报告,问邹忌见不见。

邹忌一问客人姓名,就皱起了眉头:又是请求自己在齐王面前为他们说好话,以便获取一官半职的叫他讨厌的家伙。已经来过几回,都被他拒之门外。

"请问相国,是否叫他们走?"门卫问。

"让他们进来吧!反正早晚也得应付一次。"邹忌今日情绪好,所以显得比平时宽容。

那几个来客小心翼翼地来到客厅,向邹忌行礼致意。

"见到相国大人如此高雅绝伦,我辈简直无地自容了!"其中一人很会说话,刚见面就赞美邹忌的相貌风骨。

邹忌高兴起来,乘兴笑问:"你们在外边到处奔走,见的人多。你们说说看,我和城北徐公,谁更俊美脱俗?"

几个客人互相看了看,一齐大声说:"那个徐公只能在一般人面前炫耀。哪能与您相提并论呢?他根本无法跟你相比，差得太远啦！"

邹忌兴奋至极。于是在后面的谈话中，很痛快地答应了这几个人的请求，同意替他们在齐王面前美言。

几个客人再三拜谢而去。

作为相国，一直不好意思公开向外人询问自己长相如何，因此邹忌虽觉自己长得不错，却从没能确切了解自己的形象在国人眼中的地位。今天偶然间得知，自己竟是齐国最为俊美的男子，真是心花怒放，一整个白天加上一整夜，都感到幸福至极。

非常巧，第二天，那个徐公因事来到邹忌府中。

充满自信的邹忌又特意把自己从头到脚认真打扮修饰了一番，然后昂扬出去相见——他决心要在自己家中，当着众人的面，把徐公比下去，进而在国民心中确立自己的"第一美男子"的位置。

可刚走进客厅，邹忌就愣住了，以致一时竟木呆呆站在那里，半句话也说不出——眼前这位徐公，实在是俊美绝伦、人间罕见！其不仅是五官端秀、身材伟岸，而且分明有一种无法用语言说出的出类拔萃的气质、风格！邹忌在他面前，立刻感到了窘迫与压抑！

"相国大人，今日神色不大好，生病了吗？"徐公殷勤有礼地问道。

邹忌益发无地自容了：自己觉得很美的面容，在徐公眼中竟如病态！还用比吗？也许人家是有意给自己找借口，替自己遮羞呢！

邹忌十分狼狈，勉强应酬几句，忙借口跑进内室，对着镜子再次仔细端详自己的形象，——与刚才所见的徐公相比，更觉得自己不如人家，不但不如，而且还差得很远！

这件事让他沉思良久，并悟出了一个道理。于是便进见齐威王。

"臣明明不如徐公美，可妻、妾、客人都不说出真实情况，而为我遮羞掩丑，为什么呢？"邹忌望着威王问。

"是啊，这是怎么回事呢？"威王很感兴趣。

"翻来覆去想过，我终于明白了：妻说我比徐公美，是因夫妻感情而偏爱我；妾之所以说我美，是由于身份卑微而怕我；客人之所以不顾事实、一味奉承我，是为了有求于我！"邹忌一一分析。

"是。是这么个道理！"齐威王十分赞同，也感叹不已，"出于各种原因，人们很难说真话呢！"

邹忌紧接着道："由此事我就联想到大王您了！"

"我？我怎么了？"齐威王一怔。

邹忌道："您想，您的后宫嫔妃侍女，哪一个不偏爱您？满朝文武大臣，又有哪一个不怕您？全国百姓，又有谁不有求于您呢？"

"这倒是。"威王承认。

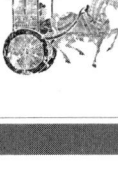

"由此可知：尽管众人在大王面前总是歌功颂德，极力赞美您，赞美您治理下的齐国如何公正廉明、奖罚分明、百官尽职、百姓乐业，把您说成是与古时尧、舜一样贤明的君王，但实际上，恐怕有不少缺点、弊端，他们见到而不敢说呢！"邹忌终于把谈话内容转到政治上来。

"这完全可能。"威王恍然觉悟了。

"那么，难道您愿意像我在徐公面前那样，狼狈不堪、自寻窘迫吗？我想当然不会。相貌是天生，治国却全凭人为。所以，您完全能避免今后可能出现的尴尬！"

齐威王此时已完全明白了邹忌的意思："好。咱们马上见诸行动！"于是下令并公布于朝野各地："敢当面指责我行政弊端、为人缺点的，无论什么人，给他一等奖赏；上书奏章，以文字形式批评、指正我的人，给他二等奖赏；在街头巷尾一起发牢骚、议论、嘲讽、讥刺我的过失而让我听到的，不管话说得如何不好听，说话人也要受到三等奖赏！"

此令一下，在朝野引起巨大反响。开始的几周内，来朝堂面见齐威王，当面劝谏、批评、剖析，指正朝廷弊端、齐王缺点的人，络绎不绝，人头攒动，朝廷大门内外几乎和城中集市没什么两样。后来的一两个月内，来的人就稀少了些，只断断续续有从远处赶来的官绅、百姓，对威王提些意见。再以后，无论怎样提高赏金，也没人再提出什么意见了——因为齐威王已经改过自新，无论朝政还是自身，均很难再被挑剔出什么毛病了。于是，此时的朝廷门外，可以说"门可罗雀"了。

一年以后，齐国迅速强盛起来，国民上下一心，拥戴齐威王。无论政治的清明、经济的繁荣还是兵力的强大，齐国均首屈一指。

齐威王的声威远播天下，于是，赵、魏、韩、燕诸国，都派使臣来朝拜，表示尊敬。

就这样，以"不战而胜"的方式，齐国大获成功。而邹忌以巧妙的方式让听不惯批评的齐威王心甘情愿地接受国内各种人士直言不讳的指责，这种劝说技巧也一直被后人所称颂。

楚庄王的韬晦与宽容

楚庄王即位以后,根本没有一点儿奋发有为、抱负远大的样子,让很多大臣很失望:原来都一直以为他是个精干有为之人呢!楚国当时国政混乱,又大敌当前(宋国、晋国都虎视眈眈,随时有发生战争的可能),本要立一个新国君,一改软弱无能、昏庸无志的政治风气,却又碰上了这样的君主。大臣们不觉连声叹气。只剩下唯一的希望——这位新国君不久以后能振作起来。

但是,一连三年,这位庄王什么法规号令也不发,什么政事要务也不管,整天就知道带着贴身侍从在郊外打猎玩耍;回到宫里,就只知道不分昼夜地和后宫女人喝酒享乐,把朝廷大事全推给令尹斗越椒,任他随意处理,概不过问。

三年中,不断有大臣劝谏他、甚至责怪他,但他充耳不闻,依然我行我素。后来听烦了,干脆在宫门前挂一大牌子,上面写上他的戒令:"有再敢批评我、劝谏我,不让我痛快过日子的,不管是谁,绝不轻饶,一概处死。"

果然,当有人出于对他的爱护、对楚国形势的担忧,又来劝谏他改邪归正时,这位楚庄王就残酷地处死了这个人。一时,朝野震动,大家都认为楚国又碰上了一个荒淫残暴的昏庸国君。杀了劝谏者以后,楚庄王愈加胡作非为,把朝廷及后宫弄得杂乱无章、天昏地暗。

这时,一位叫申无畏的大夫实在看不下去了,同时又对自己看着长大、并一直以为还精干有志的庄王近年的举止感到疑惑,便冒险进见楚庄王。

及进宫中,只见庄王左边搂着郑国美女,右边抱着蔡国娇娃,大咧咧又开腿坐在酒桌前,正边听旁边的乐师奏乐,边饮酒嬉戏。见申无畏进来,睡眼惺忪地问:"申大夫来啦!想喝酒还是听音乐?快坐下陪我一起乐乐!"

申无畏站到庄王面前,笑笑说:"臣来见大王,既不是想喝酒,也不是来听音乐。"

"怎么,那你是来劝我什么的了?"楚庄王立刻清醒起来,满脸杀气。

"这我可不敢!"申无畏说,"只是因为刚才走在郊外,有个说谜语的怪人对我说了个谜语,臣一时猜不出来什么意思。知道大王天性聪明,所以想向大王请教一下,以解臣的疑惑。"

"嘿!这倒挺有趣儿!是什么谜语连申大夫这样机灵的

人都猜不出来？快说给我听听！"庄王来了兴致，着急地催问。

申无畏没马上说，而是静静望着庄王很久没出声。

庄王被他神秘又庄重的态度影响，也一言不发，默默等待申无畏开口。

君臣两人凝视片刻后，申无畏说话了，声音很轻，几乎只有他两人才能听到，但音调严肃、一丝不苟：

"有一只大鸟，身上有五彩缤纷、异常美丽的羽毛，让人一见就明白这鸟很名贵。可是它落在楚国最高的山峰顶上，已经达三年之久了，却不见其飞、不闻其鸣。请问大王：您说这是只什么鸟？它这样表现，又是怎么回事？"

楚庄公微微一笑，眼睛紧盯着申无畏："这当然是只非同一般的鸟。三年不飞，则可一飞冲天；三年不鸣，势必一鸣惊人。你等着看就是了。"

"谢大王指教，使臣如拨开乌云、重见太阳一样。"申无畏恭恭敬敬地对庄王施了一礼，转身退出宫门。

可是又过了一个月，庄王仍然没有一点儿新面目、新气象，反而比前些时候享乐荒淫得更凶。

这时，另一位大夫苏从请见庄王。刚一看见庄王，他就放声大哭。

"你怎么啦？为什么伤心成这般模样？"

"臣是为自己要死和楚国将亡而痛哭！"苏从道。

庄王奇怪："你为什么要死？楚国又为什么将亡？"

"臣要是劝谏大王改邪归正，大王必然不听，且要杀死臣。臣死后楚国再没有敢劝告您的人，您必然更加放纵淫逸，楚国政事必然更加散乱腐败，不就马上要灭亡了吗？"

庄王勃然大怒："我已下令明告朝臣，有胆敢再谏者死！你明知劝我必死，可又故意来说这些话，真蠢得不想活了吗？"

苏从镇定自若，冷笑道："我是蠢得很，可还不及大王之蠢呢！"

庄王拔剑而起，逼上来喝问："我怎么比你还蠢？说！"

"大王乃万乘大国的君主，主宰着无与伦比的财富、兵马、地域，处于振臂一呼、天下震动的极富权威的位置，何等显贵尊荣！万世基业正等待您去开创！可现在，大王却沉湎于酒色音乐之间，不理朝政、不亲贤才、滥杀忠良，以致大国欲攻于外、小国已叛于内，眼看江山不保、国家败亡！为图一时欢乐，而丢弃了万世大业，不愚蠢吗？另外，臣被大王杀死，反可在历史上留下忠臣美名；大王国破家亡，到时想当个卑贱小人怕也当不成，而最终将作为无道匹夫被历史唾弃，到底谁比谁更蠢？好了，该说的话我都说完了，请借大王佩剑一用！"苏从跪下身躯，向庄王求剑。

庄王退后一步，问："要剑何用？"

"臣当自刎于堂前，以成全大王'谏者必死'的命令。"

苏从高举双手，再一次求剑。

庄王脸上神色猛然一变，庄重肃穆至极，弯腰伸手，紧紧扶起苏从，激动地大声道："大夫确是忠臣！我要向你致敬了！"说罢，向苏从深施一礼。

苏从大惊，连连退避。

庄王郑重地握住苏从的手说："我其实哪有心思喝酒享乐？我是一天也睡不安稳啊！我之所以这样装昏庸残暴、无能无志，难道大夫就不能体察我的良苦用心与艰难处境吗？"

苏从顿时全明白了，激动地握紧庄王的手，一句话也说不出来了。

原来，庄王即位时，面对的是一副极难挑、又极危险的担子：令尹斗越椒，权倾朝野，爪牙遍布，已半公开露出要夺权自立的政治野心。而朝中大臣迫于威压或趋于势利，在庄王即位后，都没有表示出明确立场，大多在庄王与斗越椒之间观望。庄王身边本已到处是斗越椒的耳目，遍视朝中，又一时看不清，哪些是忠臣可为自己所用、哪些是叛党只跟令尹一边，所以，为麻痹对方，庄王才不得已装出一副糊涂昏庸模样。而在暗中，他则冷眼观察、考验朝中每一个人，分析他们的倾向、立场。在大体清楚之后，他特意挂出"劝者必死"的戒牌，以此来看看朝臣中到底有没有可为自己而死的忠臣。因为只有这样的忠义正直、连死都不怕的大臣，才是自己真正的依靠、重用的对象！他之所以忍痛杀了第一个劝谏他的人，也就是为了增加这种考验的真实程度。现在，苏从果然不怕死，为国为君无所畏惧，正是庄王暗中盼望见到的人！

楚庄王把苏从带入密室，认真地把内心所想、眼中所见的一切，全告诉了他，并仔细周全地和苏从商议了如何纠集力量、寻找时机，彻底铲除斗越椒的势力的计划。

一切安排准备就绪以后，楚庄王马上像换了一个人似的，英姿勃发、果敢刚毅，又明智老练。他先下令在宫内把所有钟鼓乐器全部撤走，又把郑姬、蔡女们从身边赶走。然后上朝，大集群臣，重新安排政事、分派官员，把斗越椒大权独揽的局面一举改变。

斗越椒发觉上当，果然愤愤不平，不久便公开起兵叛变。由于庄王早有准备，当初所谓打猎时又早已进行过多次实战演习，因此，很快击败了斗越椒的部队，并杀死了这个日夜企图篡位夺权的野心家，使楚国大权重归王室。

接着，又派得力大将、可靠良臣，统兵出击一直在境外寻衅的宋、晋等国的军队，并大获全胜。楚国从此开始称霸中原，楚庄王也成为历史上有名的春秋五霸（齐桓公、晋文公、秦穆公、宋襄公、楚庄王）之一，声威赫赫，青史留名。

楚庄王尽管可以装得十分残暴凶蛮，但其本人并非真是那一类人。相反，作为一位国君，从政治需要出发，他十分懂得：待部下、臣属一定要宽厚、理解、体谅，只有这样，才能获得他们的忠心支持，以建立霸业。

就在击败叛军、杀死斗越椒的那场战斗之后，楚庄王在宫中大摆宴席，开盛大庆功会。楚庄王举杯祝酒："今天，叛臣授首，国内终于得到安宁。我愿意与众位爱卿来一次尽兴的宴会，就叫此宴为'太平宴'吧！今天，不论文武，也不论官阶大小，所有人都来坐席聚饮，咱们大家一定要喝个痛快、尽欢尽兴！"

群臣将士无不欢欣，齐声拜谢，依次坐下后，就饮起酒来。

庄王又命人奏乐，接着对大家说："当初我是强作欢颜，以乐代哭而已。今天，我们才真正地享受音乐之美呢！"

众人大笑，均向楚庄王表示敬意。

于是，宴会气氛十分欢娱、热烈。钟鼓齐鸣，杯盏相碰，笑语欣欣。而随着厨师送上一道道的菜肴，更有阵阵引人食欲的香气随风溢散，酒醉、情欢、菜香，把所有参加宴饮的人都带入一种痛快淋漓、以至忘乎所以的极乐境界。

庄王更是高兴，为使宴会再掀高潮，也为了表彰在座众臣在刚结束的战斗中所表现出的忠勇，就把自己最喜欢的妃子许姬叫出来，让她代庄王给各位臣子斟酒。

许姬长得美丽动人，轻移莲步，笑启朱唇，到每位大臣身前，轻声致意，然后满斟一杯酒，劝这位被敬者一饮而尽。

大臣们十分感动，情绪更为昂扬，凡许姬斟好酒的，无不礼貌而激动地站起身，双手捧杯，向庄王致敬后，一饮而尽。正当许姬又给一位大臣斟好酒，刚要劝饮时，从殿外猛地刮来一阵大风，呼啦啦极为猛烈，一下子把殿中所有的蜡烛全吹灭了。顿时，殿上一片漆黑。人们吃了一惊，不免有些骚乱。

就在这时，许姬感到有个人来到自己身边，在黑暗中揪住她的衣襟，并对她动手动脚。许姬又惊又气，使劲摆脱了这个人，同时顺手揪下这个人帽子上的缨饰。那人吓了一跳，慌忙放手。许姬拿着那人的缨饰，快步走到庄王跟前，小声说："妾刚才奉命为百官把盏劝酒，内中一人乘烛灭，暗中调戏妾身。妾已经悄悄把他的头缨揪在手里。请大王下令，点亮蜡烛后查出此非礼之徒，严加惩处！"

庄王一听，马上对正要点蜡烛的侍从人员大喊："先不要点烛！今天我要与众位来个忘形尽兴的欢宴，谁也不要假斯文，装模作样！现在我命令：所有人都把自己帽子上的缨饰揪下来扔了！然后大家痛饮。不揪缨饰的人就不算真正尽欢！"

于是，百官大笑，纷纷摘去头上的缨饰。

之后，楚庄王才命令："可以点烛了！"

立刻，烛光大亮，殿内辉煌。众大臣互相望着对方揪去缨饰、衣冠不整的模样，哈哈大笑。及抬头，见楚庄王也是帽歪缨掉、不拘形迹的模样，更是大呼"万岁"！

这一宴会，直到天快亮时才结束。众大臣一个个东摇西晃又兴致不减地离去后，许姬来到庄王面前，见庄王没一点酒醉样子，就嗔怪道："妾听说平民百姓中，十分注意男女授受不亲。何况君臣之间呢！今天，大王让妾给臣子斟酒，这体现了君对臣的敬意。可是竟有人做出亵渎大王之举，在暗中调戏妾身。大王不但不发怒搜查惩处此人，反而还有意掩护，今后还怎么严肃君臣礼仪、端正男女规矩呢？"

庄王笑了，拍拍她的手背，亲切地说："这就不是你们妇道人家所能明白的道理了。按古礼，君臣宴会，酒不能超过三杯，时间更不能太久，更不允许通宵达旦聚会豪饮。之所以如此规定，就是为了防止酒后失态，有损君臣礼法。而今天，我是特意要大家尽兴尽欢，所以不单酒喝得多，又从下午喝到夜里。人们能不多少有些失态吗？所以酒后无礼，又尤其是在你这样可爱的妇人面前，也是人之常情。你要怪罪，也只怪罪我才对。如果我按你的要求去做，把那人抓起来，不但破坏了宴会气氛，也使众人觉得我这个人只为维护妇女的节操，而宁可让朝中大臣难堪并伤害他们的自尊自爱之心。你说，那样做好吗？是一个君王所应做的举动吗？"

听了庄王这一番语重心长的解释，许姬十分叹服，再不埋怨了。

不久，在一次与敌国的战斗中，庄王偶然失利，被敌兵追赶，情况十分危急。此刻，一个紧跟在身边的将领突然返身，朝敌军冲去。只见他奋勇拼杀，冒着箭雨，为庄王断后。庄王很感动，跑回去与那人并肩作战。那将领大叫："此处有我在，大王快走！"

"咱们一起撤退，这里太危险了！"庄王喊道。

那位将领厉声道："楚国可以没有我，但不能没有大王！大王快走！"说罢一推庄王，自己则勇猛地冲向追兵。

庄王热泪盈眶，向已冲出很远的救命之人大声询问："壮士叫什么名字？我绝不会忘记你！"

"我就是那个被揪去缨饰的人！"勇士的声音从厮杀处传来，在庄王耳边久久回荡。

在这次战斗中，由于那无名勇士的舍命相救，楚庄王才安然无恙。因此，楚庄王"绝缨大会"的故事，一直流传至今。

郑袖对待魏美人

战国时期，楚国比东方其余五国——燕、韩、赵、魏、齐要强大。

此时楚国当政的是楚怀王。楚怀王这个人，爱好女色而性格暴烈，后宫女子无数，但一个个在楚怀王面前战战兢兢、不敢随便说笑。因为怀王喜怒无常又残酷无情：刚刚才爱如掌上明珠呢，一句话说得不中听，就会被拉出去砍头。这样就形成恶性循环——宫女越拘谨，楚王越厌恶；楚王越不痛快，也就越打骂鞭杀得凶。以致怀王一进后宫，就火冒三丈，瞪起眼睛，以杀人为唯一泄愤的手段。到后来，三千宫女他一个也不见，而把全部宠爱都集中到一个人身上。他对这个人温和慈蔼、关心体贴，言无不听、计无不从。由于怀王心有所钟，便不再注意宫中其他女子，这些女子自然死里逃生，她们万分感激这个使楚怀王无暇他顾的王妃。

这个王妃就是郑袖。

郑袖是郑国人。郑国是二等小国，与当时的"七雄"不能相比，由于郑国在地理位置上靠近魏国，所以时常受到魏国侵犯、欺辱。因此，为了寻求南方邻国楚国的保护以抵制东方邻国魏国的欺侮逼压，郑国国君便选择美女郑袖，送到楚宫中来。郑袖长得唇红齿白，长发如墨，五官端正，身材修长，确实有美人的风姿。但她家世很不幸：父亲曾为郑国大夫，但在一次反侵略战争中，被魏军杀死，母亲及其余家人也大都在那场战争中死于非命，只有郑袖侥幸存活下来。年幼的郑袖，寄人篱下，备尝辛苦，又多年流离奔波以避战乱，更经历了各种人生坎坷、看尽了世态人情。因此，到她长大成人时，早不是一般徒具美貌的姑娘，而是一个富心机、善谋略的女子了。而与其说是被选入楚，还不如说是她主动要求入楚的：她为报父仇、雪家耻、护祖国，心甘情愿到楚怀王身边。

进入楚宫后，郑袖以她独具风采的美丽立刻吸引住了怀王。怀王厌倦了宫中僵板的面孔、胆怯的面孔、五官虽好但毫无灵气的神态，他只希望自己的王妃是既美丽超人又聪明灵慧、既温柔可爱又刚强有力的真正的女人，而不是个抹涂花哨的木偶。因此，他一见郑袖，像发现了久觅不得的宝珠或骏马，眼睛顿时发亮，连呼吸都急促起来。待与她交谈几句，见郑袖对答爽朗、言辞不俗，有一股英武之气，更是喜不自胜，立刻上前动手动脚起来。

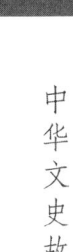

"请大王注意身份才好。"想不到郑袖竟一脸庄重,毫无献媚取宠的表现。

怀王一怔,刚要发火,却有一个坚定的声音传来。

"臣妾侍候大王,为图大王王位稳固长久、楚国兴旺发达,非只供大王一时肉欲之乐的。为大王计,当着朝臣百官之面,尤其当着我郑国使臣的面,还是应有大国君主风度,体现出大王的雄伟身姿、贤明态度、端正人格才好。若因臣妾而使大王形象有所损伤,则非臣妾所愿!"郑袖静静地说。

当时,郑袖刚由郑国使臣送到楚国,正在楚国朝堂上与怀王初见。

怀王这人,从没受到过女人的拒绝,开始时很想发作,及听郑袖一番言辞,顿时心花怒放,连礼节也顾不上,双手紧拉住郑袖的双手,连连认错:"好!我就盼着你这样的人入主后宫呢!"立时,封郑袖为王妃。

从此,郑袖成了楚宫中让怀王唯一宠爱的人。她也确实可敬又可爱。在怀王面前,她可以庄重地议论天下大事,令这位君主也自愧不如;而在床帷卧室间,她又体贴温柔、娇媚万种,令怀王神魂颠倒、不知今夕何夕。到后来,怀王几乎到了一日不见郑袖就吃睡不宁、失魂落魄的程度。

郑袖对后宫上千名宫女,则关心怜惜、嘘寒问暖,毫无受宠王妃的骄纵狂妄,完全是宽厚淑惠的形象。众宫女无不对她感激涕零,视她为救命恩人、亲生姐妹。

但是，楚怀王毕竟是楚怀王，好色荒淫的劣根本性并没有因郑袖而改变，见异思迁、喜新厌旧的恶习更没有因郑袖的出现而消失。

因此，当魏国为了寻求楚国的支持、援助，以抵御当时最强大的秦国吞并，给楚怀王送来新的美人时，楚怀王就心旌动摇、不能自持了。不过倒也不能全怪怀王，这位魏美人也确实非比寻常。用"国色天香""倾国倾城"之类的赞美之词似乎都已不能表现她的神姿仙态，在她飘飘欲仙、美艳绝伦的形象面前，一切人与物都失去了颜色。就连那些美丽不凡的宫女们，与她相比，也都自惭形秽，恨不得赶快找个地洞钻进去！

楚怀王欢喜异常，当即拥魏美人进入寝宫，寻欢作乐起来。一连十余天，不理朝政、不见朝臣，连魏美人所住的宫殿大门也没再迈出半步。

众宫女都为郑袖抱不平，在一起大声议论，嘲讽、责骂这位新得宠的魏美人。

只有郑袖，平静如初，态度安详从容，举止益发优雅谦和。

"您就不生气吗？"一位平日很受郑袖关照的怀王的贴身侍卫私下悄悄问她。

"为什么要生气呢？怀王高兴，做王妃的能不高兴吗？新美人乍来，自然情浓意切，也是人之常情。"郑袖真诚地说。又道:"魏美人初入楚宫,会有许多不习惯、不方便之处。请你代我问问,她缺什么,尽快告诉我。"

那侍卫迷惑不解地看着郑袖。

"我毕竟是王妃,又长几岁,不应像对待亲妹妹那样,关心照顾魏美人吗?快去吧。"郑袖满脸关切,语气极为和善。

那侍卫感动不已,快速离去了。

自然,既是怀王宠爱的美人,一切设施、用具根本不缺,而且一切都是最好的。尽管如此,郑袖仍一再派人为魏美人送去各种生活用品、新鲜漂亮的服装。每当自己吃到美味适口的佳肴,也马上让宫女分送给魏美人。有一次听说魏美人所乘的车子有点儿小毛病,她马上把自己王妃的车马送给魏美人……总之,对魏美人真是关心体贴得无微不至,胜过亲姐姐。

开始时,魏美人认为自己夺了人家的宠爱,有些不好意思,因此一直不敢去见郑袖。

郑袖并没有因此责怪其失礼,反亲自来到魏美人宫中探望。这使魏美人感动不已,连忙施礼、告罪:"妾年幼无知、缺乏礼仪。所幸王妃不降罪,已经不安。今王妃降临敝处,简直让臣妾无地自容了!"

郑袖双手扶起魏美人,亲切地为她扯平衣服上的褶皱,然后笑道:"妹妹如此就见外了!近来忙于别事,一直没很

好关照妹妹,迟至今天才来看你,还请你不要怪我这个当姐姐的架子大、对人冷淡呢!"

见郑袖王妃这样和蔼可亲,魏美人的拘谨不安顿时消失了,两人亲密无间地攀谈起来,完全胜过嫡亲姐妹了。

"咱们做女人的,能让大王感到快乐,就是最大的幸福了。大王如此喜爱妹妹,近来精神大振、身体康健,比在我身边时强上百倍。大王身心愉快,不就是楚国的大喜事吗?为此,我真心地向你致谢了!"郑袖说罢,冲魏美人施了一礼。

魏美人感动得眼泪都下来了,她哽咽地说:"想不到王妃这样宽厚仁爱,心境高洁!今后,您就是我的亲姐姐了!"

从此,两人来往十分密切。只要怀王不在宫中,两人就一起谈天、游乐,互相爱护,彼此敬重。宫中众人都为郑袖的为人品格所深深感动。

这一切,当然都被楚怀王看在眼里,他也十分感动。开始,因自己另有新欢、冷落了郑袖,自己也觉得不好意思,所以每当见了郑袖,就不免有些不自然。倒是郑袖主动地过问大王身体、生活状况,尤其真诚地过问魏美人的所需所求,以便派人及时送去,并再三表示:自己这个后宫主妇,一定不让魏美人受委屈。楚怀王终于自在起来,再不为自己宠幸新人而不好意思了。同时,对郑袖则更加敬重,更加信任,以至当众说:"女人总是以色相取悦夫君,彼此间生些嫉妒，也是人之常情。而郑王妃知道魏美人比自己姿色好，又知我喜欢魏美人，非但不嫉妒生气，反而对魏美人的关心体贴胜过我！这真是难得的品行啊！这完全是孝子对待父母、臣子忠于君王的态度！只要父母、君王满意，则子女、臣子将自身的情感都置之度外——郑王妃对我，不正是如此吗？"

从此，楚怀王尽管仍宠爱魏美人，但对郑袖却更为尊敬、信任，又恢复了亲密的夫妻关系。

又过了一段时间，郑袖与魏美人私下在卧室内谈话时，悄悄告诉魏美人："昨天大王与我说，魏美人什么地方都长得美艳绝伦，简直让人神魂颠倒呢！"

魏美人脸上泛出红晕，不好意思又内心欢喜地低下头来。

"说实在的，我要是个男人，一定也会被你迷倒呢！"郑袖笑着说。

魏美人益发不好意思："姐姐净瞎说。我真就那么好看？我怎么总觉得自己像个丑八怪呢！"

"妹妹要是丑八怪，我还不成了母夜叉？"郑袖亲密地搂着魏美人的肩膀，把嘴附在她耳边，又小声说道，"不过实话告诉你呀，大王也跟我说了一点，就是觉得你的鼻子上长的这个小红点儿，有时让他有点别扭，以至于他一贴近你看到这个红点儿，就……"

魏美人近日鼻子上长了个小红脓包儿，可能是营养过于

充足的缘故吧。听了郑袖暗示的那些话语，魏美人不好意思起来，却又下意识拿过镜子端详起自己的鼻子来。果然，连自己也觉得不大雅观：就在鼻尖上，出现一个红肿的小包儿，而且看来，这小包儿不会一两天就消失。于是魏美人叹口气："真讨厌！连我都看着不顺眼了！干脆，这几天我躲开大王，待小包儿消失后再见他。我可不愿意把任何一点儿小欠缺让大王看到！"

魏美人这种心理也可以理解，绝美的人怎能让别人挑出一点儿毛病呢？尤其是，若因此失去了怀王宠爱，更是可怕的不堪忍受的耻辱了！年轻的魏美人心高气傲，一时心情烦躁。

"大王一日不见你，也受不了呢！躲开几天？根本不可能！"郑袖说。

"那，怎么办？好姐姐，快帮我想个主意吧！"魏美人几乎在央求了。

郑袖沉吟了片刻："只好这样了，明天你见到怀王时，便用衣袖遮住鼻子，避过两天，也就没事了！"

"行。也只有这样了！"魏美人无可奈何地答应，同时对郑袖表示感谢。

"谢什么呢？咱俩情同姐妹，我可不想看到你在大王面前失宠，而让别的美人代替你。"郑袖道。

魏美人回去后，郑袖借故来到怀王身边。说了些无关紧要的话题后，渐渐谈到了魏美人。郑袖以最亲密的夫妻间的口气对怀王说："大王也要注意到自己的形象了呢！"

"你说什么？我怎么啦？"怀王近日因国内事务不顺心，情绪很不好，一听郑袖的话顿时要发火。

郑袖温和地拉怀王坐下来，非常体贴地说："人家魏美人是个多么可爱的美人！谁不想让她喜欢自己呢！我要是男人，一定比你更疼爱她，不让她有一点儿不痛快的。可你——"

怀王不明白："我对她不是挺好的吗？"

"可你近来身上是不是有股恶臭气味？刚才魏美人来，不无埋怨地告诉了我，说她十分讨厌你身上的恶臭。你可真要注意了！要不，怕人家魏美人连你整个人也要讨厌了呢！"

"什么？她竟然如此说我？简直大胆放肆，不想活啦！"怀王大发雷霆，暴跳起来。近日国事忙乱，一时没注意洗浴更衣也是有的。但作为后宫美人，不但不在此时关照、宽慰自己，尽她应尽的义务，反而在背后说三道四，简直罪该万死！

郑袖嗔怨道："大王近日繁忙于政务，臣妾知道，也体谅。但在魏美人面前，还是要注意点才好。为什么动辄发火呢？"

"是她为我而生，还是我为她而活？我是楚王！我要告诉她：我是楚怀王！"怀王大吼不已。说罢，怒气冲冲直奔魏美人宫中而去。

及见，魏美人果然以袖掩住鼻子，一脸不自然、不欢快的神色。待怀王要接近她时，她又躲躲闪闪，一再推拒，连正脸儿也不让楚怀王看。怀王气得脸色铁青、牙关紧咬，喝令："来人！"

殿外武士应声而来。

魏美人吓得不知所措。

"把这贱货绑了，把她的鼻子给我割下来！"怀王面目狰狞，厉声道。

武士上前，当着怀王的面，把已吓昏的魏美人架起来绑住。然后，一把寒光闪闪的尖刀一挥，随着凄厉的惨叫，魏美人的鼻子被血淋淋地割了下来。

怀王连看也不再看一眼，掉头而去。

从此，郑袖在楚怀王面前，又恢复了当初的受宠地位。

魏美人被轰出宫去。因魏美人的"不满楚王"，怀王便也迁怒于魏国，吓得魏国忙派使臣赔礼致歉。得知郑袖得宠于后宫，魏国君臣唯恐再惹恼楚怀王，也不敢再欺负郑国、侵占郑国地盘了。

后来，郑袖借助楚国的威力，除掉了当年杀害父亲的魏国凶手，终于报了仇、雪了恨。

燕昭王求士报国仇

战国末期,齐国在东方六国中比较强大。因此,它就有了吞并其余五国,并与西方的秦国争霸天下的意图。正逢燕国内乱,于是齐国派兵以帮助燕国平乱为名,侵入燕国。接着就撕下伪装,大肆抢掠,把燕国府库中的金钱财物洗劫一空,并放火烧毁了燕王的祖庙,又把燕国一半以上的土地据为己有。一时,气焰十分嚣张。

新继位的燕昭王,面对眼前的残破河山、荒乱国家,十分难过。他决心报仇雪恨,重建燕国。但是,他也深知,齐国强大,不能急于求成,必须要做长期的准备、积蓄力量,才能最终达到目的。而要使国家快速恢复元气并强盛发达,当务之急就是广招贤才。

但招募贤才也不是件容易的事,燕国地处六国的最北部,而当时人才大都生活在赵、魏、韩、齐、楚及秦国等地。用什么办法才能使各国人才远投燕地呢?人才都要寻找能充分发挥自己才能、进而建功立业的场所,以达到显世扬名的人生目标。而燕国残破不堪、国弱民穷,谁又心甘情愿来辅佐燕王、浪费自己的才华与岁月呢?

为此,燕昭王很是苦恼。有一天,他把心中所想对燕国的名士郭隗讲了:"齐国乘乱攻袭我国,抢财宝、烧宗庙、掠人民,这是燕的奇耻大辱。我深知燕国力量不足,目前难能雪耻,但我十分希望大量有才能的人聚集到我周围,我将和他们共同管理燕国,等到国家最终强大后,就洗雪今日之耻以报仇,这是我最大的心愿了。请问先生,我怎样才能把分散在中原各国的人才吸引到我身边呢?"

郭隗在燕国名气虽不很大,但也是较有影响的人物,而且与各国的人才贤士均有过交往。见昭王虚心请教,就说道:"要成就帝业的国君,把贤者人才当作自己的老师而与之相处;要成就王业的国君,把贤者人才当成自己的朋友相处;要建立霸业的国君,则把贤者人才当作自己的臣子而与之相处;至于亡国之君吗,则把贤者人才当成自己随便支使、训斥的仆役而与之相处。大王明白我这话的意思吗?"

燕昭王恭恭敬敬地回答:"先生教诲,我深深感谢,定不敢遗忘。"

郭隗又讲下去:"交友寻才的道理很简单,若能以求贤若渴的态度,凡事宁可委屈自己却以对老师的态度对待贤者,那么,才能超过自己百倍的人才就会来到自己身边;与

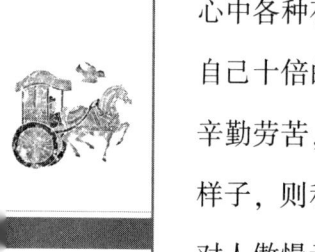

人交往中,若能劳苦在前、休息在后,虚心求教,殷勤地不断提出自己不懂的问题,在别人已无话可问时,仍认真地把心中各种存疑讲出来,请贤者赐教,这样,即便是才能超过自己十倍的人,也自然愿意来到眼前;如果追随他人,人家辛勤劳苦,自己也同样辛勤劳动,不做出一点儿与人不同的样子,则和自己才能相同的人才,也就靠近自己了;而那种对人傲慢无礼、颐指气使的人,他身边自然只会聚集一些当差听令的仆役了;至于那种粗暴蛮横、气焰狂妄,对人动辄打骂蹂躏的人,则他身边就只能剩下些奴才走狗了。以上几种待人接物的态度及各自不同的效果,便体现了古代君王只有行王道才能获得真正贤才的道理。大王以为如何呢?"

燕昭王听得很用心,频频点头,之后问:"请问先生,我初步懂了一些您讲解的道理。那么具体怎么做、做什么事才对呢?"

郭隗道:"您可以先选一国内贤才,亲自到他家中拜见他,并以对老师的恭敬态度对待他,让他享受国内最高礼遇。这样,天下人就会知道您真心实意敬重人才、渴求人才,必是人品端正又抱负远大的君主,日后必定能大展宏图、建立伟业。于是,各国人才就不用请而纷纷主动来到您身边了。"

"那么您说,我应先以谁为老师去拜见他呢?"昭王又问。

郭隗笑了笑，说："以前有这样一个故事。古代某君王特别喜欢骏马，不惜用千金求购一匹千里马，但一连三年，却总没有得到，心里十分焦躁恼火。世上肯定有千里马的，为什么花千金仍买不到一匹呢？

"这时，一个贴身内侍说：'请大王给我千金，我为您到处寻访，一定可以买到千里马的！'这位君王答应了这个请求，为他准备金钱、车辆、陪同人员，催他尽快起身，及早把马买回来。

"这个内侍却不着急，准备这，准备那，迟迟不出发。但要以千金为君王买马的风声却被他传出去了。君王很生气，催他快走！

"这个内侍出行那天，又是披红挂绿，又是鞭炮齐鸣，又是醒目的买马招牌，又是厚足的买马金钱……一时间，围观者把城门都堵住了。

"由于此事出现在都城，各地以至各国的人都很快知晓了这位君王要以千金买马的消息，人们议论纷纷，也自然兴致盎然地关注着买马的结果。

"这位内侍带着买马的车辆随从，招摇过市，穿城越界，足足在各地转了三个月，一匹马也没买到。直到在返程的路上，才在一个城镇停下来，第一次办正事。

"当时，地上躺着一匹死马。马的主人正望着死马落泪，神态很伤心。

"'你为什么看着这死马掉泪呀?不就是匹马吗?'内侍问。

"'虽是死了,可它活着的时候却是远近闻名的千里马呢!'那人悲戚地回答。

"内侍眼睛一亮:'你是说,它曾是千里宝马?'

"'当然是。左右众人都可做证!'那人指着围在四周看热闹的人群。

"'既然这样,这马我买了!不过因为它已经是匹死马了,我只能给你五百金。'内侍立即决定,当场付钱,令随从抬着这匹死马回到了君王身边。

"君王大怒,觉得这个内侍不是有意嘲弄自己就是蠢不可及,道:'我让你买活蹦乱跳的千里马,你怎么花五百金买回匹死马来?'

"内侍微笑着回答:'死的千里马还舍得用五百金买来,何况活马呢?因为这事,天下所有人肯定都知道大王您是真心喜爱、寻求千里马了!您放心,不久就会有真正的千里马,自己送到您跟前来的!'

"那君王仍气愤不已。

"可没料到,没过多久,就真有三匹世间罕见的宝马被卖马人亲自送来了!"

郭隗讲完这个故事,面含微笑,不再说话。

燕昭王听懂了这故事的含义,不住地赞叹买马人的老谋深算，然后恭敬地望着郭隗，一言不发。

郭隗大笑，朗声道："大王不必不好意思。您就先把我当作那匹死马吧！当今世上，据我所知，百倍、十倍强于我的贤才大有人在。若连我这样的人都能受到您的尊敬，则那些贤才，还会怕燕处北方、路远千里吗？他们一定会踊跃投奔到您身边来的！"

燕昭王深为感动："只是，使先生委屈了吧？"

"只要燕国能强大起来，在大王治理下，万众一心，最终能洗耻报仇，我又怎能为自己的位置感到不快呢？"

于是，燕昭王在国都内为郭隗修建了一座十分豪华的宫殿，并把郭隗当作老师一样供奉，天天拜见，时时求教，态度非常恭敬，礼遇十分隆重。

同时，燕昭王又命人在都城近郊的易水河畔修筑了一座更为富丽堂皇的高台式建筑，名为招贤台。这座招贤台金装银裹，画栋雕梁，布置端庄，设施高雅，台上还放有重金。

不久以后，燕昭王礼贤下士、求贤似渴的态度，励精图治、人品端庄、抱负远大的举止，便在各国传扬开来。于是，乐毅从魏国前来投靠，剧辛从赵国前来辅佐，甚至连燕之敌国齐国的邹衍也越过国境，来到了昭王的身边。一时间，各国贤才奇士，纷纷不远千里，奔向燕国。燕昭王于是迅速拥有了大量建国立业、能征惯战的各种人才。

燕昭王不负众望，在这些人才的帮助下，勤劳国事，体恤百姓，更注重切实发展国力，自己的生活则极为节俭朴素。就这样，与百姓同甘共苦，与各种贤者真诚相处，充分发挥各种人才的作用……

二十八年后，燕国终于富强起来。兵多将广、谋臣众多，全国上下一心，人民都发自内心地拥护燕昭王要雪国耻、振国威的号召。于是，燕国以乐毅为大将统兵，又联合了秦、楚、赵、魏、韩诸国军队，一举攻入齐国，大败齐军，直捣齐国首都临淄城，把当初被抢去的国宝重新夺了回来，并烧毁了齐王的宫室宗庙，彻底报了二十八年前的深仇大恨。

吕不韦智获暴利

吕不韦生于战国时期的河南濮阳。他家世代经商，于是他继承祖业，来往于韩、魏、秦、赵各国之间，做各种贱买贵卖的生意。当他二十多岁时，已经家资过万贯，在当时也可称得上巨商大贾了。

有一天，他贩货来到赵国首都邯郸。这里地处七国中心，交通发达，商人云集，市井繁华，是一个做买卖的绝好所在。吕不韦在路上时，迎面而来一辆破旧的牛车。牛车倒没什么起眼之处，但车上却插着一面杏黄旗，旗上大书一个"秦"字。车盖下面端坐着一个二十岁左右的年轻人，形容消瘦，衣冠无华，但仍保持着一种高贵端肃的风度。

看到眼前的来人，吕不韦脑子里忽地出现一个念头："此人，奇货可居！"

车上坐着的年轻人是作为人质、抵押在赵国的秦昭襄王之孙，名叫异人。当年秦赵两国在渑池会盟，秦王为取得赵

王的信任,而把才几岁的异人派往赵国,到现在,已经过去了十几年。又由于近年秦赵失和,攻战不断,异人在赵国的日子就更为狼狈难堪了。

吕不韦回到家中,立刻问父亲道:"父亲,耕田种地可以获几倍于本钱的利益?"

父亲不假思索,淡淡一笑:"不过十倍而已。"

"那么,贩卖珠玉呢?"

"可获利百倍。"

"如果扶立一人为大国之王,因而掌握其全部山河所有,这利可获多大?"

父亲奇怪地看着吕不韦:"这种买卖可难以预料了。成功,则获利无法计算;而失败,则家败人亡。你今天怎么了,竟问这种事?"

吕不韦道:"我刚才在街上碰见了秦国的人质异人。"

父亲恍然大悟,又不无担心:"你在打他的主意?你可知道,现在的秦王是他的祖父,他父亲安国君还轮不到当秦王,哪儿就轮到他了?"

"这,儿知道。但安国君已于一年前被立为太子。秦昭襄王已六十多岁,难能长久在世。安国君继位之日已经不很遥远。我要是促使安国君继位之后,将异人立为太子,那等到异人成了秦王,不就等于为大国扶立一位君主了吗?"吕不韦道。

父亲仍然摇头而笑:"谈何容易!安国君有二十多个儿子,异人排行十八,其母又早已去世。安国君现在宠爱的夫人是华阳夫人,根本就不把异人这个孩子挂在心上,所以才在他小小年纪时就把他打发到赵国当人质。你怎能让安国君立他为未来的太子呢?"

吕不韦胸有成竹地说:"事在人为吧。"

第二天,吕不韦就携带礼物去拜访异人。异人的住处十分寒酸简陋,只有几个非老即丑的侍从在身边。吕不韦自报姓名、身份后,笑道:"公子贵为王孙,何至困顿若此?"

异人一时有些窘迫,没说话。

"公子不想大富大贵、显身扬名于天下吗?如果想,我可以代您想些办法的。"吕不韦道。

当时,商人在社会上最没地位。纵使家财万贯,也仍被权贵豪门视为下贱之人。异人虽然受困在赵国,但身世、地位摆在那儿,听到一个比自己人不了几岁的年轻商人如此口出狂言,很不以为然,就嘲讽地一笑:"你还是做你的买卖赚些钱去吧,别来管我的事。"

"只有公子大富大贵,我才能在您身后享福呢!"吕不韦微微一笑。

异人听出吕不韦话中有话,又见他不卑不亢、城府很深的样子,便沉吟片刻,缓缓道:"异人愿闻其详。"

吕不韦道:"安国君继承王位已成定局,如今公子的众兄弟都在为他日能当上太子而争夺不休,公子难道无动于衷吗?"

异人道:"我既非嫡子,又排行居后,哪敢有非分之想!"

"可公子二十几位兄弟全是庶出,而华阳夫人又没有亲生儿子,公子若能奉华阳夫人为母亲,不就可以变为嫡子,名正言顺地当未来的太子吗?"

异人摇头苦笑:"我离国已久,又与华阳夫人素无往来,她岂能收我为子呢?"

吕不韦当即表示:"我愿意毁家破产,携重金西游秦国,为您促成这件事!"

异人喜出望外:"先生若能成功,日后异人定与先生共享秦国!"

吕不韦回家后,马上变卖些家产,带着重金,来到秦国为异人游说。他探听到华阳夫人有个姐姐,也嫁在秦国贵族之家,于是他用金钱贿赂了一些侍从家人,先见到了华阳夫人的这位姐姐。一见面,就送了许多财宝给她,接着说:"这些礼物,是公子异人让我送给您这位姨母的,并让我代他转达对您的思念与尊敬之情。"

这位姐姐果然大喜。

吕不韦趁机向她讲述异人如何思念故国、想念太子夫人,一直想回国在华阳夫人面前尽孝道;讲异人因生母早

逝，在心目中一直把华阳夫人视为母亲；讲其有母而不能尽孝，如何如何痛苦；等等。

这位姐姐听后，对异人顿时有了好感，便问异人现在处境如何、为人怎样。

吕不韦于是大讲异人如何品格高洁端正，如何谦恭诚恳，如何重义轻财，如何才华出众，如何获得各国诸侯、各阶层人士的好感与拥戴，又如何因秦赵交恶而处境艰难。但即使在这种境况中，每到秦王、太子及华阳夫人的寿诞日，异人公子还清斋沐浴，焚香向西方拜祝，祝秦王、太子及华阳夫人幸福安康……说到此处，吕不韦自己就先大受感动地流下泪来。

华阳夫人的这位姐姐更是感动涕零。

吕不韦见状，又献上一份重礼："异人公子不能亲身服侍华阳夫人，但恋母心重，特令小人带些许薄礼，请您转交给华阳夫人，并转告异人对母亲的孝意。"

就这样，吕不韦虽然因身份低贱没有直接见到华阳夫人，但已经达到第一步目的：使华阳夫人对异人有了好感。

接着，吕不韦又开始做第二步工作。

他通过与华阳夫人的姐姐谈话的方式，把心中所想转告了华阳夫人："夫人没有亲生子嗣。现在虽然深受太子宠爱，但是，我常听人讲'大凡以色事人者，色衰而爱弛'。如果过些年，夫人容貌衰退，被太子冷淡下来，势必不能再享荣华富贵了。因此,目前应在诸庶子中及时选择一贤达孝敬之人为嫡亲之子。这个儿子今后自然会成为太子,进而成为君王,那样,夫人就可享百年富贵、无上的尊荣了!"

华阳夫人听到姐姐的转述后,深感吕不韦所说有理,又由于对异人已有好感,所以,便同意吕不韦的建议,立异人为嫡子。

当天晚上,华阳夫人忽然趴在安国君的肩膀上哭了起来。安国君一惊,忙问原因。

华阳夫人道:"妾有幸侍奉殿下,怎奈福薄,没有生一男半女。一旦父王辞世,殿下登上王位,妾只怕再难容于后宫之中了!"

安国君最宠爱她,忙抚慰道:"夫人尽管放心,到那时,我也不会冷落你、亏待你的!"

"纵然殿下厚爱于我,只怕到时太子之母也不会容我!"

安国君笑道:"你也太多虑了,别说我还没有登上王位,就是我登上王位了,太子尚且还没有立,哪儿来的太子之母?"

"现在虽然没有,以后肯定会有的!"说罢,华阳夫人放声哭起来。

安国君百般宽慰,极力让华阳夫人高兴起来,就说:"那,你说怎么办才好?"

于是华阳夫人就大讲异人如何人品端正、才华不群,又已失去生身之母。所以，她要把异人收为自己的儿子，并要安国君日后立异人为太子。

枕席之间，安国君对华阳夫人自然言听计从，当下表示：将异人作为华阳夫人之子，日后立他为太子。

华阳夫人又撒娇装嗔，一定要安国君立下凭证。安国君当即答应，让人在一块白玉板上刻下"立异人为嫡子"几个字，然后又将玉板一剖两半，与华阳夫人各执一半，以为凭证。

当夜，华阳夫人百般讨好安国君，因为她不用再为今后的日子发愁了。第二天，她召来吕不韦，将黄金五百镒、衣物数十箱交付与他，让他转交异人，并指定他为异人的师傅。

就这样，吕不韦的目的最终实现了，他欣喜庆幸不已。

回到赵国，他立刻将安国君已经立异人为嫡子的消息告诉了公子异人。从一阶下囚似的人质突然成了秦国未来的太子，异人自然激动不已，也十分感谢吕不韦。

从此以后，异人在赵国的地位、处境有了很大变化。由于秦强赵弱，赵王对异人不敢再轻视、虐待，他吩咐下人重修宾馆，新换车马，另派侍从，唯恐照顾不周。韩、魏、齐、燕各国，也纷纷前来讨好这位秦国未来的国君继承人。于是，异人的宾馆前，各国使者络绎不绝，各种馈赠源源不断，真可以说是门庭若市了。

处境一变,异人对把他从艰窘困境中搭救出来的吕不韦就难免冷淡了些。

吕不韦看在眼中,想在心里:权势场上,大多是以利害关系为重,根本难存恩情信义之类。如今异人地位大变,难保他不会彻底抛开自己,根本谈不上今后"共享秦国"的许诺了。可我吕不韦花了这么大的气力、这么多的钱财,难道只做了场亏本生意吗?吕不韦多日苦思冥想,终于又想出一条计策,这个计策一旦实现,他就不仅是与异人"共享秦国",而是要一人独宰秦国了!

吕不韦用重金在邯郸城的歌台舞榭、秦楼楚馆间寻到一个绝色女子:十七八岁,体态丰满,面容艳丽,风姿撩人,更擅长歌舞。此女为赵国人氏,姑且称她为赵姬。

吕不韦把赵姬买回家中,与之同宿同卧,如同夫妻。不久赵姬怀孕了。当赵姬半羞半喜把这消息告诉吕不韦时,吕不韦心中暗喜,表面上却一声长叹:"我初见你,便觉你人品出众,才貌不群,是大富大贵的命相。所以将你收来我家,原只为要把你许配给一位秦国的贵公子,不料你我有缘,一见之下,我竟情不能已,竟给你的未来种下孽缘。看来,是我把你未来的大富贵给毁了!"

赵姬本是个歌女舞伎出身的妇人,一听此言顿时怦然心动,就假装不解:"小女子能侍奉您这样的阔气郎君,已是福气非薄,哪还敢想平步登天呢!"不容吕不韦回答,又故意漫不经心地问道:"不知您说的那位秦国公子,是什么样的人物?"

吕不韦就将自己与异人的交往及日后异人的前程细细告诉了赵姬,并说:"他年方二十,尚未娶妻。你若配他,今后必会成为王妃,将来还会成为秦国的王后呢!"

赵姬听罢,早迫不及待了,忙说:"只怕这位异人公子看不上我这个平民草屋出身的女子吧!"

吕不韦看出赵姬的心思,就说:"只要你愿意,他一定会求之不得的。只是你这身孕——"

"才刚一个月,一点儿不显眼,他绝对看不出来。此事你知我知,瞒过他就是。"

吕不韦"扑通"一声跪在赵姬面前:"吕氏前程,尽在此举。一切拜托了!"

赵姬一时不知所措,忙也跪了下来。

吕不韦便把心中设计全盘托出了:赵姬腹内是吕氏骨肉,将来则是异人之子、秦国的未来之君。如此,自己实际上就是秦王的生身之父,就可能独宰秦国、享尽荣华了。此计若成功,则赵姬也自有无与伦比的富贵风光!

赵姬听罢,表示绝不泄密。

吕不韦又警告:若张扬出去,则因欺诈阴谋过大,先死的只能是你赵姬!我俩是休戚相关、生死与共的。

赵姬笑道:"你放心。将来只要事成,秦国自然由你主宰！"

第二天正是元宵佳节。吕不韦设了一席小小的家宴，单请异人。席上山珍海味自不必说，吕不韦还特意让赵姬给异人劝酒陪饮。赵姬紧贴在异人身边，娇躯前倾，云鬓低垂，双腕如玉，一盏又一盏地敬酒。

异人久在羁旅，如今见如此美艳多情的女子待自己温柔体贴、频送秋波，哪里还能保持理智，早魂不守舍地用两眼木呆呆盯住赵姬，竟然忘了接过赵姬捧过的酒杯。

吕不韦见状，心中暗笑又暗喜，就对赵姬道："我与公子枯饮无趣，你可舞蹈助兴。"

赵姬含笑点头，入内更衣。再出来时，已是又一番打扮、又一种风姿：衣薄如蝉翼，肌肤若凝脂，蛾眉含媚，樱唇生娇。翩翩舞动起来，更似嫦娥下月。只见她长袖舒卷，似彩云围绕异人周身；玉步起落，如春风不离公子左右。而目光顾盼，更是熠熠生辉，把个公子异人看得神魂颠倒、神态恍惚。

正值看得兴奋欲狂之际，赵姬飘然而止，娇滴滴冲异人施了一礼："公子，献丑了！"说罢转身入内，再不出来。

此时，屋内炉火熊熊，烛光融融，香气袅袅，余音尚在。不知是酒醉还是别的原因，异人仍痴呆呆坐在席上，迷魂未归。

"公子若不能再饮，就请在寒舍暂宿一晚吧！"吕不韦的话音在异人耳边殷勤响起。

异人突然离席，直身面对吕不韦，抓住他的衣袖急急道："此女色艺俱佳，请求先生相赠！"

吕不韦一听，装得十分愤怒："我与公子为莫逆之交，才不避嫌疑，令小妾献艺。公子岂可作非分之想，夺人所爱？"

异人早已走火入魔，神智紊乱，苦苦哀求道："先生既已有大德于前，何不再玉成于后？若得此姬，异人今生今世，誓不忘先生之恩！"

吕不韦故意拖延好久，面有难色。直到异人指天发誓，才叹了一口气，道："不韦既已为公子破财毁家，也就干脆不遗余力吧。此姬乃处子之身，品貌非凡，连我也不舍得轻易接触她。现在既然公子看中了，我也只能割爱。只望公子不忘今日之誓言，日后不要亏待她与我才是。"

"放心。君子一言，驷马难追！"异人大声道。吕不韦双拳紧握，目视异人道："既如此，我对公子也就绝无一丝保留了，必将终生效忠！"说罢，令仆人将异人引入内室。

赵姬早在室中迎候。异人一见，饿虎扑食般拥上前去……

就这样，吕不韦就将自己种下的骨血，暗中送给了未来秦国的君王。

元宵宴后，又过了一月有余，赵姬便喜盈盈、羞怯怯地

对异人报告了"好消息"。异人哪里想到是吕不韦的阴谋，还真以为是自己的龙种，自然欣喜非常。

而赵姬却内心惴惴不安，唯恐十月分娩时因时间不对而被异人识破。

但事有凑巧，这腹中子偏偏又推迟了一个月才生下来。于是，一个前无先例、后无仿效的大阴谋就这样不露痕迹地实现了一半。这生下的男孩儿，就是未来的千古一帝秦始皇。因为是正月出生，所以被取名为政。又因为虽是吕不韦的骨肉，却顶的是异人的名分，所以异人姓嬴，孩子便是嬴政了。

吕不韦的计谋到此，可谓顺利进行着：给异人送上一妻，又附上一子，则异人为王之日，自然不会亏待他；异人死后，嬴政继位，与他是一家血脉，吕氏一门更将富贵荣华。至此，吕不韦投足了本钱，就坐等收取厚利了。

不想，六十岁的秦昭襄王（嬴政的太祖父）老而不死，直到嬴政十岁时，才闭目西归。安国君继位，是为孝文王，异人自然为太子。但何时才能实现最终目的，吕不韦十分焦虑，几乎有些懊悔，自己投资巨大，几乎到了毁家的程度。若迟迟不能如愿，不是竹篮打水一场空了吗？

但是同样让吕不韦想不到的是，安国君继位仅仅三天，便突然死去了！于是异人便顺理成章地当上了秦王，是为庄襄王。赵姬如愿以偿，做了秦国王后。异人一上台，在赵姬的影响下，果然不忘当年"共享秦国"的诺言，任命吕不韦为丞相，封为文信侯，将洛阳十万户人家，赏给吕不韦所有。这便确实应了当年吕父所说的那样，扶一大国之君，获利无可计算了。

庄襄王在位三年，便匆匆死去。接替王位的终于轮到了异人的太子嬴政，赵姬则成为皇太后。嬴政此时只有十三岁，自然不懂国事，一切军国大事便全由吕不韦裁决处理，他成为秦国实际的掌权人。嬴政按赵姬之命，效仿齐桓公之待管仲，称吕不韦为"仲父"。就这样，吕不韦终于实现了多年前的全部设计，成了一名货真价实的"太上皇"。

只可惜，靠阴谋诡计虽能得逞于一时，却无法光明正大地维持长久。在嬴政执政后的第十二年（公元前235年），吕不韦终因阴谋败露，不为嬴政所容，无可奈何地服毒自杀了。

赵高报仇

赵高的祖辈，原是战国时期赵国的宗室。因此赵高也可以说是赵国贵族的遗脉了，但他的身世却很凄惨。

在秦赵两国的长平之战中，他的父亲、叔叔们同四十万赵军一起战败被俘，又一起被秦将白起活埋。母亲被带到秦国，充为奴婢，后被人奸污，生下赵高兄弟，不久，又遭迫害、受诬陷，被人处死。赵高兄弟则受牵连，被残酷地施以宫刑。这时，赵高已二十多岁，奇耻大辱、国恨家仇汇于一心，他发誓要报仇雪恨。

被阉割后的赵高，被送进秦宫。由于秦始皇见他精通律令，便让他当了名贴身的宦官，掌管皇帝的乘舆车马等杂务，并命他教秦始皇的小儿子胡亥学习法律、刑狱方面的知识。赵高屈辱地接受了派遣，整日默默无闻地干分内之事，但内心怒火却一天天、一年年上升。

公元前210年，也就是秦始皇三十七年，这位好大喜功的皇帝又一次要巡游天下。他的随行人员有丞相李斯、幼子胡亥及已任中车府令兼符玺郎的赵高，其余则是些嫔妃内侍、太医厨师及护卫部队。

赵高在此行中位置是很重要的：皇帝的乘舆坐骑、车驾的起止行宿，全都归他调遣安排。另外，由于秦始皇的皇帝大印以及各种发号施令的符节印信也全由他保管，他的作用更是非比寻常。

浩浩荡荡的巡游队伍于一月从都城咸阳出发，南下荆湘吴越、东上齐鲁，原打算接着西渡黄河，由赵而燕，不料，刚进入原赵国的地界，秦始皇就病倒了，而且病得不轻。

这一年秦始皇五十岁，体力已经不支，加上长途跋涉，历经寒暑，这一病竟然久治不愈。在平原津滞留多日，稍见好转，始皇又传令：继续西行，下一站是原赵国首都邯郸。但是大病初愈的人，哪里再经得起车马颠簸，刚走到离邯郸二百里的沙丘宫，秦始皇就又病倒了，而且病情十分沉重，一行人马只好在此地住了下来。

秦始皇时常昏厥，更难进饮食，但他强打精神，不呻不吟——他不想让别人知道自己的病情。

李斯身为丞相，自然责任重大，就命随驾太医为皇帝看病。太医认真地把脉良久，然后悄悄退出病房，小声对李斯道："微臣治病有术，但回天无力。药剂针砭现在已无济于事了，只会白白增加陛下的痛苦。只有听其自然了。"

　　李斯心情沉重，因为秦始皇一生最忌讳"死"字，所以从没人敢在他面前提起他死后谁来接班的事，而且至今太子还没确立。万一始皇突然逝去，后事该怎么办？

　　此时的赵高也心绪难平。自入秦宫，已过去二十余年，每当想起秦国灭其国、坑其父、杀其母、刑其身，使他这个赵国贵族的后裔竟沦落为与牛马车辆打交道、不男不女的贱役时，就如烈火焚身、利锥刺骨，他无时无刻不在想着报仇。只因秦国尚强大，自己孤身一人，又无足够力量，更无适当时机，一直没能报仇。可现在，机会来了！秦始皇卧病在床，行止动静都得乖乖听自己安排，而这个病入膏肓的皇帝又时常处于昏迷状态，简直用一个手指便可置其于死地！

　　当然，赵高绝不莽撞，他还要仔细策划，寻找时机。他不仅仅要一个秦始皇死，而是希望整个秦朝灭亡！于是，他深藏大恨，强压内心的喜悦，终日不离始皇左右，更加小心翼翼地服侍着这个奄奄一息的皇帝。

　　转眼间，到了七月，秦始皇更加支撑不起，整日处于半昏迷状态中。有一天，他做了个噩梦，大叫一声骤然惊醒，就觉身心疼痛、魂魄飘忽，有了离世的征兆。他感到了一种从未有过的恐惧，便挣扎着支撑起上半身，有气无力地喊道："来人哪……"

　　"臣在。"赵高出现在秦始皇面前。这一时期，赵高下令：任何人不经他允许，都不得进见皇帝。所以，秦始皇的性命实际上已在他一人掌握之中。

"速传丞相来。"始皇幽幽道。

"是。"赵高退出房门,但他没有、也绝不想去传李斯来见始皇。刚才始皇噩梦后的挣扎垂危模样,他早看在眼里,他清楚这老家伙很快就要不行了,此刻传丞相,必与立太子这件大事有关。而一旦所立太子不当,则自己雪耻报仇的可能性就很小了。

秦始皇有多个皇子,可能被选为太子的,只有长子扶苏和幼子胡亥。扶苏是长子,按例自然应立他为太子。但扶苏对秦始皇诸多残暴之举多有不满,常当面劝谏,令始皇很是不满。前几年更因激烈反对焚书坑儒(把先秦各国的史籍法规、文章著作全部烧毁,只留秦国书籍;把天下文人儒生活埋,以免他们宣传、鼓励叛乱),触怒了始皇,被派往北方边境蒙恬的军队中。而胡亥虽排行最后,却颇得始皇喜爱。所以现在这个垂危的皇帝到底要谁接班,还不能预知。

当然赵高是希望立胡亥为太子。因为扶苏为人仁厚宽和,深受臣民爱戴,又与蒙恬等人很亲近,一旦他上台执政,秦朝必会更加强大,自己就报仇无望了。相反,胡亥却是个毫无头脑的昏庸人物,又与自己有师生之谊,平时对自己就言听计从。他若当政,自己不就可以将秦朝玩弄于股掌之中了吗?

现在,只要把皇帝严密封锁起来,任何人不得入见,待

其死后,赵高写一道假诏书,盖上皇帝大印,宣布胡亥是继位之君,一切计划不就可逐步实现了吗?因此,在这关键又微妙的时刻,怎么能把李斯叫到秦始皇身边?

于是赵高走出来,将护驾的卫尉召来,命令道:"陛下烦闷,恶闻人声。所有护卫将士都撤到寝宫一百步之外去。另外,无论什么人来探视、禀奏,一律挡回。违者处斩!"布置完毕,他就躲到一个凉爽清静之处休息去了。直到天色已黑,料想始皇即使不死也差不多了,才慢慢踱回来。

"为何久去不归?"虎老余威在,暗中近似呻吟的一声喝问,让赵高吓了一跳。他忙点上蜡烛,见始皇正怒容满面地盯着自己,就愤愤地说:"臣四处遍寻丞相不在。听说他到远处打猎消遣去了!所以……"

始皇咬牙切齿道:"老贼可杀!"但已无力再说别的,只简单命赵高:"不等他了。预备笔牍,替我写遗诏吧。"

赵高连忙预备好。

"长子扶苏,速返咸阳,主持父丧。"始皇断断续续地说。

赵高一怔:只有继承人才有资格主持这种丧事,这么说……

"加我御玺,立即发出!再安排车驾,我要回咸阳去!"始皇拼出气力,厉声命令。

此刻的赵高,已不把始皇放在眼里,事情已迫在眉睫,哪还有工夫跟他磨蹭。他冷冷扫了一眼床上奄奄一息的人，立即转身，向胡亥住处奔去。

胡亥一听父命，茫然不知所措。

"你就不想当皇帝吗？"赵高道。

"想是想，可父皇不已有诏书要……"胡亥一副无可奈何的窝囊相。

赵高恨不得踢他几脚，但装作很平静的样子，说："现在天下的大权，只在公子你、丞相李斯与我赵高手中。只待皇帝一死，还不是由我们说了算！"

"丞相同意这么办？"胡亥担心地问。

"我们先守住皇帝，不让任何人进见。待皇帝咽气后，再召丞相来，就说来不及见到他，皇帝已晏驾，现有皇帝遗诏在，遗诏是立公子您。死无对证，他能怎么样？大印反正都在我手上，随我怎么写遗诏。"

胡亥大喜。两人赶到始皇处，老皇帝已经"升天"。于是赵高忙写好假遗诏，盖上御玺，之后，派人把李斯请来。

李斯见皇帝已死，哭拜在地。起身后，目光灼灼盯住赵高说："几天来，只你一人在陛下身边，可有遗诏在？"

秦制规定丞相为百官之首。皇帝遗诏只有经丞相认可，并由他当众宣布，才有效力。所以李斯此时此刻，比僵死的大印更有权威。加上他一直对赵高印象不好，所以现在更加气势逼人。

赵高毕竟只是个宦官,心中未免发虚,一时支吾不语。

"遗诏何在?快拿来给我看!"李斯声色俱厉。

赵高沉吟片刻,索性把替始皇所写的诏书拿出来,让李斯过目。

李斯一看,脸上神色有些不安,但马上又摆起了丞相架子,说:"既有此诏,为什么不及时交我发送?"

赵高一直注视李斯表情的微妙变化。此刻,他心中冷笑,表面装糊涂道:"请问丞相,扶苏现在何处?"

"在北部边地蒙恬军中。"李斯答。

"扶苏为何到蒙恬军中被监视起来呢?"赵高进一步问。

李斯瞥了赵高一眼:"这还不知道?还不是因为他当年反对焚书坑儒,触怒了陛下!"

"那么,请问丞相,"赵高一字一顿又问下去,"焚书之举是谁提出来的呢?"

李斯沉默了。焚书坑儒正是他为秦国一统天下,向始皇提出的。当时反对的人甚多。扶苏更多次上书,骂他为"斯文罪犯",要求斩其头以谢天下。最后,他在始皇面前力辩,反把扶苏赶出都城。因此,李斯与扶苏可以说是不共戴天的仇人。

"食君禄,忠君事。李斯所为,也只是为秦国强盛,问心无愧的。"李斯叹了一口气,强撑着说。

赵高冷笑:"丞相确是秦国大功臣。只是再请问,秦国历代功臣，尤其是丞相，有几个善终的？商鞅功劳比丞相不低吧，结果怎样？自己遭车裂酷刑，九族受灭绝之祸。不知丞相可能避未来之祸吗？"

一席话说得李斯毛骨悚然：明摆着，一旦扶苏继位，他的处境将不堪设想！李斯为人，才高而品低，之所以尽心为秦国出力，原只为谋求个人的名利功业。片刻审度后，李斯马上改变傲慢态度，换上谦恭面容："府令之言，启我愚钝。如何才可避祸全身，还望府令赐教！"

赵高放下心来，这才从袖中拿出假诏，道："天下大事，现在只在我三人掌握之中。丞相若能保胡亥公子继位，自可长保相位，永世尊荣。"

"长子、幼子，均为先皇血脉。况胡亥公子人品、才华大胜扶苏，自当被立为太子，继位先皇。府令之教，李斯谨领了！"李斯违心地奉承了一下这位未来的皇帝，然后表了态。

赵高、胡亥大喜。三人就在始皇尸体前商量起来。为防动乱及其他皇子争权动手，决定暂不发丧，对始皇之死严加保密，而按原定路线继续西行北上，在这过程中，争取时间做好各方面的准备。同时，立即矫诏给长子扶苏，以始皇名义道：

"长子扶苏，于国无寸土之功、片言之策，不知自责，反而多次上书，诽谤朝政、诋毁朕躬。为臣不忠、为子不孝，赐剑令其自裁！"

扶苏为人忠厚有余，刚毅不足，接诏后，虽悲愤，终不敢有所反抗，于是伏剑自刎而死。

除掉了扶苏，赵高、胡亥、李斯大为轻松，又拉着始皇早已变腐发臭的尸身，在西北各地转了近三个月，九月回到咸阳后，才正式发丧。厚葬始皇以后，胡亥在赵高、李斯的扶持下，登上皇帝之位，即历史上有名的秦二世。

赵高实现了报仇的第一步：由于胡亥昏庸无能，一切都听他指挥，所以赵高已成为秦朝最有权势的人物之一。

他的第二步则是：利用目前有利的位置，与李斯联合，进一步除掉对赵、李秉权不满的其余重要朝臣及始皇的其余皇子。尤其是必须先除掉秦朝一文一武两大支柱——武将蒙恬，文臣蒙毅。

过程很复杂，而方法却很简单：利用胡亥的绝对信任与听从，采取进谗言、搞陷害的手段，告发这两位大臣要谋反自立。罪名一定，自然"死有余辜"。

接着，赵高更大开杀戒，凡朝中重臣、征战大将以及诸位皇子，乃至根本与帝位无法沾边的一些公主，也接连被杀。一时间，咸阳城内腥风血雨，尸体狼藉。

这时，赵高就开始对他摧毁秦朝的最后一个障碍李斯，开刀了！

李斯这个人，有恋官贪位的毛病，但他也确实希望秦朝长盛不衰，因为他深知自己的身家性命是与秦朝的兴亡紧密联系在一起的。因此，到后来他看到赵高嗜杀成性、几乎快把秦朝毁掉时，也觉出不对头了。于是，他多次想面见胡亥，向他讲述天下大势、朝中是非，想要力挽狂澜。

赵高看出李斯的心思，生怕他揭穿自己的阴谋，就千方百计地阻挠胡亥与李斯及其他大臣见面。他对胡亥说："天子乃天下至尊至贵的人，岂能常见臣子？这有失威严和神圣！而且陛下登基不久，朝中之事未必全部熟悉，若言语、举措稍有失当，则会被臣子轻视。不如就拱手端坐宫中，有事与老臣商量，再由老臣出面以陛下名义处理。这样，若处理得当，则众臣必敬陛下；若处理不当，则可归咎于老臣愚钝，歪曲了陛下之意。如此，普天下的臣民就会对您崇敬有加了！"

胡亥本就是个只想玩乐享受之人，自然求之不得，便让赵高代他处理那些枯燥乏味的朝政。从此，所有大臣他一概不见，朝中一切事务由赵高代禀代传，全权处理。

李斯出于对朝政负责的考虑，仍一再强烈要求晋见。胡亥玩得高兴时，被李斯一本正经的汇报、分析搅得兴致全无，便对李斯也冷落起来。

为了离间李斯与胡亥的关系，有一次赵高特地拜访李斯，一脸忧虑地说："如今四方叛匪乱军蜂起，国家府库钱粮匮乏，但皇帝还要兴土木，修建阿房宫，又下命令从四面

八方征调美女、良马、猎犬、飞鹰之类。我想劝止,奈何人微言轻,毫无效果。这是丞相分内职责,为什么丞相竟不能当面劝一劝皇帝呢?"

李斯苦笑。这其实正是自己迫切要见胡亥并劝谏他的内容。可一连几次求见,全被门卫挡回。"我久已想向陛下奏明,只陛下从不临朝,又不许入见,怎么办?"

赵高道:"我替丞相安排个机会吧!"

一天,正当胡亥与后妃宫女玩得神魂颠倒、不知今夕何夕之际,赵高派人对李斯道:"皇帝现在正闲暇无事,请尽快入见!"

李斯急忙赶来。

正玩得高兴的胡亥此时怎么会见李斯?他脸一板,气恼地对门卫道:"不见!快轰他走!"

李斯碰了一鼻子灰,心中很不快。

一连三四次,都是胡亥玩得忘情时,李斯被赵高叫来求见,胡亥十分恼火:"平时没事他不来,一待我宴乐休息时,他就来败我兴致,听说还在宫门外发牢骚!他李斯眼里还有我这个皇帝没有?"

随时在胡亥身边的赵高乘机道:"丞相之心,近来颇不可测。自沙丘事件后,他自以为立了大功,认为皇帝的位子是他赏给您的,狂傲得很。近来,又因为官爵没再升迁,心里十分怨恨陛下。"

"他官已至丞相,爵已是通侯,都到了臣子的极限了!难道他想要当皇帝不成?"

赵高沉默良久,道:"臣不敢说。"

"讲!"胡亥大疑。

于是赵高给李斯杜撰了不少罪状:纵容同乡陈胜、吴广之流,起兵造反;派长子李由镇守三川,以此为叛变朝廷的基地;与各地叛军首领书信往来,大有联络群雄、颠覆秦朝之意……

胡亥又怒又怕:"李斯老贼如此,你为什么不及早给我除掉?"

"丞相位高权重,不可轻动。待老臣先做些准备吧。"赵高躬身答。

李斯得知此事,慌忙上书给胡亥:"赵高小人,奸诈无比。挟陛下害忠良,滥杀无辜,朝野愤恨。再不除掉,恐江山难保,朝廷有变!"

胡亥此时只把赵高看作心腹,便把李斯的奏章让赵高看。赵高看过冷笑道:"看来李斯已经在动手篡夺皇帝之位了,先除去老臣,他就将无所顾忌地对陛下下手了。'恐江山难保,朝廷有变',不就是对陛下的恐吓吗?"

胡亥急得大叫:"那你还等什么?你不杀他,他就要杀我们君臣二人啦!"

听了胡亥的话,赵高果然毫不留情地下手了。他以胡亥

的名义下诏，先将李斯逮捕入狱，罗列编织些罪状后，便把李斯及其全部亲族，斩首于咸阳街头，这是秦二世二年（公元前208年）的事。

最后的一步就十分容易了：对付已孤立无援的昏庸皇帝胡亥，赵高根本不需要花费太大力气。于是，他先搞了一次"指鹿为马"的把戏。

当着胡亥及众朝臣的面，赵高派人牵来一只鹿让胡亥看。胡亥睁开因酒色过度已肿胀发涩的双眼，瞟了一眼道："这不是只鹿吗？"

赵高装作大惊失色的样子："陛下说这是只鹿？"

"可不就是只鹿！"胡亥疑惑却肯定地说。

赵高转身面对众大臣，一脸悲戚："看来陛下近来确实身体欠佳、精神恍惚，陛下过于疲劳了！这明明是匹马，却一再被陛下认成是鹿。众位大臣能不能想办法让陛下恢复清醒理智？否则朝廷将不堪，国家将不堪了！"

胡亥大叫："明明是只鹿嘛！你们大伙说，到底是鹿还是马？"

众大臣在赵高冷冰冰、阴森森的逼视下，又看到殿内外都是由赵高兄弟统领的充满杀气的兵将，谁敢点破？都忙对胡亥说："确是匹马，陛下看错了！"

胡亥惊疑道："我真是病得神智不清了？"

赵高道："请陛下暂离都城，到郊外清心寡欲，斋戒数日，很快会好的。"

胡亥就这样被驱赶出了咸阳宫，到郊外名叫望夷宫的地方去了。

又过了几天，赵高派人杀死了胡亥。之后，便当朝宣布："二世因急病身亡。其无子，继位无人。然而国家不可一日无君，老夫现暂摄君位，行皇帝之事！"

至此，赵高终于彻底洗雪了隐忍五十多年的仇恨耻辱。历经磨难，矢志不渝，赵高也算得上是一个不可被轻易藐视的人物了！

只是，他并没有真正当上皇帝。就在他杀死胡亥后不久，当他又要对所有秦皇子孙斩尽杀绝时，一时失误，反遭到对方暗算，落了个身首异处、被夷灭九族的下场。这，可能是对他在报仇过程中过于残酷地滥杀无辜、作恶太多的必然回报吧。

查巫蛊，汉武帝父子交兵

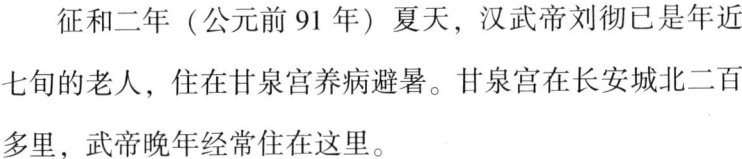

征和二年（公元前91年）夏天，汉武帝刘彻已是年近七旬的老人，住在甘泉宫养病避暑。甘泉宫在长安城北二百多里，武帝晚年经常住在这里。

有一天，武帝凭几而坐，膝头拥着年约四岁的孩子。这是他最小的皇子，名叫弗陵，是武帝和他晚年最宠幸的赵婕妤所生。因母及子，他对小弗陵宠爱异常，常在大臣们面前夸赞道："朕有六个皇子，只有此儿最像我。"汉武帝此次来甘泉宫，只将这母子二人带在身边，其余后妃姬妾一个也没带。此事在几个善于察言观色的朝臣中间颇引起些议论与猜测。

现在，武帝身着便服，头戴方巾，与小皇子嬉戏了一会儿。突然，他眉头紧锁、面容苦痛，对一旁站立的几个大臣说："朕午前小憩，梦见有数千木偶，手持长杖，直击朕头。现在仍头疼不止，真是怪异之事！"说罢，更表现出一副病痛已极的神态。

武帝为人刚强好胜，从不在臣子面前诉说病痛，更不把困苦神态暴露在朝臣眼中。所以今日这一番突如其来的话及明显的病容，不免令几个大臣疑惑不解，他们彼此暗中交换眼色，谁也不敢轻易说话。

只有直指绣衣使者（受皇帝指派，专门负责纠察、惩处京师盗贼及贵戚大臣违法犯禁之事的官）江充应声道："陛下梦见木偶，必定有凶险之人暗行巫蛊之术，诅咒陛下！"

所谓巫蛊，是一种迷信的害人手段。其方法是刻一木偶人，在它身上写出想要加害之人的姓名及咒语，再在木偶头、胸等处钉上钉子，将木偶置于地下，然后不断在神前祈祷，以置仇人于死地。

武帝深深看了江充一眼："朕受命于天，岂是人所能害的凡人！不过朝廷内外总有人想置朕于死地，连皇后的亲姐妹，甚至朕自己的亲生女儿都对朕不怀好心！想来实在令人气愤！"

武帝指的是前不久发生的一件事：有人控告前丞相公孙贺等人行巫蛊诅咒皇帝。结果，公孙贺等大批朝臣以及受到牵连的皇后的姐姐（公孙贺之妻）、武帝的亲生女儿（皇后所生的诸邑公主和阳石公主）、皇后的外甥（故大将军卫青之子卫伉）均被武帝下令处死。

汉武帝惩处对手是毫不留情的。今日，他又重提此事，

几个大臣不禁大惊失色,恐惧万分。

江充表现得却很积极:"近日胡巫檀何对臣说,长安城上空近来有一片不祥云气,必是巫蛊作祟。"

这个檀何是从西域来的"洋和尚",自称能知天文地理、预察人间吉凶。上次大案,就是他帮江充办的。

武帝认真地问:"檀何果然这么说的?"

"臣怎敢欺蒙陛下!依臣看,必是公孙贺一案尚有遗漏。只有彻底查清妖孽,陛下才可龙体安康。"江充道。

武帝神色开朗起来:"好。这事就交予你去办吧!"

众朝臣听此言,不寒而栗。难道又要兴起一场大案吗?谁又会是牺牲者呢?望着拥着小皇子的老皇帝,大家疑惧不安。

"臣不敢奉命!"不料,江充却出乎意料地拒绝了武帝之命。

"怎么,你敢抗命?"武帝厉声道。

江充道:"长安城官民杂处,未央、长乐两宫又占全城之半。巫蛊之事若在宫外,臣尚可办理。可是……"

汉武帝微微冷笑道:"朕只要你认真办理此事,何忌官府民居、宫内宫外?我给你做主就是!"说完,携小皇子起身而去。

江充得到武帝全权处理的任命,十分高兴。他正要借机办一件大事呢!

原来，江充此人，为向上钻营不择手段。早年以自己的妹妹巴结赵王太子刘丹（武帝皇孙），刘丹鄙视他的为人，没有提拔他。于是他潜到京城，向朝廷上书控告刘丹诸多不法之事，终于借武帝之刀解了自己之恨。后来，他看出晚年的武帝用刑严酷、疑人甚重，就故意大胆揭发、检举自己的朋友或有交往的人，胡乱安上罪名，终于获得武帝好感，成为直指绣衣使者。当了皇帝防范、镇压朝臣的"大特务"之后，他为了表功，更是为所欲为地编织罪状，陷害无辜，使武帝益发信任他。但旁观者清，身为皇太子已三十年的刘据，早已看出此人是朝中祸害，因此，从不给他好脸色，并表示一旦继位临朝，绝不能让江充这种小人执掌大权、胡作非为。

因此江充十分担心，万一刘据继位，自己必然前途危险。所以他早就暗下决心，一定找机会把刘据这个太子弄垮！现在，机会终于来了，他能不兴奋吗？

于是，江充兴冲冲地回到长安，比以前更加耀武扬威。他先是装模作样地在民间及一些朝臣家中翻找一番，抓捕并杀害了大批平日非议过他的人。之后，便把矛头指向了两宫——皇后住的未央宫与太子住的长乐宫。

太子刘据此时已三十八岁，被封为太子已经有三十一年了。他为人宽厚平和，对父皇晚年猜疑心重、大开杀戒、重用酷吏、残害忠良很有意见，多次上书劝谏。但武帝一如既

往，对他的劝谏根本不加理睬。前些时日刚发生了"巫蛊案"，自己的姨母、表兄乃至自己的亲姐妹都惨遭杀害，对此，他已经食卧不安，预感到有大危险即将要降到自己头上。现在，江充果然就要找上门来了！

太子刘据来到未央宫拜见母后，然后讲了此事。虽为皇后，但早已失宠、年近六旬的母亲又能如何？母亲只谨慎地告诫道："江充既然奉命而来，也只好由他。外面的事你不要管，只严加约束你的侍从，千万别有什么不法之事。只求平安躲过这一劫难，大家就万幸了！"

刘据气愤不已："这帮酷吏奸臣，借皇上之名，横行不法，滥杀无辜，国家将会变成什么样子！"

皇后流下泪来："国家治乱、民心得失，也不在一时一事。一切要看远些，千万不可因小失大、授人以柄。我已失去了两个女儿，再不能没有你了！"

正当母子二人互诉心曲时，江充带人大摇大摆地进宫来了。一进来，就指挥众人用锹镐锄镢，挖翻砸捣，把皇后的未央宫弄得乌烟瘴气、一塌糊涂。到后来，连举行国家大典的重地、皇帝临朝听政的场所，也被挖得坑坑洼洼，甚至把皇帝的御座也掀翻到一边去！

太子刘据大怒不已，马上写奏章向武帝报告长安城的现状及江充等人的狂妄罪行，派人急速送与甘泉宫，又下令召江充进见。

江充大大咧咧地来了。

"江充,你知罪吗?"刘据大喝。

"臣奉陛下之命,查治巫蛊,不知何罪之有?"江充跪拜如仪,但口气傲慢。

"你翻挖未央宫,毁坏御座,罪当灭族!"

"陛下许臣如此。若太子殿下以为臣有罪,臣自当领受。"

刘据气愤之极,历数江充为人不端、秉权行私、诬陷滥杀的种种罪状之后,怒喝道:"有我在,绝不容许你这无耻小人为所欲为!马上给我出去!"

见太子这般狂怒,江充心中暗喜,他正巴不得刘据轰走自己呢!因为太子越是阻拦在两宫查巫蛊,越容易引起武帝的疑心,自己也越容易从中做手脚、进行陷害。江充轻轻一笑:"既然太子执意不许,臣只有如此向皇上复命了!"说罢,昂然而去。

刘据气极,又写好奏折一章,急速送向甘泉宫。

而江充也在同时,添油加醋地写了封密信,命檀何连夜飞报武帝。

第二天下午,刘据派去的两批使者都回来了,说武帝病重,任何人都不见。刘据很疑惑,若是父皇真病成那样,必会召太子及朝中重臣到身边嘱托后事。可为什么连自己的使者也不见?丞相等大批朝臣也都在长安,为何毫无反应?刘

据正打算亲自拜见父皇时，一道诏书下来了：

"巫蛊之祸，为害甚烈，倾覆朝廷，危及朕躬，理应人神共愤、穷治奸宄。据奏太子抗诏拒查，不知是何居心？今遣黄门苏文，协同江充、檀何，深究其事，限期查清，不得徇情！若再有抗诏拒查者，当知国法无情！"

黄门苏文，也是个奸险小人，本是被皇后退回郎中府的太监。今天奉旨而来，很快与江充、檀何联成一体："陛下催办甚急，若再拖延时日，臣担罪不起。今晚先从寝殿查起，请殿下暂移别处安歇！"

刘据愤然道："我问心无愧，何惧你掘地三尺！"

当晚，刘据住在夫人史良娣处，辗转反侧，不能成眠：自己为太子三十一年，一贯小心谨慎，奉公守法。可近年父皇却明显表现出对自己的冷淡来。前些时日的巫蛊案，把与自己接近的朝臣几乎全部杀戮。今天，又会是什么结果呢？正在此时，太子宾客张光神色惊慌地跑来禀报："大事不好！寝殿里挖出了木偶！"

刘据惊愕万分："有这种事？"他慌忙跑到寝殿，只见自己的卧床已被搬到殿外，原来的床下已被挖出个大深坑，坑中，堆着几十个木偶。江充等人在一旁正冷笑地看着。

"这是从哪里来的？"刘据大喝。

江充皮笑肉不笑道："臣正要请教殿下呢！"

"我从不信这种玩意儿！必是你们陷害栽赃！"刘据道。

"现已查出埋偶之人,殿下岂能反诬?"江充强硬起来,喊道:"带埋偶人!"

一个小太监被拉出来。

"你这奴才,我什么时候让你干过这种事?"刘据怒问。

小太监浑身哆嗦,两眼恐惧,回望身边的苏文。苏文目光如锥,直刺小太监已无血色的脸:"你刚才怎么说的,当着太子的面再讲一遍!"

小太监战战兢兢道:"是,是去年秋天,让我埋的……"

这时檀何从土坑中拣出一个木偶,木偶外面裹着一层帛。他把帛打开,木偶身上露出一行字:"己丑之年,刘彻当亡。"这年正是己丑,于是他用不熟悉的汉话道:"诅咒皇上,不好!"

太子身边的张光一把夺过木偶,用袖子一掸,上面的泥土顿时脱落,露出新鲜木纹。他用鼻子闻闻,不觉大怒:"此事有诈!木偶纹新,墨香犹在。若去年所埋能如此?分明是刚埋入以栽赃陷害!"

江充大叫:"你休要谣言惑众。是真是假,自有皇上定夺!"说罢,命人将木偶全部包起,快速走了。

刘据咬牙切齿,恨不得生吞活剥了这个诬陷自己的人。但他忍了口气,对张光道:"我马上去见父皇,当面说清此事!"

张光忙劝:"万万不可!皇上受惑已深,未必会信殿下之言。万一有意外,不是自投罗网吗?"

"依你之见,如何?"

"不如收捕江充等人,重刑追究,让他供出奸诈罪行。这样,才可证明殿下无罪。"

刘据迟疑:"皇上已疑我,今再刑讯江充,必以为我抗命造反!"

张光道:"一旦皇上明白事情的全部真相,只会赞赏殿下为国除奸的。再说,殿下现在已无别路可走,一旦江充先行诬告,一切就悔之晚矣!"

正在此时,一宫女披头散发跑进来:"快救良娣夫人及皇孙吧!"

刘据大惊失色。及问,才知江充又在夫人宫中挖出木偶,并已把夫人、儿子及只有两个多月的孙子(武帝的曾孙)抓了起来!他立时感到:一把冷冰冰的剑已悬在自己颈后,江充等人务必要对自己这一支斩尽杀绝了!想到此,刘据两眼喷火,跺地大吼:"此贼不除,国无宁日。张光,速率人将江充拿来!"

在长乐宫内捉拿江充等人,自是易如反掌。一会儿,张光便把江充捆绑进来。

刘据怒火中烧,厉喝:"斩了!"

话音未落,江充已身首异处,鲜血喷溅。

张光一见大惊："殿下，你闯下大祸了！"

刘据面容狰狞可怖："我杀这奸贼，何罪之有？"

"江充一死，断了口供，如何对陛下证明其奸？若论殿下抗旨不遵、擅杀见证，岂不死罪？"

"苏文、檀何还在，只问他们就是。"刘据有些后悔，但仍觉有救。

"苏文遍寻不见，已逃出宫去。此刻，怕早奔回甘泉宫了！"一属员报告。

刘据、张光顿时呆住了。

……

苏文逃出长安，来到武帝面前大哭汇报："太子谋反，杀了江充。现据兵长安，准备夺陛下皇位。陛下，快发兵吧！"

武帝听后，却不惊不怒，反而感兴趣地笑了笑："此儿居然有这胆量？"

苏文又添油加醋地讲了太子如何罪恶滔天，如何早就遍淫武帝宫女，如何知武帝病重却仍面带喜色……

武帝挥手打断他的话："行啦，这已经够了。你持我的符节，速到长安，把太子召来见我！"

苏文哪敢去送死？但他又不敢违武帝之旨，便只在长安城外转了转，然后回来报告："太子已经宣言谋反，拒受诏书，而且还要杀臣！"

"他现在干什么呢?"武帝问。

"带领长乐、未央两宫卫兵近万人,准备在长安城内登基当皇帝呢!"苏文答。

武帝扫了苏文一眼,明显露出不大相信的轻蔑,因为这几近胡说八道了!刘据再蠢,也不至于带领几个卫兵,就敢在城内称帝的!武帝却也不说破,只淡然一笑:"他也太蠢了。若率兵突袭甘泉,握我于其手中,然后发令天下、矫诏继位,倒不失良策。现在如此,不是找死吗?"

苏文有些紧张,深恐武帝责他虚报军情、内中有私。

武帝却大手一挥:"好吧。传我命令,调京师附近几路军马,即刻攻入长安。我也同时回京!"

……

刘据听到父皇亲率大军前来的消息,大惊失色。他根本不想造反,杀死江充等祸国之人后,一直想寻求适当机会当面向父皇请罪并解释。无奈武帝一信未回、半面不见。正忐忑不安时,有人报告:"丞相已率数万大军攻入城中,眼看就要逼近长乐宫了!"

张光一跺脚:"此时已没有别路可寻,先抵挡一下再说吧。不然大兵入宫,玉石俱焚,殿下及夫人、皇孙们性命难保了!"说罢,张光仗剑率卫兵迎出门外。

刘据绝望大叫:"列祖列宗在上,是父皇不容儿臣,非儿臣有负父皇啊!"也提剑挺身而出。

……

胜败其实早已决定。试想，几千卫兵纵强，又如何能抵挡十万能征惯战的各路大军？结果，如以卵击石般，太子的人马顷刻溃败，血流成河。同时，武帝的皇后自杀，刘据的夫人史良娣、长子、皇孙及女儿也被害。不久，逃出长安的刘据及两个小儿子也被杀身亡。整个太子一支，全数灭绝于世。

武帝携小皇子弗陵重归京城，特意带他来到太子居住的长乐宫。但见遍地血迹、满眼凄凉，一片衰败景象。武帝忽然流下泪来。

"父皇为何落泪呀？"小皇子仰头问。

"你还小，不懂朕的深心哪！"武帝一声悲叹。

一年以后，武帝到太庙祭祖时，有人拦驾上书："巫蛊之祸，太子蒙冤。冤情不解，祖宗不安。"上书人是管理太庙的小官田千秋。

武帝怒道："尔是何人？如此大胆？"

田千秋道："微臣乃高寝郎（官名）田千秋。昨夜梦中，一白发老人命臣以书上之言奉告陛下。"

武帝默然良久，之后说："看来，我受小人迷惑，祖宗在指责我了。"又对田千秋道："当是祖宗有灵，使卿辅佐寡人。"于是当场拜田千秋为大鸿胪。几个月后，又令其代刘屈牦为丞相。升迁之快，汉代罕见。

那次祭祖后，武帝马上下令：为太子洗冤。同时下令：处江充一家以族灭之刑；将苏文押至渭桥，活活烧死；把胡巫檀何诛杀毁尸；所有当时不遗余力追杀太子的官员吏卒，也一一追究，全部处死。又命在太子刘据坟墓旁，修建"思子宫"，以表现父亲对儿子的怀念之情。

此事，在历史上至今论辩不清、查证不确：到底是江充等人利用武帝陷害太子、以全己身呢，还是武帝利用江充等人，找借口"名正言顺"地除掉太子，为小皇子辟道，又避免朝臣与国人的非议及动乱呢？

无论如何，武帝也好，江充也罢，在这场政治风波中都是颇运用了一番权谋智术。可叹的是，最终谁都没有身心愉快。难道真如人们常说的"捣鬼有效，却也有限，而最后倒霉的还是捣鬼人自己"吗？

欺世盗名骗取天下的王莽

西汉时的王莽就其宗族而言，应该说是出身豪门。他父亲虽然早死，但他的几个伯父、叔父在汉成帝时代一个个出将入相、封侯受赏，王氏一门可谓显赫至极。

但王莽本人的小家却是寒微至极。父亲早逝，王莽与母亲相依为命，靠亲戚周济生活。但也正因此，王莽从小就练就了一套为人处世的本领，少年老成至极。无论心中多么难过或气恼，在亲戚长辈或外人面前，他都表现出十分愉悦、平和的样子，因此颇得宗族中众人赏识。

有一次，他的大伯父病重，他得知后跑来，守候在病人床前，端药送水，守夜看护，一连几个月衣不解带，蓬头垢面、憔悴不堪，简直比病人还"病人"，比亲儿子还"亲儿子"。对此，合族上下无不夸赞，纷纷上书，为他请求封赏。

于是汉成帝封他一个新都侯的称号，并命他任宫中侍卫。他成了皇帝身边的一位近臣。地位高了，权力大了，但

王莽从不露出半点骄矜懈怠的神色，反而益发谦恭有礼。他一方面广为结交公卿将相、名士大儒，一方面又赈济穷贫、轻财好施，而自己却生活得十分俭朴，常常不吃荤菜，更不穿长袍大袖的礼服，只一身短打扮。于是朝野众人一致以一个"贤"字称赞他。后来，他的叔父、大司马王根病逝，临终举他以代，皇帝及众大臣都认为最适当不过。于是，仅仅三十八岁的王莽，便当了掌握全国最高军权的大司马。

正当他仕途顺畅至极时，汉成帝去世，汉哀帝上台。汉哀帝排斥王家。为了避祸，王莽忍痛辞官居家。那一段时间，他动辄怒骂、暴跳、哭嚎、惨笑，为多年的用心付之流水而痛苦不已。

不料天有不测风云，汉哀帝即位后不久就去世了，而且皇族无后，连个主持丧事的人也找不到。于是，当时已是太皇太后的王莽的姑母王政君就把王莽宣进朝来，让他主持丧事，并又重新任命他为大司马兼任尚书。大司马掌最高军权，尚书相当于丞相，掌最高行政权权，两职加于一身，王莽顿时成为举足轻重的人物。

重新掌权的王莽决心利用这次时机，大显身手。他草草处理完哀帝丧事后，提议让年仅九岁的刘衎为皇帝。太皇太后对他是言无不听，计无不从。于是，西汉最后一个皇帝汉平帝继位，而实际权力则自然由王莽掌握。此刻的王莽心里很不平静：汉朝自开国以来，已历经十一个皇帝，走过了二百余年。近几十年来，几个皇帝都是庸才，大臣又多贪鄙，国困民穷，怨声四起，可见大汉气运将尽了。目前大权既已在握，应当仁不让了！

不过王莽并不莽撞，他深知贸然行事只会"欲速则不达"。于是，一场场由他导演并担任主角的戏逐次开演了。

汉平帝元年，正月新春，王莽率百官到长乐宫长信殿给太皇太后贺节。礼拜完毕后，有越裳国使臣请求晋见太皇太后并献宝。

"越裳国在什么地方？"太皇太后问。

大司徒孔光道："远在西南蛮夷之地，距中原千山万水，久不同朝廷来往了。"

"难为他们远道而来，传见！"太皇太后道。

于是两个青帕裹头、银饰遍身、脚穿草鞋的人进来，一个人捧一只金丝编的鸟笼，里面各装有一只洁白如雪、纤尘不染的白雉。拜贺后，他们把白雉献与太皇太后。

王莽一见，喜笑颜开地冲太皇太后行礼致敬："古书曾载越裳国献白雉的事，这是国家祥瑞的兆示！今日又献白雉，我汉朝大喜大庆必将来临！"

群臣齐跪拜高贺："万岁！"

太皇太后高兴起来，笑着问："贵国可有国书？"

那使臣送上国书给王莽，王莽又呈给太皇太后。

"老眼昏花的，我看不清这些小字儿，大司徒给读一下吧！"太皇太后道。

大司徒孔光于是当众朗读起来：

"小国之君欣闻大汉皇帝新立，大司马王莽辅政，感奋莫名，不期周公之贤才再见于中国，成康之治必重显于当代。敝国地小民贫，无以为献，谨以白雉一双，聊表敬意。"

周公是历史上有名的开国功臣，成康之治则是周公辅佐周成王开创的为历代历朝称颂的圣明政治局面。据史书载，在那时，曾有越裳国献白雉于朝的事。

孔光读罢，马上跪拜启奏："周公有道，故能致远方之人。今大司马迎幼主、辅朝政，功德堪与周公并列，才又有白雉进献之盛事吉兆。臣请太皇太后顺应天意人心，赐大司马'安汉公'称号，并厚加赏赐，以奖功褒德！"

古代封赏大臣分五等，即公、侯、伯、子、男。公为第一等。春秋时，所谓公就是一国之君主，如齐桓公、晋文公等。所以自秦朝以后，历代皇帝封赏臣子，最高只是侯而已。开始众朝臣一怔，后来见与王莽亲近的手握大权的几个朝臣已跪下拜请，为保官存身，也接二连三跪下来，一起请太皇太后降旨。

没容太皇太后说话，王莽惶然不知所措地也跪下来，大声道："越裳献雉，全因太皇太后德高望隆；国家兴盛，亦是臣与孔光、王舜、甄丰等众大臣在太皇太后指导下，共同致力所致。臣岂可独享其功？恳请太皇太后褒奖孔光等众位朝臣！臣为太皇太后骨肉之亲，报效朝廷乃臣之天职，当隐而不提！"

孔光等人争辩道："赏有功而褒有德，乃朝廷之大法，岂能因骨肉之亲而不行？"

众大臣越推举，王莽越是推让，双方争执不下。太皇太后感慨不已：多年来只见大臣贵戚们争权夺利，哪有这班朝臣这种谦让奉公的美德？正考虑应如何处理时，王莽道："臣誓不受封。若不如臣之所请，臣便告退还家！"

太皇太后只好下诏："成全大司马居功不傲的古君子之风。孔光等人各加官一级，赏万户。"

孔光等人骤然间又升官，又发财，喜出望外，对王莽更是感激涕零，于是跪拜不起再次启奏："大司马功高泰山，若不显扬功德，臣等死不受赏！"

于是太皇太后不顾王莽再三推辞，下诏道："以大司马、新都侯王莽为皇帝太傅，总领百官，位在三公之上，赐号安汉公，赏二万八千户，不得辞让！"

王莽匍匐在地，声音哽咽道："太皇太后隆恩，臣不敢再辞。但臣仅受太傅、安汉公称号。二万八千户，臣实在不敢受。近年天灾频繁，百姓衣食不济。待百姓衣食丰足，臣再受不迟。"

众大臣无不感动，连太皇太后也为自己这侄子的高风亮节感动得泪流满面。

王莽辞去二万八千户的赏赐,又乘机奏请封赏刘姓皇室子弟数十人,连那些退休在家的老病官吏,也一一都予以赏赐。太皇太后自然无一不准。于是,朝廷上下到处都是对王莽的感恩戴德之声。可谁又知道,那不远万里送到京师的白雉竟是王莽令地方官花重金招诱越裳人所致,连那封国书也是按他的意思所写。而仅这一件事的策划与实施,就花费了足够几万饥民十年的钱粮呢!

紧接着在这年冬天,乘国内大旱、灾民遍野之机,王莽又大张旗鼓地上书,要求献钱百万、私田三十顷,以助灾民。安汉公一带头,谁敢不献钱献地?于是平日横征暴敛的贪官污吏们也纷纷以个人名义,把巧取豪夺的百姓血汗钱贡献出来,以响应安汉公的义举。这样,王莽以众官员之钱粮,又一次在国人面前美化了自己的形象。他甚至还让府中仆役代他宣传:天灾民困,安汉公坐不安席,已半年不吃肉食了!于是,此传闻引得太皇太后连连降旨,劝他为国为民,必须吃肉云云。于是,国内百姓无不顶礼膜拜,视王莽为千古难寻的圣贤!

与王莽关系密切的大臣甄丰当众感叹不已:"安汉公的节义操行,古今罕有其比!"

只有王莽的岳父、大司徒孔光知道内情:"安汉公将富有天下四海,永享尊荣,何惜区区几十顷田土、片刻的素食!"

其实，就连孔光也不知道，在夜深人静，当王莽与最亲近的妻子相对时，才会大鱼大肉，狂嚼大咀，又何尝有过半日的素食？

紧接白雉事件后，国内的怪象频频出现：一会儿是远在三千里外南海中的黄支国献独角犀牛，一会儿是越国江中出现黄龙，一会儿是羌族所在地不种地而禾苗自生，一会儿是苗岭山寨不养蚕而茧自成……总之，都是祥瑞的兆示、吉庆的象征，都在预示国家将有令人庆祝的大变动。

王莽此时却依然谦恭谨慎、礼敬有加。每逢四时八节，他便安排车驾请太皇太后巡游郊野。太皇太后数十年间居于深宫，厌倦了青砖灰瓦、高墙重楼，一旦见到市井人烟、青山绿水，欢喜异常。又有王莽预先安排好的众多百姓的歌功颂德，满耳全是喜庆赞美之声，太皇太后更是高兴。王莽又预备大量钱财布帛，任太皇太后随意赏赐百姓，自然招来一阵又一阵的感恩戴德之声。太皇太后身边的人也得到王莽大量贿赂，无不在太皇太后面前夸赞王莽……从此，太皇太后更加信任王莽，索性把全部朝政放手交给王莽处置。

转眼过了两年，汉平帝刘衎已经十一岁，于是王莽又把自己十四岁的女儿许配给他为皇后。为此，朝廷赏赐王莽两县二乡的土地和一万万钱的聘礼。王莽又以救济灾民为由拒绝接受。对此，九州臣民简直把他视为亘古未有的圣贤！由于他退还土地、拒绝钱财，还引起了全国"公愤"：据说全

国上书为他再次请赏的达 407572 人之多！这几乎相当于全国人口的十分之一。于是，全国范围内又一次掀起了赞颂王莽的高潮。当然，这高潮的掀起，到底是百姓发自内心，还是各地官吏有意制造，就只有天知地知了。

王莽面对铺天盖地而来的称颂狂潮，却一副诚惶诚恐的模样，上书太皇太后道："臣才智低下，常恐举措失当、有负圣恩。臣民谬奖，愧不敢当。唯愿更尽忠心于太皇太后。一旦天下富足昌盛，臣自当退隐林泉，为贤者让路。"

但实际上他不但没有让路，反而让两个阻碍他获取更大权势的人死掉了。这两个人，一个是他的亲儿子王宇，一个是他的女婿、汉平帝刘衎。

原来王莽把刘衎迎进京为帝之后，却不许他的母亲卫氏进京。因为他认为：亲不亲，自家人。一旦卫氏进京，她的两个兄弟卫宝、卫玄必在朝中掌握大权，自己地位就会受到威胁。因此，无论卫氏一家，包括皇帝刘衎怎样要求，他坚决不准卫氏进京，生生拆散刘衎母子，死死抑制卫氏兄弟。

这件事引起了王莽儿子王宇的忧虑：父亲如此，必结怨于卫氏一族。一旦皇帝亲政，则王家必遭不测。父亲只顾眼前，不虑今后，等于为王家埋下了祸根。于是王宇一方面以个人名义，写信给在外地任职的卫宝、卫玄，联络感情，互称朋友，并劝他们主动写奏章给太皇太后，要求进京；一方面又看父亲王莽动辄以天意鬼神吓唬欺弄臣民，便也想以这种方式提醒一下父亲，就派人在夜里到家门口泼猪血、狗血，想以此说明天神亦责怪父亲的无情。

不料，王宇与卫氏兄弟通信及在大门上泼血的事，全让王莽知道了。他十分震怒，立刻把王宇及王宇的夫人叫到面前，冷冰冰道："你身为朝臣，私交外藩，知罪吗？"

王宇大惊，没想到父亲突然把调子定得这么高，这可是杀头之罪啊！

王宇便把自己的想法告诉了王莽。

王莽轻蔑地一笑："王氏的久安？哼，你懂什么？"接着板起脸，以公事公办的口气道："我受太皇太后重托，辅佐陛下，主持朝政，决不徇私枉法。来人哪！"

几名武士应声而进。

一见王莽要动真格，在场的家人及属员都吓了一跳，忙跪下为王宇求情。

王莽理也不理，冷漠地对王宇夫妻道："自作孽，不可活。你们也休怨我！"接着仰天长叹："老天、老天，我王莽何其不幸，生此不肖子孙！"

王宇明白再求情也没用了，为了保自己、求权势，父亲什么事都干得出来。前两年就因此残酷地杀死了哥哥王获。于是王宇说："为保全父亲美名，儿甘愿一死。只是儿妻现有身孕，即将分娩，求父亲饶她一命，使儿的这一点骨血得以留存。"

不料王莽冷酷道："与其再生个不肖的孽种，倒不如不生！"

王宇愤怒至极，跳脚骂道："你这沽名钓誉的伪君子，贪权揽势的奸臣！你以为你可以一手遮天，骗尽天下人吗？你早晚要自食恶果！……"

就这样，亲生儿子、儿媳及儿媳腹中的孩子，都被王莽残杀了。接着，他以此为借口，把"联接朝臣、谋求不轨"的卫宝、卫玄等人也拘捕杀害。之后又广为牵涉，一举杀死所有对自己有非议、不顺从的朝臣与地方官员。在此案中，死者上千，海内为之震惊！

除尽了挡他夺权的人，王莽渐渐露出本相，在朝中开始为所欲为。

汉平帝刘衎毕竟还只是个十来岁的孩子，自然十分想念母亲。一日早朝，他壮了壮胆，对虎踞在身边的王莽道："安汉公，春节即至，朕要请母后进宫一叙天伦之乐，请你安排一下。"

王莽的脸色顿时阴沉下来："不令卫皇太后进宫，乃是太皇太后的旨意，皇帝不得任性取闹！"

平帝恼了："什么太皇太后的旨意？还不是你说了算？你不接，我就不会派人去接吗？"

此言一出，满朝皆惊：既惊讶小皇帝竟敢当面顶撞王莽，又惊恐此举后果不堪！

不料王莽却没生气，静静地看了汉平帝一会儿，忽然起身躬腰："本朝以孝立国，陛下思念母后，以敬孝道，乃为臣的楷模。臣即刻安排就是。"

众大臣暗自长舒一口气，放下心来。

不料，第二天，正当皇帝要祭天地、举行腊日大典时，内监匆匆跑来报告："皇帝有病，不能前来，诏安汉公代为祭祀。"

王莽惊问何病，内监答："昨夜食麦粥后，突然腹痛不止。"王莽大惊，急切责备："都是你们侍奉不周所致。还不快请太医？陛下若有不测，定将你们治罪不赦！"

内监赶紧跑回内宫。

于是王莽代祭。他登台履行仪式后，忽然流泪祷告："臣王莽敬告皇天众神、历任先帝，大汉天子不幸身染疾病，臣忧心如焚。天子聪明睿智，孝亲爱民。圣躬康宁乃我朝万民之福。上苍若真有所责于本朝，但求降灾病于莽一人之身！臣愿代天子受病痛之苦，以报朝廷对莽之大恩！"说着，哽咽气阻、涕泪纵横，一副为皇帝有病而万分难过的神态。

朝臣无不为王莽的言行所感动。

然而，就在当天晚上，十几岁的汉平帝竟一命归天了。其实，那碗置其于死地的麦粥，则是王莽特意遣人进献的……

此刻，太皇太后对王莽的野心已有所察觉，但无奈其羽翼已成，势力绝顶，也只有叹息的份儿了。

之后，王莽又假造什么上天、天帝有所昭示，一会儿在某地挖出个"安汉公当为皇帝"的石碑，一会儿某地百岁老翁梦见天帝说王莽要做天子。太皇太后虽已看透这套把戏，但无可奈何，也只能把王莽从"安汉公"晋为"摄皇帝"。于是，除在太皇太后面前还称臣外，王莽已是货真价实的皇帝了。

但王莽仍不满足，他还要当一位名正言顺的真龙天子，要在一切人面前称帝，要一改汉朝年号，而立自己的新朝。

对这种要求，太皇太后再不能答应了。她愤怒嚷道："我这个汉家老寡妇，就是死了，也不能把传国玉玺给你这猪狗不如的东西！我要玉玺陪葬，亲手交给汉家列祖列宗，你休想得到它！"

没有传国玉玺，皇帝就不算正式。所以王莽一时也不敢对太皇太后怎样。

但不久后的一日黄昏，忽有一黄衣黄冠的人携一铜柜闯入汉高祖刘邦的神庙，告诉守庙官吏："这是高祖皇帝命我带来的，要当朝开启。"说罢，转身而出，倏忽不见（其实，黄昏时分，又穿黄衣，于黄风呼吼之际，自然出门就会失去形影）。人们大为惊骇，立刻将此事报与王莽。

王莽捧着这铜柜，升朝议事。当着群臣的面，打开铜柜。里面有一帛书，上书"赤帝刘邦传位策书"。内中宣告：王莽当为真命天子，汉运已衰，太皇太后不得逆天意、一意孤行。

汉高祖刘邦是汉朝的开国皇帝，乃是汉朝的最高权威。谁敢违抗他的命令？于是，王莽稍作谦逊之后，便捧着这无上的策书，来到太皇太后面前。

"此乃高皇帝旨意。今日若不交玉玺，太皇太后死后怕就难进汉家陵墓了！"王莽道。

太皇太后没想到，自己一手扶植起来的侄子竟如此诡诈狰狞，当时气昏了过去。

王莽兴冲冲捧起传国玉玺，再次升朝。他找了个身份不明的小孩儿充作汉代最后一位皇帝，与自己举行了"禅让"大典。就这样"名正言顺"又"神圣庄严"地，王莽终于实现了自己多年的野心，当了皇帝，建立了"新朝"。

但不久，新朝就被推翻，王莽也落得身首异处，连舌头也被人分而食之。由于所有真相最终暴露于世，王莽非但没能留住当朝臣时骗得的美名，反而落下个"大奸"的恶号。

王允巧使连环计

东汉末年,董卓专权,倚仗着强大的兵力及义子吕布的勇猛无敌,在朝中为所欲为。威逼天子、屠戮百官、仪同皇帝、骄纵蛮横,已明显露出要废掉汉皇、自己称帝的野心。

对此,司徒(汉官名,与太尉、司空并为三公)王允为国家朝廷计,深感忧虑,但又一时无能为力。

一天深夜,他翻来覆去睡不着,便拄着拐杖来到后花园,独自散步。正站在藤萝架下望着一轮明月流泪,忽然听到不远处的牡丹亭旁边有人在轻轻地长吁短叹。王允吃了一惊,悄悄走过去一看,原来是府内歌女貂蝉。

这女子从小被选送到府中,学习歌舞。现在十六七岁,无论相貌身材还是歌喉舞技,都绝顶出色。王允很喜欢她,一直把她当作亲生女儿看待。

"你有什么不可告人的私情吗?"王允听了一会儿,忍不住走过去,问道。

貂蝉吓了一跳，见是司徒大人，忙跪下说："我怎敢有私情呢？绝不是的。"

"那你为什么深夜一人在此长吁短叹？难道是怨我待你不好吗？"

"请大人听我说说心里话。"貂蝉神色悲伤而郑重。

"你说吧。"

"我承蒙您于荒乱年月接到府中抚养至今，您待我如亲女儿一样，我十分感激，即使粉身碎骨，也报答不了您的恩情。近来，我见大人常双眉紧锁，满脸忧愁，心想肯定有什么国家大事压在您身上，可又不敢问。因此，今晚来到园中，不免叹息自己无能为力，只有对月祷告，为您祝福了。"貂蝉说得很动情，眼泪都流了下来。

王允一听，大受感动。

"假若您有用我之处，就是死，我也毫不犹豫的！"貂蝉又坚定地说。

王允心头猛地一动，随即，用拐杖一击地面，大声道："谁能想到，汉家天下原来竟在你手中把握着！随我来！"

貂蝉不知怎么回事，惶惑地随王允来到书房。一见四处静寂，再无别人，王允把貂蝉让到座位上，自己叩头便拜。

这一举动吓得貂蝉"哎呀"一声，忙起身趴在地上，战战兢兢地问："大人，您为什么要这样？"

王允跪着不起来："求你可怜可怜汉朝百官与天下苍

生!"说罢,泪如雨下。

貂蝉感到事情的严重性,忙把王允搀扶起来,然后庄严地说:"刚才我已说过,为大人,我粉身碎骨,万死不辞!有什么事,您吩咐吧!"

于是,王允讲了董卓的为人行止及吕布的勇猛强悍,讲了董卓的图谋不轨、残害臣民,最后,更压低了声音,对貂蝉讲了自己的打算。

貂蝉听罢一怔,沉吟半晌,毅然道:"为苍生计,为大人的一片为国为民的真诚,貂蝉我万死不辞!"

王允紧紧拉住貂蝉的手:"只是,太委屈你,太难为你了!"说罢,又一次庄重地施礼,对貂蝉表示感谢。

第二天,王允把家中所珍藏的宝珠和一顶特意打造出来的精美金冠,派人送到吕布住处。

吕布毕竟是地位卑微的一员武将,受了大司徒的馈赠,不免有些受宠若惊,当晚就只身来到王允府中致谢。

王允预先准备好丰盛宴席,又亲自出门迎接吕布,把他请入很少让外人进去的后堂,并充满敬意地让吕布坐于首席位置。

吕布辞谢:"我不过是丞相(指董卓)府中的一将,司徒可是朝廷大臣,您怎么让错了座位?"

王允认认真真地说:"当今天下,真正的英雄人物,只有将军一人。老夫我不是敬你的官阶,而是敬你的英雄本色

与无与伦比的杰出才能！又岂可以市俗眼光待人接物？"

吕布大喜，非常得意。

席间，王允殷勤地向吕布敬酒，不断称颂他的人品与才能。同时也不时对董卓表示赞颂、崇敬，认为董丞相也是当朝不可缺少的人物。

吕布益发高兴。两人杯盏交错，喝酒、谈话，都十分欢畅。

喝到高潮，王允让旁边伺候的人都退下，只把貂蝉唤出来。

不一会儿，娇艳无比、妩媚动人的貂蝉，在两个小丫鬟的簇拥下，柔情万种、不无羞怯地来到吕布面前。

吕布一下呆住了，两眼直怔怔盯住眼前这位胜似天仙的美人，身体和双手竟再不能动。许久，才大梦初醒般问道："这位是……"王允笑道："这是小女貂蝉。今天与将军饮酒特别高兴，觉得就跟自家人一样了，所以不避讳地让小女来与将军相见。"说罢，就让貂蝉给"当今英雄吕将军"敬酒。

吕布魂不守舍地一直盯着貂蝉鲜花般的脸，竟连递过来的酒杯也没接好。酒杯一歪，酒洒出来，吕布乘机碰了一下貂蝉嫩葱玉笋似的手指。

貂蝉没有生气，反而用爱恋的目光看了吕布一眼。

吕布顿时连呼吸也短促不匀了。

王允装作半醉模样,也斜着眼,一个劲儿让女儿给吕将军斟酒,嘴里还不停地说着"我们一家以后全靠将军,都是一家人,不要见外……"之类的话。

吕布胆子更大了,半搂半请地让貂蝉坐到自己身边。

貂蝉满脸羞红,又眉目带喜,半推半就地,也就顺势坐了下来。

吕布高兴极了,几乎已忘掉还有王允在场,只对着貂蝉又说又笑,完全进入忘我的境界。

这时,王允又敬酒给吕布,同时指着貂蝉说:"将军若不嫌弃的话,老夫想把小女送与将军为妾,不知将军可愿意?"

吕布求之不得,马上起身致谢,兴奋异常:"若能这样,小将必作犬马之报!"

王允也起身道:"小女能服侍将军这般英雄人物,也不枉一生了。老夫先做些准备,然后选一个吉祥日子,就把小女送到将军府中。"

吕布情不能禁,不觉连连目视貂蝉。

貂蝉也用恋恋不舍的目光凝望着吕布。

王允道:"天已经很晚了。本想留将军宿在这里,但又恐董丞相见怪,所以……"

一提董卓,吕布顿时清醒了些。因为他知道,董卓对人是很严厉的,若知道自己住到外人家中而没值班护卫,肯定会大发雷霆。想到这儿，吕布只好无限惆怅地告别。临走，又对送出门外的王允再三说："大人可不要欺耍小将，大人千万不可蒙骗小人……"

此事过后没几天，王允在朝堂上见到董卓，趁吕布不在，恭敬地对大腹便便、满脸横肉的董卓施了一礼："丞相操劳国事十分辛苦，王允满心崇敬。今晚想屈您大驾，到寒舍小饮几杯，以表心意，不知丞相可否赏光？"

董卓道："行。晚上见！"

王允于是赶忙回家，准备更为丰盛的宴席。一切安排好，又亲自到大门外等着董卓。

及董卓带着随身甲士百余名，威风凛凛地来到，王允急忙上前跪迎。之后，亲自引路，把董卓让到客厅。

自然是殷勤劝酒，尤其是极力称颂董卓的功德。董卓自然也高兴别人的奉承。所以席间气氛很融洽。王允忽然神色庄重又神秘地对董卓说："有几句心里话，请丞相入后堂细叙。"

"行，走！"董卓挥退了护卫的甲士，摇晃着硕大身躯，随王允进入后堂。

王允又命人重摆一桌精美酒席，然后令众人都退下，双手捧一杯斟得满满的酒，恭敬地献到董卓面前："请大人满饮此杯，王允有话相告。"

董卓一饮而尽。

王允突然跪下身去，向董卓叩拜。

董卓一惊："你这是为什么？"

"当今天下，都盼着大人呢！"王允说。接着就说自己夜观天象，见大汉气数已尽，应由大英雄重新主宰河山；朝廷上下无不对董卓感恩戴德，都盼望他能登九五之尊、废汉自立；董卓胜过古代圣贤，现应像舜接替尧、禹取代舜那样，不违天意地接受汉天子的禅让；等等。

一席话正中董卓下怀，说得他心花怒放，大笑道："真要能那样，你就是我的元勋之臣！"

王允连忙拜谢。

董卓开怀痛饮起来。

王允于是说："枯饮无趣，此时此刻，应有歌舞助兴！"便把貂蝉叫了出来。

董卓一见貂蝉，也大吃一惊：天下竟有如此美妙之人！及再仔细欣赏貂蝉的歌舞，更是神魂颠倒。

王允乘势道："此女为本府歌伎。大人若不嫌弃，就即刻献与大人！"

董卓大喜，连声道谢。说罢，急不可耐地带上貂蝉，告辞而去。

王允刚送走董卓，吕布便怒气冲冲地闯进来，一把揪住王允衣服，厉声喝问："你既然已把貂蝉许给我，怎么又把她送给丞相？这不是耍弄我吗？"

王允急忙制止他:"这儿不是说话处,请到后面细讲。"

吕布愤愤地随王允来到后堂,急切催问。

王允笑了笑,缓缓讲出事情的经过:"将军你有所不知,昨天在朝堂上碰到丞相,丞相对老夫说,今天到我家里来,有件事要跟我说。我当然不能拒绝。丞相今日来后,说:'听说你有个女儿貂蝉,许配给我义子吕布了?'我忙答:'是。''我先看看此女,可能与我儿相配?'我想:丞相不是外人,是貂蝉未来的公公,早晚要见的。就叫貂蝉出来拜见丞相。丞相看过后很高兴,说:'今天就是好日子,我就带此女回府,当即让他们完婚,你看如何?'我自然不能不同意。所以……"

吕布听罢,这才放下心来,忙道歉:"我太莽撞了!改日一定来负荆请罪!"

王允道:"小女还有一批陪嫁,改日我派人送到府上。本想过几天准备充分再嫁过去的……不过,现在这样也好,免得两相思念。告诉将军,小女见将军英姿,就顿生爱慕之心,几不能自持了呢!"

吕布心潮起伏,恨不得马上拥貂蝉到怀中,就匆匆告辞去了。他原以为董卓会立刻叫他,告诉貂蝉已到并要马上举行婚礼。可当天,董卓根本没叫他入内。第二天,仍然没一点动静。他急了,大步闯入后堂,遍问董卓的姬妾侍女,才知道董卓已经霸占了貂蝉!

他气得两眼冒火,偷偷潜入董卓内室窗外。只见貂蝉正倚窗梳妆,面对窗外,一副愁苦凄哀之容。

吕布不敢出声。两人对望很长时间,直到听见董卓起身的动静,貂蝉才泪眼朦胧地转过身去。吕布也愤恨悲凉地退到外面。

董卓自从有了貂蝉,一个多月不出府议事。貂蝉在董卓面前,也极尽妩媚多情。有一次董卓偶得小病,貂蝉就衣不解带,曲意逢迎,百般照料。董卓益发喜爱她,几乎到了一刻不见就失魂落魄的地步。

吕布借探病之机进入内室,与床前伺候董卓的貂蝉久别重逢。但谁也不敢说话,只四目相视,各以手指心,以表情意。不料这表情动作被董卓偶然看到了,董卓顿时大怒:"你竟敢调戏我的爱姬?"于是下令左右,把吕布轰了出去,并说:"今后,不许吕布进入内室、后堂半步!"

吕布气恼悲愤而出。父子之情,更见淡薄。

有一天,董卓入朝与汉献帝坐谈。吕布见有机可乘,忙偷偷跑回相府找貂蝉。

两人相约在后花园幽会。

貂蝉依在吕布怀里,流泪不已:"自从见了将军,便盼日夜侍奉在将军身边。不料丞相竟起不良之心,将我奸污了!我真想马上死去。可又想和将军再见一面,表述情怀,所以忍辱偷生至今。现在终于在将军面前表明了心迹,我能死在你眼前，便再无遗恨了！"说罢，挣扎着就要往池水里跳。

吕布将貂蝉一把抱住，发誓道："我今生今世若不能娶你为妻，就不是英雄男子！"

貂蝉大哭："我现在是度日如年。请你赶快救我逃离苦海！"

吕布道："等我好好想想，一定找适当机会救你出去。"

貂蝉悲怨不已："之所以倾心于君，是因为看你是顶天立地的英雄男子。可谁想到，你竟然怕丞相到这种程度！我为你羞愧！"

吕布脸上红一阵、白一阵，很是难堪，同时对董卓的怨恨也越来越强烈了。他只好抱住貂蝉，百般抚慰。

正在这时，董卓怒气冲冲地跑了进来！

原来，董卓虽坐在献帝面前，心思却早飞回貂蝉身边。扭头又发现一直护卫在眼前的吕布不见了，立刻疑心大起，匆忙赶回府中。当他被告知吕布进了后花园，更为恼怒。见到吕布果然搂抱着貂蝉，能不怒火中烧、眼睛出血？

吕布见董卓闯来，吓了一跳，慌忙逃避。

董卓抄起吕布插在地上的方天画戟，大吼一声，狠狠投过去，差点儿戳穿吕布后心。亏他逃避灵活，才免于一死。

董卓见追不上吕布，愤怒地转身要问罪于貂蝉。貂蝉不容董卓发话，先哭了起来，控诉吕布如何私闯后花园来调戏

她，她为持贞洁，至死不从。吕布一再强逼，她决心跳池自杀，却又被吕布使劲搂住，要死不得。多亏董卓及时赶来，才……

董卓试探问道："我想把你嫁给他，你看如何？"

貂蝉大哭："我已身事贵人，怎能再下嫁给一个家奴？宁死不从！"说着，抽出挂在一边的宝剑就要自刎。

董卓忙抢剑在手，于是，对貂蝉深信不疑。当下决定，带貂蝉到离京城三十里外的新建宫殿居住，使吕布再见不到自己的爱姬。

董卓出京，百官到城外送行。

吕布被命不得随行。他只好木呆呆望着貂蝉所乘的车子渐渐消失在尘烟之中，心境悲愤凄凉至极。忽然身后有人招呼："将军怎不跟丞相前去，而独身在此？"

吕布回头，见是王允。

王允道："这些天身体不大舒适，所以一直没出门。将军为何面色不好？"

"正为了司徒的女儿！"吕布悲愤交加。

"怎么？我女儿？难道丞相还没让你们成婚不成？"王允惊讶地问。

"老贼自己把她霸占了！"吕布跺脚，然后把情况告诉了王允。

王允半晌无言，之后长叹："想不到董卓竟是连禽兽还不如的家伙！"于是悄声对吕布道："今晚到我家，我们商议一下。"

吕布来到王允家，被引入一间密室。吕布满腔怒火，把董卓强夺貂蝉的种种细节又说了一遍。

王允听罢，面色愤恨，扼腕握拳道："董卓奸淫我女儿，强夺将军之妻，确实是会让普天下之人耻笑不已的！但不是耻笑丞相，而是笑我和将军！不过我反正是老朽不堪，让人笑就是了。可惜将军乃盖世英雄，竟也因此受这奇耻大辱！"

这话犹如火上浇油，吕布一听，拍桌子大吼："我发誓，定要杀死老贼，雪我的耻辱！"

王允脸色仓皇，忙用手捂住吕布的嘴："请将军不要瞎说，我可是怕连累我这把老骨头的！"

吕布大声道："男子汉大丈夫生于天地之间，岂能可怜巴巴屈居人下，任人摆布？"

王允点点头，叹息一声："凭将军的英才，也确实不宜久屈董卓之下而无可奈何地受他的侮辱。"

吕布为难地摇头，沉重地坐到椅上："我真想一戟杀了他！可我们总是父子关系，我又怕人们议论我无人伦之情。"

王允见吕布迟疑，就说："将军姓吕，他姓董，本不是嫡亲血脉。何况，当他抛戟刺杀你，恨不得将你碎尸万段之时，又哪有半点儿父子之情呢？"

听了这话，吕布奋然而起："可不是！要没有大人点拨启示，我几乎自误不觉了！"

王允见他已下定决心，便进一步讲道："以将军之才，若扶助汉室，这是忠臣所为，一定会名垂青史；若帮董卓行逆，则是叛臣，必将在史书上遗臭万年。请将军于私、于公，三思而定。"

吕布离开座位，冲王允深深一拜："我主意已定，司徒放心吧！"

"万一事情不成，可会招来大祸的！"王允再次试探吕布的决心。

吕布拔出刀，刺得自己胳膊出血，并以此发誓。

直到这时，王允才向吕布跪着称谢："汉家天下，全系于将军一身了！今天所说之事，一定保密。到时有了办法，我一定告诉将军！"

吕布慷慨激昂，承诺而去。

王允即刻召集朝中可靠大臣，商议如何对董卓下手，最后，终于想出一条计策。

……

董卓在新建宫中，与貂蝉朝夕相处，游玩宴饮，心满意足。由于那次在王允家，知道王允等大臣已有拥他为帝的意思，因此暗中等待朝中出现变故，使自己的皇帝梦早日实现。

有一天，朝廷果然派大臣来到，对董卓道："天子病体新近康复，想在未央宫会集全体大臣议事，要将帝位禅让给您。希望您马上前去。"

董卓一听，大喜：我昨天做梦，梦见金龙缠身，果然应验了！他马上吩咐部将看守新宫，自己则带领铁甲军，前呼后拥、耀武扬威地向京城进发。

来到未央宫门外，守卫将官要求铁甲军停在外面，只请董卓及二三十名贴身侍卫进宫。

董卓倒也不怀疑，因为按制度，朝臣上殿面君，别说带二三十个卫兵，就是连自己的佩剑也不让带进的。他便大摇大摆向未央殿走去。

不料走了几步，远远看见王允等一班大臣都手持宝剑，齐集殿前。正要问个究竟，只听王允在台阶上一声大呼："奉诏讨贼！"声音未落，四下里立刻涌出无数武士，朝董卓逼杀过来。

董卓想回身逃跑，未央宫大门却早已被锁死，稍一迟疑间，身上已被砍伤数处。但因他身穿厚重的铁甲，一时受伤不太重。危急中，董卓大喊："我儿吕布在哪儿？快救我！"

吕布从董卓身边转到他对面，厉声大叫："为国除贼！"说罢，一戟刺入董卓咽喉。董卓连声也没出，立刻气绝身亡。

吕布又砍下董卓之头，提头在手，冲出宫门："逆贼已死，胁从不问，敢厮杀者快与我决一生死！"

宫外董卓之兵,深知吕布勇猛无敌,见董卓已死,于是纷纷跪下请降。

一场除贼大事,顷刻间完成。

王允下令:把与董卓一伙的乱臣贼子全数逮捕,灭九族。又把董卓尸体,扔到大街上示众。全城百姓平日深恨董卓,见其已死,无不欢呼雀跃。

就这样,手无缚鸡之力的王允,巧使连环计,除掉了拥兵数十万、不可一世的董卓,为维护汉朝天下,立了奇功。

曹操故事数则

一、诈病

曹操幼年时,极其贪恋游猎、歌舞等事,而对于当时每个孩子都要学习的死板学问、无聊诗文则不感兴趣。

曹家乃仕宦之家,父辈大多读书甚为专注、用心,并因之谋求到了一定的社会地位。因此,曹家对家族中子弟的教育也十分严格,特别反对他们不务正业,尤其反对他们飞鹰走马、听歌看舞,认为那样会影响学业、消磨志气、毁坏人品。

曹操有个叔叔,尤其注意以自己的为人处世之道严厉管教族中子弟。所以孩子们既恨他,又怕他。一见他来,不管正玩什么游戏,也不管正玩得多么忘情入迷,立刻纷纷逃开,唯恐受责骂甚至责打。

只有曹操这孩子,生性豪放不羁,最厌恶别人强加意愿在自己身上。每当叔叔出现、众兄弟惊呼逃窜时,他不但不

躲，反而玩得更欢、更大胆、更别出心裁。

有一次他与众子弟玩"打仗"游戏。他指挥若定，把人们分成两队，让他们分别穿上不同颜色的衣服，然后，令彼此进攻，玩"骑马打仗"。他一个人站在高台阶上，手举小旗，做双方共有的统帅。

整日间被关在书房吟咏那些发黄的古书中令人困倦的诗文的孩子们，一个个像放出笼的小鸟儿，一人背上驮着另一人，彼此进攻、防守，或偷袭，或埋伏，或包抄，或恶战，在曹操的统一指挥下，玩得痛快淋漓、身心舒畅。正呐喊厮杀之际，猛见那位冷面如霜的叔叔怒冲冲而来，大家惊呼一声，顿时连滚带爬地四散逃去。

只有曹操一人，手持指挥旗，倔强地站在原地，直身挺胸，面对大发雷霆的叔叔，凝然不动，神色冷峻。

叔叔既惊讶于这孩子的镇定，又气恼这孩子的胆大妄为。由于被曹操身上的一种威严不可欺的气势所震慑，他一时间反倒有些不知所措，狠狠盯着曹操好一会儿，转身便找曹操的父亲曹嵩，添油加醋地告了曹操一状：曹操如何行为不端，如何放荡不羁，如何目无长辈，如何品行顽劣……

于是，曹嵩把儿子唤到面前，当着这位叔叔的面，狠狠责打了他一顿，令他务必痛改前非，否则就将他驱逐出家门。

曹操一声不吭，忍受着父亲的责打。当他斜眼看到旁边抱肘观望、不无得意的叔叔时,心里顿生一计。

过了几天,曹操在院中玩耍,见叔叔走来,又是一副要兴师问罪的神色,就突然躺在地上,四肢抽搐乱颤,两眼翻白望天,口吐白沫不止。

叔叔一见大惊,忙上来又问又摇。曹操却已人事不省,毫无反应。叔叔慌了手脚,急匆匆跑到曹嵩处,说曹操因贪玩过度,在院中"中风"病倒,而且病得不轻,似乎有生命危险!

曹嵩十分着急,随着叔叔来到院中,却见曹操一个人端端正正坐在石榴树下的青石凳上,正全神贯注地读书,丝毫没有患病的模样。

"孩子,你现在可好了?"曹嵩关切地问。

曹操抬起头,迷惑地望着父亲:"您说什么?"

"你刚才不是病得很厉害,昏倒在地上直吐白沫吗?"曹嵩很奇怪。

"谁说的?"

"你叔叔看见的。刚才他急匆匆跑去告诉我的。你刚才是不是又玩游戏了?是不是因为劳累而生病了?"

曹操看着叔叔:"我根本没犯病呀!我一直在这儿读书的。您怎么……"

叔叔窘迫而气恼地说:"你刚才就是病了嘛!"

曹操转过身,面对父亲说:"叔叔不喜爱我,讨厌我,

这我知道，可能是因为前些时候我贪玩了些。可今天，大概是他有意告状，不顾事实了吧！"

曹嵩扫了那位叔叔一眼，什么也没说，掉头走了。

曹操冲叔叔狡黠地一笑，把那本发黄的书扔得很远。之后，又蹦又跳地玩去了。

叔叔再到父亲面前告状时，父亲就不再相信他的话了。

从此，曹操益发任意游玩，凭喜好学所需知识，以兴趣决定事情取舍，再不受那些死板的条条框框束缚，而自由成长起来。

当时，有个善于观察人的名士叫许劭。曹操见到他，问："先生看看，我会成为什么样的人？"

"你，将是治世的能干之臣，同时又将是乱世的奸诈英雄。"许劭道。

曹操听到这样既有褒又有贬的判断，哈哈大笑，高兴至极。那一年，他二十岁。

二、梦中杀人

曹操为人，猜疑心很重。也许是波谲云诡的政治军事环境使然，他特别防范别人的暗害。有时这种防范心理几至于病态。

当年他刺杀董卓未遂，逃出京城。董卓派人追捕他，并四处张贴告示，到处设下捉拿曹操的罗网，情势十分险恶。

曹操和救他脱险的陈宫逃到曹操父亲的老友吕伯奢家。吕伯奢热情款待，因家中无酒，便急忙出去买酒。曹操坐在前堂，忽听后面有磨刀声，顿起疑心。他悄悄走到后窗，听见有人说："绑起来，杀吧！"他立时大惊失色，没等再认真观察，就决定先下手。于是他提剑闯入内宅，见一人杀一人，老少八口全倒在血泊之中。等杀到厨房，却见一只猪刚被捆上四蹄待宰，这时才明白是因误会而错杀了真诚待客的主人一家。

曹操和陈宫只好匆匆逃离吕家。但在半路上又和兴冲冲、喜滋滋沽酒而归的老翁吕伯奢碰上了。陈宫满面愧疚，抬不起头。曹操却在两马相错之际，一挥剑，又把慈祥的老翁杀死了。

陈宫大惊："前面杀人，是由于误会。现在明知是恩人，却还要虐杀，太不像话了！"

曹操道："伯奢到家，一见被杀之人，必定告官，追杀我们！"

"你这样做，也太不仁义了！"陈宫道。

曹操冷笑："宁可我对不起天下人，但绝不能让天下人对不起我！"

从这件事上，可见曹操为人之"一斑"。而随着他地位的提高、权势的增大，这种猜疑心理就发展为一种"防患于未然"的阴险冷酷的权谋了。

有一次，他对服侍自己饮食起居的侍从们说："我有个毛病，当我在睡梦中时，只要人稍一接近我，我就会跟梦游症似的，马上跳起身来杀死这个人。所以今后当我睡着，尤其是熟睡之际，千万不要靠近我，以免被我误杀。"

侍从们一笑，口头上答应了。

曹操为使众人相信自己的话，于是在一天夜晚睡觉时，故意蹬开被子，装作受冻而不知的酣睡状态。

一个平日深受曹操喜爱的小童，见主人在寒夜受冻，出于职责，更出于对曹操的爱戴，便小心翼翼、轻手轻脚地走到曹操卧床前，刚要伸手捡起地上的被子给主人盖好，曹操突然翻身跳起，抽出床头宝剑，狠命一挥，小童即刻身亡。曹操杀人之后，一言不发，重新躺倒，呼呼大睡起来。

其他侍从吓得面无人色，都呆傻般一动不能动，很长时间才清醒过来，但谁也不敢再靠近曹操。那个被杀的小童也就一直横在曹操床下。

第二天清晨，曹操醒来，一见床头床尾溅满鲜血，床下又横卧着已死的小童，大惊之后便大怒道："谁敢杀我所爱之人？"

众侍从一直战战兢兢避在旁边，见曹操怒问，才一齐跪倒，说出事情经过。

曹操听后，又惊愕又后悔，顿时流下泪来，抱起那小童的尸身，难过地说："我跟你说过，我会梦中杀人而不自知。

你怎么还在我睡觉时靠近我呢?"

于是,曹操下令,厚葬这个被自己误杀之人。整个葬礼,曹操的表情都十分沉痛。

军中众人终于相信,曹公睡梦中,确有神秘的自我保护能力。他们互相告诫,曹操睡觉时,万万不可靠上前去。

曹操这种伎俩,只有一个人看得透,这个人就是杨修。当曹操装模作样为那小童送葬时,他扶棺苦笑道:"不是曹公在梦中,而是你在梦中啊!"

曹操见杨修戳穿了自己的阴谋,深恨杨修。后来,终于找了个借口杀死了他。

三、借刀杀祢衡

东汉名士祢衡,有才学而狂傲不羁,在当时的文人学者中间很有影响。连孔子的后人、大文学家孔融也十分敬重他,说:"我的朋友祢衡,是当世奇人。他的才学是我的十倍!"

曹操闻听,很生嫉妒之情,他不能容忍在魏国境内,竟有名声超过他的人。哪怕只在一部分文人范围之内!

于是,曹操便派人把祢衡叫来,想当面侮辱他一回,打消他狂傲的气焰。

祢衡来到后,曹操大大咧咧坐在座位上,并不起身,也不让祢衡坐,把他当成不值得尊敬的属员、奴仆,想以此羞辱他，从而提高自己的地位。

不料祢衡连看也不看曹操一眼，却仰天长叹："天地间虽然阔大，怎么竟连一个人才也没有？"

"我手下有几十个人，都是当代英雄！你怎能说没有人才？"曹操不快地责问。

祢衡微笑，说："愿听您说说。"

曹操昂然介绍："荀彧、荀攸、郭嘉、程昱，智谋深远，就是萧何、陈平这两位汉初名臣也无法与之相比；张辽、许褚、李典、乐进勇不可当，虽是岑彭、马武之类的猛士也不及他们；其余，像吕虔、满宠、于禁、徐晃、夏侯惇、曹子孝，都可谓天下奇才。你能说我这里没有人才吗？"

祢衡冷笑道："这些人，我都了解。你那几个谋士文官，像荀彧、荀攸、郭嘉、程昱之流，不过只能干点儿吊丧看坟的杂役；张辽、许褚、乐进、李典之辈，也只配放马送信、磨刀铸剑、砌墙杀狗；至于其他人，更是酒囊饭袋、衣服架子而已！没一个算正经人才！"

曹操怒问："你有什么本事？"

"我上知天文，下晓地理，三教九流无所不晓，故典史籍无所不通。我心怀大志，能拯救天下。岂是和你们这帮俗人相提并论的？"祢衡道。

当时武将张辽在曹操身边，听了十分愤怒，拔剑要杀祢衡。

曹操制止住张辽，冷冷地说："这个狂妄的家伙，虽没真正治世救国的本事，却在文人间骗了个虚名。今天我们要是杀了他，天下读书人定会诽谤我不能容人。他不是自以为天下第一能人吗？好，我就让他当我的一名鼓手，看他羞不羞！"

祢衡并不推辞，立即答应充当近于仆役的鼓手。

第二天，曹操大宴宾客，令祢衡站在厅前打鼓助兴。

祢衡穿一身破衣烂衫来到雍容华贵的宴会厅。左右众人喝道："为什么不换衣服？"

祢衡当着众宾客的面，在大厅之上脱光了所有衣服，赤条条一丝不挂，昂然而立。

曹操大怒："你怎敢在朝堂之上，赤身裸体地污辱大臣，失礼于天下？"

祢衡哈哈大笑："欺君犯上才是失礼。我暴露出父母给我的本来面目，有什么不光彩？你敢把你的里里外外全不遮掩地暴露在众人眼前吗？"接着不容曹操答话，就一面击鼓，一面历数曹操的罪过丑行，痛快淋漓地骂了起来。

曹操气得七窍生烟，面目青紫，咬牙切齿。

在座的孔融恐怕盛怒中的曹操会杀死祢衡，忙起身对曹操说："祢衡是狂妄之人，您只把他看成个仆役下人就是，不必降低身份和他生气。"

曹操怒视祢衡良久，忽然笑了笑："我马上派你到刘表

处,作为我的专使劝他来降。你有才华,曹某也最看重天下人才。等你完成这个任务回来,我可以让你做公卿,以示我求贤若渴之诚意。"

祢衡并不称谢,受命而去。

众人不解,纷纷问曹操:"他痛骂主公,为什么还委以重任,预封官爵?"

曹操笑而不答。

祢衡到了荆州刘表处,仍是一派名士风度,狂妄自大,对刘表也讥讽、责骂,一如既往。

刘表很恼火,便让他再去另一个地方军阀黄祖处。刘表部下问:"他这样侮辱嘲弄您,为什么不杀了他?"

刘表笑道:"侮辱曹操,而没遭杀害,是由于曹操怕失去士人的好感,失去自己成就大业的重要支持。所以曹操想借我之刀杀这狂妄的家伙,让我承担杀贤人、害名士的罪名,而为他出气解恨。我为什么干这傻事呢?"

部下们听罢,十分佩服刘表的明智。

而粗蛮自负的黄祖可没这么多考虑,当祢衡对他稍有冒犯时,就大发雷霆,立刻把祢衡砍了。

曹操听到祢衡终于死在黄祖刀下,轻松又轻蔑地一笑:"这迂腐不堪的书呆子是自己找死,根本用不着脏我的刀!"

群英会蒋干中计

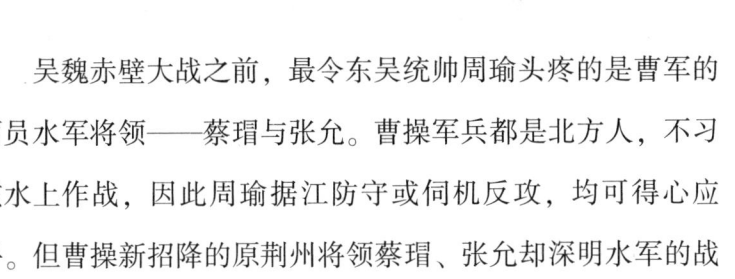

吴魏赤壁大战之前,最令东吴统帅周瑜头疼的是曹军的两员水军将领——蔡瑁与张允。曹操军兵都是北方人,不习惯水上作战,因此周瑜据江防守或伺机反攻,均可得心应手。但曹操新招降的原荆州将领蔡瑁、张允却深明水军的战法,正为曹操训练水军,而且已经初具规模。一旦练成,必会成为东吴的重大威胁。

但事情却有了出人意料的戏剧性变化。不过,这要先从蒋干说起……

蒋干,九江人,字子翼,曾与周瑜同学,现在江北曹操身边做幕宾(半属官半客人的身份)。

有一天曹操召集众人商议军情。由于东吴防备很严,又隔江相持,一时没有迅速取胜的办法。正为难时,蒋干站起来冲曹操施了一礼:"我愿凭三寸不烂之舌,为曹公往江东劝周瑜来降。"

曹操很高兴,忙问:"子翼与周郎交情很深吗?"

"我自幼和他同窗,是相知相投的好朋友。丞相放心,我到江东,一定会成功!"蒋干信心满满地说。

曹操大喜,置酒为蒋干送行。

蒋干葛巾布袍,乘一叶小舟,来到周瑜寨前,叫人传报:"有老朋友蒋干来访。"

周瑜正在帐中议事,一听蒋干来了,笑着对众将说:"这肯定是为曹操当说客来的!"于是低声和众人交代了几句。众人应命而去。

周瑜整理衣冠,脱去战盔铠甲,穿着锦缎礼服,带着几百个锦衣华帽打扮的随从,来到寨前欢迎蒋干。

只见蒋干带名小童,昂然而来。

周瑜因比他年轻一岁,便首先拜见,态度十分恭敬。蒋干更加得意,便以兄长的口吻问:"公瑾近来还好吧?"

周瑜拉着蒋干之手笑道:"子翼兄辛苦了!大老远来这儿,是为曹操当说客的吗?"

蒋干一怔,只好刻意掩饰来意:"我很久没来看你,特来叙叙旧日交情。你怎么怀疑我是曹操的说客呢?难道人情浅薄至此,连老朋友也不相信了?"

周瑜又笑了笑,说:"我虽不很聪明,倒也还能察言观色,看出点儿迹象呢!"

蒋干有些生气地说:"如果你对老朋友是这种态度,那我也没话可说。就此告辞了!"

周瑜大笑道:"不过是试探兄长罢了!既不是说客,为什么要走?我也正想念兄长呢!"于是,他与蒋干肩并肩、亲亲热热地进入大帐之中。寒暄已毕,周瑜下令,让江东众英雄全来和蒋干相会,要尽兴宴乐一回。

不一会儿,文官都穿着锦绣衣裳,帐下副将、校尉等则披银色铠甲,分两行入帐。周瑜分别把他们引见给蒋干,然后大家落座,开怀畅饮。

蒋干刚要说话,周瑜先发话道:"蒋先生是我的同窗好友。虽是从江北而来,却绝不是曹家说客。公等不要猜疑。"又解佩剑递给大将太史慈:"请你佩我剑监酒。今天宴饮,只讲朋友交情。如有提及两家军旅之事而败坏众人兴致者,定斩不赦!"

太史慈于是按剑坐于席间,监视宴会众人。

蒋干不觉心虚,再不敢开口说话。

周瑜今天格外高兴,道:"我自从统兵以来,滴酒不饮。今天见了老朋友,彼此毫无疑忌,所以一定要喝个痛快!"说罢,命人奏军乐,开怀畅饮。

满座众人也都兴致勃勃,轮番劝酒。

饮到一半时,周瑜已有醉态,拉着蒋干的手,走出帐外。左右军兵全都武装齐整、持戈肃立。

"我的士兵,还雄壮吧?"周瑜自豪地问。

"确实是一个个如虎似熊,英勇无比。"蒋干确有此感,脱口称赞。

周瑜更兴奋,又领着蒋干到军营四处参观,后来竟把蒋干带到粮库面前,把堆积如山的粮草毫无戒心地展现在蒋干眼下。"怎么样?我粮草不少吧?"

"果然兵精粮足,名不虚传。"蒋干见周瑜不把自己当外人,暗自得意。

周瑜大笑道:"当年我和兄同学时,可真没想到会有今天的地位!"

蒋干见周瑜确实有些醉了,就顺口应酬道:"凭你的高才,确实应有这样崇高的地位。"

周瑜益发得意:"大丈夫处世,能遇知己的君王,外有君臣之义,内结骨肉之亲,统兵握权,言必行,计必从,与君王生死与共,如同一人,这还有什么遗憾?这时若想让我动摇,可能吗?"说罢又哈哈大笑。

蒋干知道周瑜之妻与孙策之妻是亲姐妹,所以周瑜与孙权有不可间离的亲戚关系。又见周瑜在半醉中说出忠心不二的话,唯恐周瑜怀疑自己,更不敢再发一言。

周瑜与蒋干转了一圈,又回到帐中痛饮,一直喝到天色很晚,仍不想散席。周瑜此刻已醉得不浅了,起身拔剑,竟在宴席间边唱边舞起来:

"丈夫处世兮立功名,立功名兮慰平生,慰平生兮我将醉，我将醉兮发狂吟！"

满座人众都兴致勃发，欢声笑语，宴会气氛更为热烈。

夜深了，蒋干心下焦急，此行目的没有达到，甚至连开口的机会也没有，难道自己真是来陪周瑜喝酒的不成？于是起身道："我酒已喝好，实在不能再饮了！"

于是，周瑜才下令撤席。

众人辞出。周瑜对蒋干道："很久没和子翼兄同床而眠了，还记得当初我们亲密无间的情景吗？今天，咱们再在一床抵足而眠，以续旧日之情！"说罢，周瑜摇摇晃晃地要拉蒋干的手，却身体一斜，软塌塌地倒在地上。接着，就大呕大吐，弄得帐内狼藉一片。

侍卫们把周瑜抬上床，周瑜人事不省地呼呼酣睡起来。蒋干本想走，但偷眼瞥见周瑜的书案上堆着不少文件，一时心动，想：劝降他不成，若能探得些机密，也好回去对丞相交差。既然周瑜刚说过留他共宿，蒋干也就借机行事，和衣躺在周瑜身边。

周瑜醉后酣睡，鼻息如雷。

蒋干哪里睡得着？熬到深夜二更，见周瑜仰面朝天仍酣睡如泥，便悄悄坐起来，小心推推周瑜，叫道："公瑾！公瑾！"

周瑜毫无反应，仍鼾声大作。

蒋干这才放下心来，偷偷来到书案前，翻看那些文件。

除了一般的军情报告外,还有一封信夹在其间。这是一封江北密送来的信,上写"蔡瑁、张允谨封"。蒋干大惊,忙拆开仔细阅读。

信中大意是:

我两人投降曹贼,是迫于形势,不得已。现在已获得曹操信任,掌握了指挥调动水军的大权。一待机会,必有意制造水军的困境,使之无法与吴军抗衡。同时,把曹贼之首献于周都督帐下。

蒋干这才知道,原来蔡、张二将串通东吴,要谋害曹操。于是他赶紧把这封信藏在贴身处,正要再看别的文件时,床上的周瑜翻了个身,吓得蒋干忙退回床边,重新躺下。

周瑜含含糊糊地正说梦话:"我几天之内,教你看曹贼之首……"

蒋干勉强应了句。

"我让你看曹贼之首……"周瑜又含糊地说。

蒋干刚要趁机诱他说出机密情报,周瑜却翻个了身,呼呼地又睡着了。

蒋干只好躺在床上,一声不发,装睡。

天快亮时,只听有人走进帐来,急切地问:"都督醒了吗?"

周瑜猛然惊醒,见身边躺着一人,大惊道:"这是谁?"

侍卫进来小声说:"不是都督请蒋先生同床而眠的吗?"

周瑜懊悔不已:"我平时从没喝醉过。昨夜大醉后,一时糊涂,不知可有没有说梦话?"

这时,刚才闯进来的那人报告:"江北有人来了。"

"小声点儿!"周瑜低喝,接着扭头,冲依然闭眼躺在床上的蒋干叫道:"子翼兄!子翼兄!"

蒋干只装酣睡,并不作声。

周瑜把来人叫出帐外,悄悄询问。

蒋干忙屏气静心偷听。只听来人在帐外对周瑜低声说:"张、蔡两位都督说,要马上动手杀曹操还不行,应当找个适当时机。……"后面的话音更低,蒋干就听不清楚了。

过了一会儿,周瑜轻轻回到帐内,又低声叫:"子翼兄!子翼兄!"

蒋干仍旧只装熟睡,鼾声大起。

周瑜于是不疑,又重新脱衣躺下,睡着了。

蒋干私下想:周瑜是个精细人,天亮后要是发现丢了机密书信,一定怀疑是我偷去的,很可能会杀了我。我必须赶紧逃脱险境才是。就这样躺到五更天,蒋干偷偷爬起身,又轻轻叫了周瑜几声,见他仍睡得很香,心中得意地暗笑,道一声"惭愧",悄悄溜了出来。

军营中一片寂静,众人都在睡梦中,只有巡逻的士兵不时经过。蒋干瞅准一个空隙,快速跑到军营大门。守门士兵

问："先生到哪里去？"

蒋干搪塞道："周都督事务繁忙，我不便长时间打扰。昨夜已辞过都督，今晨就没再打扰他。就此告辞了。"

士兵因昨天见周瑜对蒋干十分热情、尊敬，也不敢阻拦，就放蒋干出了军营。

蒋干乘船匆忙回到曹营。曹操关切地问："先生此行，事情办得怎样？"

蒋干说："周瑜这个人，很难用语言说动他，他表示绝不投降。"

曹操叹了口气道："事没办成，反会让他笑话咱们不能硬打，而想靠嘴皮子取胜了。"言语中便露出对蒋干的不满意来。

蒋干微笑道："那件事虽然没办成，却意外地为丞相探听到一个绝密之事。请您先让别人避一下。"

曹操不知蒋干有什么话要说，见他神色诡秘，又不无得意之状，就令帐中其他人都退出去。

这时，蒋干才讲了在周瑜帐中的所见所闻，接着，把那封密信拿了出来。

曹操接过信一看，顿时大怒，喝道："好呀，这两个家伙竟敢谋害我？"随即令人把蔡瑁、张允叫到大帐。

二人致礼后，问有什么事。

"我想让你们二人马上进兵江东！"曹操道，同时两眼冷峻地盯住蔡、张二人。

二人觉出曹操表情异常，心里有些不安。因为他们毕竟不是曹操的旧臣、心腹，而是刚由刘表军中投降过来不久的新人，唯恐什么地方言行不慎而让曹操不满意。二人心中不安，表情自然有些惶惑，因此含含糊糊地回答道："我们的水军还没有操练好，现在还不宜轻进……"

曹操大喝一声："要是操练好，我脑袋就要搬家啦！"

蔡、张二人不明白曹操所指何事，但一见曹操忽然发怒，不觉脸色苍白，手脚慌乱，一时不知说什么好。

曹操见状，越发觉得二人定是内奸，就喝令武士把二人绑了，立即拉出去斩首。

"冤枉！我们冤枉啊！"二人大惊，凄惨大喊。

喊声未落，只听"咔嚓、咔嚓"两声，两颗人头已滚落地上。

武士用木盘把两颗人头献到曹操面前，曹操见蔡、张二头鲜血淋漓，双目不瞑，猛地心中一震，暗暗叫苦："我上周瑜的当了！"

就这样，东吴的心腹之患轻易地解除了。原来，周瑜从蒋干刚一踏上南岸，就决定利用这位"故友"来实现自己的"反间计"了。

于是，所有醉态、梦话，都是周瑜装出来让蒋干上钩的。蒋干以为周瑜在醉中、梦里，而实际上，真正在醉中、梦里的只是他自己。

计中计，周瑜胜曹操

三国时，曹操统率魏国八十三万大军，号称百万，南下与孙权的吴国争战。孙权则派大都督周瑜带兵与曹兵隔江对峙。周瑜足智多谋，采取正确的战略方针，坚守不战，又用反间计，除掉了曹营中仅有的两员谙习水战的大将蔡瑁、张允，使曹军大为尴尬。

一日，曹操的谋士荀攸献计："江东军事难于速胜，盖因我们对敌方不很了解，可以派人去假装投降，让他们作为奸细、内应，及时给我们报告对方军情。这样就可以寻找到适当的战机，进而战胜吴军了。"

曹操道："我也早有这想法。你看军中谁去合适？"

荀攸答："蔡瑁被杀，蔡氏宗族都在我军中。蔡瑁的堂弟蔡中、蔡和现在当副将。丞相可以对他们表示恩宠，然后派他俩前去，东吴一定不会怀疑。"

当夜，曹操把这两个人秘密叫来："你们两个人带一些士兵，偷偷跑到东吴诈降。对方的军事情报要及时报告回来。事成之后，定有封赏。你们不要有二心！"

二人道："我们的妻子老小都在这里，怎敢对您不忠诚？我们一定要把周瑜的脑袋献在您的帐前！"

曹操这才放下心来，重重赏了二人。第二天，蔡中、蔡和就带着几百名亲信士兵，偷越战线，来到大江南岸的周瑜大营。

周瑜叫他们进来，没等问话，这两人就伏地大哭，控诉曹操："我哥哥根本没罪，却被曹操杀害了！我们兄弟二人为报仇，特来投降。您若收下我们，我们愿在战斗中打前锋！"

周瑜本来就知道蔡瑁是屈死，所以听到二人哭诉后，很高兴他们来投降，便重赏二人，当下命令他们和东吴大将甘宁共同领兵做前部先锋。

这时，东吴的鲁肃入见周瑜，急切地说："蔡中、蔡和二人的投降，多半是诈。都督不能收用他们！"

"他俩因为曹操杀了其兄，为报仇而来投降，有什么可怀疑的？你这样多疑，怎么能容天下的人才？"周瑜责备道。

鲁肃默然而退。

次日，周瑜鸣鼓，把众将领都召集到大帐中，商议军事。周瑜下令："曹操百万大军，连成三百里营寨，绝非一天两天可以战胜的。现在每营将官领取三个月的粮草，准备长期与敌人相持。"

话音未落,老将黄盖大声反对:"莫说三个月,按你这样的打法,三十个月也没用!依我之见,要不就马上进兵开战,一个月内击败曹军;要不,干脆就放下武器,投降曹操!"

周瑜勃然大怒:"吾奉主公之命,督师拒贼,谁敢说'降'字,必斩不赦!现在两国交兵之际,你身为大将竟惑乱军心,不斩你的脑袋,难以服众!来人!"

武士进来,绑住黄盖。

周瑜下令,马上将黄盖斩首示众。

黄盖火了,大骂:"我自从跟随破虏将军(指孙权的父亲孙坚)纵横东南,已经长达三个朝代(孙坚、孙策及现在的孙权),英名远扬!我冲锋陷阵时,还没有你呢!"

周瑜年轻,确比黄盖这批元老资历浅,也确有一些老将曾对他表示不服。因此一听黄盖的嘲骂,顿时气得脸发白,大叫:"立刻斩首!"

这时先锋甘宁上前求情:"黄老将军是东吴元老宿将,请都督宽恕。"

周瑜气急败坏地大拍几案:"你竟敢多嘴,坏我法度!"立即喝令左右武士用乱棒把甘宁打了出去。

这时,所有在场将领,包括刚降的蔡氏兄弟,全都跪下求情:"黄将军罪过大,的确该杀。但两军未战,先斩大将,不大吉利。还恳请都督息怒，先记上他这罪。到打败曹军后，再斩不迟。"

周瑜哪里听得进去，火冒三丈地连连命斩。直到众官跪求不起，并都有些面带怨气后，周瑜才咬牙切齿道："若不看众人脸面，定斩不饶！今天就先免你一死！"说罢，命左右把黄盖推翻在地，痛打一百军棍。

试想，黄盖已是老年将军，哪经得起一百军棍？才打到五十，已经皮开肉绽、人事不省。眼看着就要把老将军活活打死，众将官实在看不下去了，又齐刷刷跪下求情。

周瑜余怒未息，恨恨指着昏死过去的黄盖骂道："看你还敢不敢小瞧我？先存下五十棍，再敢冒犯，二罪俱罚，定斩不饶！"说罢，气势汹汹地拂袖而去。

众官员无不痛心地纷纷上前扶起黄盖，只见老将军已气息奄奄，大家不觉落下泪来。蔡中、蔡和两人更是跑前跑后，殷勤照料，亲自搀扶黄老将军回营。

当夜，又有不少与黄盖有交情的将领、官员来营帐中探望黄盖。无论众人怎样劝慰，黄盖都一言不发，只咬牙盯着帐顶。许久，长吁一声。许久，发一声狠。

蔡中、蔡和两人目睹了这一切，悄悄退回营帐写信，讲了吴军中众将离心散志的态势及黄盖无辜被打的事件，然后派跟来的士兵扮作渔人，悄悄将信送与北岸的曹操。

第二天夜里，曹营前来了个陌生人，渔夫打扮，东吴口音,声称要见曹操,有要事相告。

曹操唤他进帐。那人是东吴参谋,名叫阚泽。进得帐中,见明烛高照,曹操身凭几案,高高在上坐着,满脸威严地盯着来人,一声不吭。

阚泽施了一礼。

曹操仍傲然端坐,只冷冷问道:"你是东吴参谋,到我这儿有什么事?"

阚泽长叹一声,瞟了曹操两眼,然后半自语道:"人都传说曹丞相求贤若渴,现在一看,竟全不是那回事!黄老将军啊黄老将军,您可是寻错人啦!"

曹操道:"你是说我没礼貌。现两国交兵之际,你突然一人来到我这儿,我知道你是干什么来?"

阚泽这才说出来意:"黄盖将军是东吴三朝元老、功勋旧臣,昨天却被年轻狂妄的周瑜在众人面前无端毒打,几乎丧命,因此心中愤恨,想要投靠丞相。为了报仇,跟我商量这想法是否合适。我与黄将军情同骨肉,也认为丞相可以投靠,所以带着黄将军的密信前来。不知丞相是否接纳?"说罢,把黄盖的信递给曹操。

黄盖之信的大意是:我身受孙氏厚恩,本不该背叛。但以今日形势而论,用江东六郡之卒而抗中原百万大兵,众寡悬殊,实难取胜。东吴将佐官员,无不心同此理。可气周瑜这乳臭未干的小子,目光短浅,根本不能审时度势,又妄自

尊大，无端侮辱旧日之臣。我昨日受不白之屈，夜不能眠。最后决定顺应时势，投奔丞相。待身躯休养几日，便带本部投降，粮草车仗，也同船一起献纳。

曹操把黄盖的信反复看了十几遍，忽然一拍几案，大怒道："黄盖用苦肉计，要你投诈降书，好乘机袭击我。这种伎俩，能算计我不成？"便喝令左右把阚泽拉出去斩首。

阚泽面不改色，只轻蔑冷笑。

"你冷笑什么？"

"我只笑黄老将军没看准人。"

"怎么没看准人？"曹操喝问。

"要杀就杀，还问什么？"阚泽反喝。

曹操冷笑道："我自幼熟读兵书，深知诡诈之道。你们这计，瞒别人可以。要想瞒我，难！"

"你说信中有什么破绽？"阚泽问。

"好吧，我让你死个明白。如果是真投降，为什么不约定日期，两相接应，以便摧垮吴军？不是虚说假作是什么？"曹操道。

阚泽哈哈大笑起来，说："无学之人！可惜我竟死在你这种人手里！"

曹操羞恼道："你若讲出道理，我自然敬服。"

"你不懂'背主行窃，不可定期'的道理吗？假如现在约好时间，万一有所变故不能动手，可你这边的接应人马却已过去,事情岂不暴露?做这种机密事,只能见机行事,能死板地捆住自己的手脚吗?你不懂这简单的道理,却滥杀无辜,真是不学无术之辈!"

曹操听罢,自觉理屈,忙堆出笑脸,以礼待客。正巧,这时蔡中、蔡和两人的密报也送到曹营。曹操看过后,这才对阚泽深信不疑,当面赔礼:"我遇事不能清楚判断,误犯尊严,请您千万不要见怪才是。"

阚泽表情真切地说:"我和黄将军真心实意地想归附您,就像孩子盼望回到父母身边一样。怎能有丝毫欺诈呢?"

曹操大喜:"若此次因你们二位而大获成功,一定要给两位比别人都高的爵位与封赏!"

阚泽道:"我们并不是为了高官厚禄,只不过是顺应天意人心罢了。"

曹操和阚泽商量:"可否请先生再回江东,和黄将军约个日期,好里应外合,一举击败周瑜?"

阚泽说:"我再回去,恐怕让人怀疑。还是请机密可靠的人去才好。"

"若让别人去,反容易走漏消息。还是请先生辛苦一趟为好。"曹操再三请求。

阚泽见推辞不掉,就说:"既然丞相信任我,我就再回去。不过要走就要马上走,在北岸太久,周瑜会察觉的。"

于是,阚泽接受曹操之命,又潜回江东周瑜军中。

当天，他来到甘宁寨中，对甘宁道："将军昨天为救黄将军而被周瑜所辱，我看了很不平！"

这时，蔡中、蔡和就在帐篷不远处。

甘宁咬牙切齿，面目发狠道："周瑜自以为了不起，根本不把我们这批老将旧臣放在眼里！昨天受辱，已使我没脸面再见江东众人了！"

阚泽忙嘱甘宁低声。两人恨恨地悄声谈了起来，只见甘宁不时长吁短叹。

帐外偷听的蔡氏兄弟于是走进帐内，故意问："将军为什么烦恼？阚先生又有什么不平之事呢？"

阚泽看了他俩一眼："我俩心里有苦处，你们怎能懂？"

蔡中一语点破："是不是想要背叛东吴、投降曹丞相？"

阚泽脸色大变。甘宁拔剑而起："既然你们已经看破，那只好杀人灭口了！"说罢就要动手。

二蔡忙道："两位不必害怕，我们把实话告诉你们吧，我们本是诈降。两位若真有降操之心，我等当代为通报江北。"

"你们所说是实？"甘宁问。

"怎敢欺骗二位？我家小均在江北，若真降，能只身前来吗？"蔡中说。

甘宁大喜："要是这样，真可谓天赐良机了！"

阚泽也亮出真面目："我已为黄将军献书于曹丞相。今

日归来,就是与甘宁将军相约,到时同黄将军一起举事的!"

二蔡也十分高兴。当下四人计议停当,由二蔡再写密报给曹操,讲待适当时机,黄盖、甘宁、阚泽与他们两人便在吴军中举事,然后便投奔曹营。希望到时,江北大军前来接应。若可能,则里外夹攻,大破吴军。又特意指明,到时,黄、甘二将所部,船头均插青牙旗,以与其余吴军区别。

曹操接到密信,很满意,即刻下令江北诸营有所准备,准备厮杀。

过了几天之后,江上大雾弥漫。忽听南岸战鼓齐鸣,杀声阵阵。曹操惊疑,忙走出船舱观望。只觉南岸营中混乱厮杀,十分惨烈。不一会儿,浓雾深处,奔出几十艘小船,船头均插青牙旗,直向江北而来。及近些,见黄盖、甘宁等人在船头大呼:"东吴降将来投,丞相快来接应!"

曹操正要下令进攻,黄盖的数十只小船已来到曹军船舰之间,猛地一声锣响,小船同时起火,烈焰冲天,顿时把锁在一起的曹军战船也引得燃烧起来,曹军瞬间大乱。而黄盖、甘宁诸将则横冲直撞,砍杀起来。

曹操大惊,一时不知所措。

此时雾散风起,东南大风将火势吹扫得更为凶猛,大火张牙舞爪地直扑曹军战船及岸上的军营,不一会儿就烧成一片火海。

而江南吴军,则乘势掩杀过来。士兵个个生龙活虎,奋勇当先。曹军被烧得焦头烂额,一个个抱头鼠窜。这一仗,直杀得尸成山、血成河,曹军八十三万大军,顷刻瓦解,连曹操也险些丢掉性命。

原来,曹操中了周瑜的计。周瑜早看出蔡中、蔡和的诈降(当时周瑜就私下对心腹讲,只身来降,不带家眷,肯定是诈),于是将计就计,当着二蔡的面,与黄盖共同演出一场"苦肉戏",又故意当众侮辱甘宁,再派阚泽去送诈降书。就这样,二蔡非但没有把吴军虚实密报曹操,反而帮周瑜实现了计谋。最后,开战时,这两个自以为得计的诈降者,则因周瑜一声令下,被甘宁斩首祭旗了!

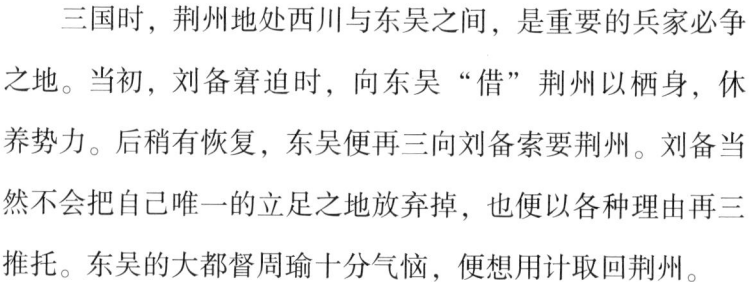

周瑜为刘备娶亲

三国时,荆州地处西川与东吴之间,是重要的兵家必争之地。当初,刘备窘迫时,向东吴"借"荆州以栖身,休养势力。后稍有恢复,东吴便再三向刘备索要荆州。刘备当然不会把自己唯一的立足之地放弃掉,也便以各种理由再三推托。东吴的大都督周瑜十分气恼,便想用计取回荆州。

一天,听得刘备夫人新丧,周瑜顿时心生一计,对东吴大将鲁肃说:"我有计策了,此计必使刘备老老实实地把荆州交回来。"

鲁肃问:"什么计?"

"刘备丧妻,必将续娶。我知主公有一妹妹,刚武英豪。主公可假意以招婿为名,赚刘备来东吴成婚。一旦他来,则囚入牢室。再派人去讨荆州以换刘备。他们必然交还荆州。之后,放与不放,杀与不杀,不全凭我们随便处置了吗?"

鲁肃觉得这个计策甚好,表示赞同,便对东吴之主孙权说了此计，孙权也同意，于是派大臣吕范去荆州做媒。临行前，孙权对吕范说："近日刘备夫人病逝。我有一妹，想招刘备为婿。永结姻缘，同心破曹，以扶汉室。这做媒的事，我看你去说最好。请你走一趟吧！"

吕范领命，以媒人的身份来到荆州。

再说刘备，中年丧妻，他很烦恼悲哀。这天正和诸葛孔明闲谈解闷，有人忽报东吴派吕范来了。孔明笑道："一定是周瑜为要荆州，又有什么计谋了。我在帐后躲起来，无论吕范说什么，您都先答应下来。然后我们再商量对策。"

刘备于是接见吕范。

吕范先对刘备表示慰问，然后就讲清来意："人若无妻，就像房屋没了梁一样。所以我不避嫌疑，特来做媒。"接着就把东吴要招刘备为婿的事及此事对刘、孙两家政治军事上的意义都认真诚挚地陈述出来。最后道："因为吴太夫人特别疼爱这个最小的女儿，不愿她远嫁，所以请皇叔去东吴举行婚礼。"

"这事，你们主公知道吗？"刘备问。

吕范笑道："这种事，不先征得吴侯同意，怎敢随便来说呢？"

刘备以年龄相差太大等理由婉拒。但吕范是个非常称职又热心撮合的媒人，一再劝说。最后刘备没理由推辞了，就说："请您先住下来，我明天告诉您最后的决定。"

到了晚上,刘备与孔明细商此事。孔明十分高兴,劝刘备答应这门亲事,并马上要派孙乾和吕范回见孙权,商定娶亲事宜,择日就去东吴成婚。

刘备绝非平庸之辈,他不解地望着孔明道:"这肯定是周瑜的计谋,我怎么能草率地身入虎穴呢?"

孔明笑道:"周瑜虽能用计,但怎能出乎我所料?主公放心,我略施小计,保管使周瑜无计可施,既能使孙权之妹成为主公之妻,又确保荆州万无一失!"

刘备虽相信孔明的神机妙算,但对只身入虎穴的危险仍心存疑惧,很是犹豫。孔明道:"我已定下三条妙计,再让赵子龙保主公过江,绝不会有差错的!"随即孔明派人把赵云找来,安排了任务,又交给他三个锦囊:"你保主公入吴,可依次按这三个锦囊内之计行事。"

于是,在建安十四年(公元209年)冬十月,刘备由赵云、孙乾陪同,进入吴国境地。刚到吴境的第一个城市南徐,赵云就按孔明的吩咐打开了第一个锦囊。看罢,就命令随行的五百名士兵,一个个披红挂绿地到市集上去购买各种婚礼所需要的物件,同时在百姓间大肆宣扬刘皇叔将要与东吴公主成亲的消息。东吴士官百姓闻听,更代为传播,立时,这喜庆的消息就传向吴国所属各地。赵云又代刘备准备了丰厚的礼品,教刘备主动拜访乔国老。

乔国老在吴国是举足轻重的人物。他的两个女儿,一个嫁给了孙权的哥哥孙策，一个嫁给了周瑜。两个女婿，一个是吴国前国主，一个是正掌大权的都督，由此可知乔国老的"一斑"了！

刘备的登门拜访，使乔国老大为开心，却又为如此大事自己这个国老却没有被告知而大为恼火。送走刘备后，他便从南徐赶到都城去见孙权的母亲吴国太。一进门，乔国老就气哼哼地冲吴国太道喜。

国太一怔："有什么喜事呀？"

国老道："国内都已传遍，您的贵婿也到我门上来过了，为什么还要瞒我？"

国太大惊："竟有此事？"忙派人把孙权叫来质问，并派人到城中探听。

被派到城中探听的人先回来了，报告说："确有此事。女婿已在驿馆安歇，五百随行军士正在城中购买猪羊果品，准备成亲。女方的媒人是吕范，男方的媒人是孙乾。"

国太一听，捶胸顿足大哭起来。此时，孙权进见母亲。国太怒气冲冲地责问："你心里还有我吗？女儿是我生我养的，你招刘备为婿，这么大的事为什么瞒着我？"

孙权吓了一跳，没想到母亲已知此事。不得已，才向国太说出真情：不过是条计策，只为了把刘备骗到东吴，好以此作为要挟，讨还荆州，并不是真要把妹妹嫁给刘备。

国太一听更火了，大骂周瑜道："你个堂堂六郡八十一

州大都督,怎么这样没出息?没本事取荆州,却以我女儿的名义,使美人计!杀了刘备,我女儿就是望门寡,以后还怎么再嫁人?"接着又怒斥孙权:"你们这帮没本事的家伙,做的好事!"

孙权平日孝敬母亲,此刻只能默默无声。

乔国老也大为不平:"就算用这条计取了荆州,也会被天下人耻笑。这怎么行?"

孙权羞惭不已。

乔国老又说下去:"事已至此,也只能招刘备为婿了,免得出丑。"

孙权忙反对:"两个人年龄恐怕不大相当吧!"

乔国老对刘备已有好感,就争辩道:"刘备是大汉皇叔,当今英雄,有何不可?"

国太道:"明天我先见见刘备。他若不如我意,此事听凭你们去做。若如我的意,就把女儿真嫁给他!"

孙权无奈,只得答应。但预先在会见地点埋伏下刀斧手,一旦国太不满意刘备,就马上拿下刘备。

不料,第二天在甘露寺,吴国太一见相貌堂堂、打扮齐整的刘备就喜欢得很,对乔国老赞叹道:"这真是配做我女婿的人!"

乔国老更趁机大赞刘备的人品才能。于是国太一锤定音,要求择日定亲。

孙权悻悻地，只有听任国太。

刘备回馆驿后，孙乾又要他马上再见乔国老，请求早日完婚，因为东吴多有欲害刘备的人。

乔国老又面陈国太，国太十分气愤："我的女婿，谁敢杀害？"便命刘备搬入宫中，住在自己身边，并同意赵云率五百士兵也陪住进来。

紧接着，国太就为刘备与自己的女儿举行了盛大的婚礼。

周瑜闻听此事，懊恼不已。他又心生一计，要孙权软禁刘备于宫中，提供锦衣美食、音乐歌女，企图软化刘备的志向，让他贪恋享乐，不思回荆州。然后，再伺机挑拨他与关、张二人的关系，疏远他与诸葛亮的情感。最后，再用计夺回荆州。总之，绝不可让刘备再跑回去！

于是孙权依计而行：修建豪华宫室与刘备夫妇居住；花木玩物，无所不尽其美艳珍奇；歌女乐师，则均是色艺绝佳的人选；至于金玉锦绣、车马服饰，更是应有尽有、极尽丰厚。

刘备长年奔劳于战场间，猛入温柔富贵之境，果然乐而忘返，沉迷酒色之中。

赵云见状，甚感忧虑。按孔明所说，于年终又拆开第二个锦囊。他看过之后，急匆匆地来到正听歌看舞的刘备面前禀报："今早接孔明来报，曹操起精兵五十万，杀奔荆州而来！军情十分紧急，请主公马上回荆州！"

刘备虽贪恋享乐，但还不沉迷。一听荆州危险，也吃了一惊。但又不舍得离开孙夫人。

赵云于是几次三番催促刘备。

刘备更加为难，常面容悲戚。

孙夫人已探知内情，便果断地说："大丈夫立世，不可只顾儿女私情，妾已是夫君的人，无论你到何处，我都跟你去！"

刘备很高兴，夫妻二人于是商定，以到江边祭祖为名，离开吴境，潜回荆州。

到了元旦，夫妻二人给国太拜年。之后，孙夫人代刘备说："祖宗、父母之坟在涿郡，想到江边，望北遥祭，以表人子之情。"

"这是孝道。当然可以！"国太以慈爱的眼光望着刘备，立刻答应。

于是，当天下午，刘备、孙夫人、赵云，带着五百士兵，瞒着孙权，悄悄向长江岸边进发。

第二天，孙权得知刘备走脱，忙派将领率兵去追。周瑜唯恐刘备逃跑，也派兵在他们的必经之路防守。结果，刘备前后受敌，被追兵团团围住，情势万分危险。

赵云忙按孔明所嘱，"在危急时刻翻看第三个锦囊"。看过后，便把孔明的计策告与刘备。刘备急忙赶到孙夫人车前，流泪道："备有几句心腹话，要告诉夫人。"接着，便把与孙夫人结婚的前后经历及孙权、周瑜以她为诱饵要谋杀刘备的全部阴谋告诉了妻子。之后，又十分真诚地表现出对夫人的爱恋之情。最后表示，若夫人不能帮自己脱离危险，则宁愿自杀在夫人面前。

孙夫人一听事情的全部经过，大怒。由于夫妻感情很深，她当然不会让刘备有丝毫危险，就把孙权、周瑜派来的人大骂一顿，连带着也痛骂了自己的哥哥和"不可一世"的东吴大都督。然后她扬眉立目，喝令这些人让路，否则杀无赦。

这些人见公主发怒，哪敢下手？觉得人家毕竟是王族亲贵，自己只是下人、走卒，何必掺入主子家事之间受窝囊气？又见赵云横枪立马，怒气冲天地准备厮杀，自知费力不讨好，甚至会被赵云杀伤性命，最终还会被主子谴责，就让开一条路，放刘备走了。

刘备死里逃生，打马赶路，来到长江边上。后面追兵又至，原来是吴军将领新接孙权之令：宁可杀死亲妹妹，也不可让刘备逃走！正惊慌失措时，江岸芦苇丛中突然摇出二十多只船来。竟是诸葛亮专候在此，准备接刘备回荆州。

刘备大喜，上船与孔明相会。

这时，上游又铺天盖地地冲来无数战船。中间帅字旗下，正是周瑜亲统水军截杀而来。

刘备在孔明的指引下，弃船上岸，乘马疾行。

周瑜只好也弃船上岸。但水军少马，只好带少数兵力追杀刘备。不料，追至半途，一队人马横向杀出，大将关羽，威风凛凛拦在面前。

周瑜胆战心惊，慌忙败退。吴兵死伤无数。

周瑜逃得性命，回到船上，气息还没喘匀，就听岸上刘备士兵大喊："周郎妙计安天下，赔了夫人又折兵！"这讥讽的叫喊声在周瑜耳边长久不停歇。

周瑜恼羞成怒，大叫一声，一口鲜血喷了出来，立时昏倒在地。

于是，周瑜为刘备娶亲，偷鸡不成蚀把米，就成了流传至今的讽刺故事了。

诸葛亮巧使空城计

诸葛亮北伐中原,由于错用了"言过其实,不可大用"的马谡,结果导致街亭这个战略要地失守,再无法进军取胜,而且随时有被魏兵堵截归路、全军覆灭的危险。

诸葛亮顿足长叹:"大势去矣,这全是我的过错造成的!"为避免更大损失,诸葛亮忙安排人马,布置撤退。

为防魏军乘势追击,诸葛亮赶紧把关兴、张苞两员小将唤到帐前:"你们二人各带三千人马,在武功山小路两侧布置疑兵。如果魏军来到,敌众我寡,切不可战,只大声击鼓呐喊,用疑兵计吓退他们即可。然后,急奔阳平关,撤回蜀中。"

又令张翼:"引部分军兵,快速修理剑阁通道,为大军准备退路。"

然后传令:大军悄悄收拾行装,分别从各自驻地快速撤回蜀中。

诸葛亮的中军营地现在西城县内,这是个弹丸小城,易攻难守。待诸葛亮把身边人马分派出去执行紧急命令之后,城中就近于空地了。正要拔寨撤离,忽然十几匹马飞跑进城来,马上士兵大汗淋漓、气喘吁吁地报告:"司马懿亲率十五万大军,已向西城扑来,而且马上就要到了!"

这时,诸葛亮身边只剩下一些文官,一员武将也没有。士兵也大多派了出去,只留有两千老弱病残,根本无法作战。

众官员听到这消息,一个个吓得面无血色,一句话也说不出来。很明显,战不能战,逃也逃不掉——此地路径狭窄,唯一的大道已为司马懿占住。再加上辎重行李多,马匹、车辆少,逃不出几里,就会被魏军铁骑追杀殆尽。

诸葛亮也十分紧张,忙登上城楼向外观望。果然,西北方向尘埃冲天蔽日,已隐隐有大军奔走声如闷雷般响起,尘土中更不时闪现魏军旗号,招摇挥动。

诸葛亮稍一沉吟,马上传下命令:把城内所有旗帜全放倒,藏匿起来。城内士兵,各自隐藏在驻地房舍、围墙内,不许乱动乱叫,如果违令不遵者,立斩。然后,又下令:大开东、南、西、北四面城门。每一门前,派二十名老少军兵打扮成老百姓模样,洒水扫街,不许神色慌张,举措不当。如果魏军冲到城前,也不能退入城内,仍要一如既往。

众人不解其意。

诸葛亮微微一笑，胸有成竹地说："我自有退兵之法，你们不必惊慌。"说罢，披一件印有仙鹤图案的宽大长衫，戴一顶绸布便帽，让两个小童抱着一张琴、一只香炉，随他登上城楼，凭着楼上栏杆端端正正地坐下，点燃香。然后，闭目养了会儿神，再缓缓睁开眼，虚望前方，安然自得地弹起琴来。

这时，司马懿统领的大兵已来到城下。先头部队见到这种情形，不敢贸然前进，急忙向司马懿报告。

司马懿不相信，以为部下看花了眼，心中疑惑诸葛亮怎么打扮成道士模样，不领兵拒敌，反而悠闲地在城头弹起琴来。于是命令三军暂且停止行动，自己则飞马跑到城下，远远观望。

果然，城楼上诸葛亮笑容可掬地端坐着，在袅袅上升的香烟间，旁若无人、安然自得地沉浸在自己所弹奏的琴音中。他左边的童子，手捧一把宝剑；右边的童子，则拿着一把尘尾。城门口处，有二十余老少百姓正低头洒扫街道，不惊不慌，有条不紊。

司马懿看了许久，听了很长时间，无论从对方人物的表情动作还是诸葛亮所弹出的琴声中，都看不出、听不出丝毫的破绽。

其子司马师道："我们应即刻冲杀进去，活捉诸葛亮！他分明是故弄玄虚，城肯定是座空城！"

其他将士也纷纷要求进兵攻城。

司马懿凝然不动,仍静静谛听。忽然他神色一变,露出紧张的模样,忙下令:"后队改作前锋,先锋变为后队,马上撤退!"

众人不解,眼前并没有什么异常情况。

司马懿怒道:"马上撤退。违令者斩!"

众将士狐疑不明,却只好遵令撤退。

直撤到离西城远了些,司马懿才心有余悸地解释:"诸葛亮这个人和我打过多年仗了。他一生最是谨慎,从不做没把握的事,更别说干冒险的事了。今天大开城门,故意显出是座空城,诱我们白白拿走城池并轻易把他捉住,这里就肯定有埋伏,是个骗局!我军若贸然轻进,必中其计。"

司马师问:"父亲一直凝听静立,后来并无动静,您为什么突然神色大变,马上撤军呢?"

司马懿冷笑道:"当统帅、做大将的人,必须善于观察天地之间的运行变化,了解人间世上的各种知识。我听到诸葛亮的琴音,初始平和恬淡,却突然昂扬激烈,发出一股杀机,分明是要动手、出兵了。再不走,让他围住,四面挨打不成?"

司马师及众将觉得有理,但仍不十分信服。不料,才离开不远,刚进入武功山,猛听得山坡后杀声震天,鼓声动地,伏兵顿起。众将大惊。司马懿道:"刚才若不及时撤退,必中其计了！"话音未落，只见旁边大道上杀来一军，旗上大字"右护卫使虎翼将军张苞"。

一见是西蜀有名战将、当年威震四海的张飞的儿子打杀过来，魏兵胆战心惊，纷纷弃甲抛戈而逃。

没逃多远，山谷中又喊杀声起，鼓角喧天，尘埃万丈。一杆大旗上写着"左护卫使龙骧将军关兴"。魏兵一见是关云长之子，更是魂飞魄散，哪敢接战？

本是山地，喊声杀声因在谷中回荡，似乎漫山遍野均有蜀国兵马。烟尘大起，遮天蔽日，内中旗帜招展，刀枪闪耀，更似乎是天兵天将。

魏军不敢久停，忙丢掉辎重粮草，仓皇而逃。

张苞、关兴也不追赶，只将魏军丢弃的辎重物资拣起，迅速撤退了。

再说西城中的诸葛亮，见司马懿带兵急忙退去，轻轻长吁一口气，用手拭去额上的冷汗，笑了起来。

众文官自始至终不明白诸葛亮与司马懿两人所作所为的缘由，纷纷上前询问。

诸葛亮笑道："兵法云，知己知彼，方可百战不殆。司马懿知我一生谨慎，从不弄险，所以见今天这情况，就判断我在用计骗他入城，所以反慌忙逃走了。而我知司马懿了解我的这一贯作风，所以便借用这种心理，而乘机算计了他。也是知己知彼才敢如此啊！若换上司马昭或曹真统兵，我绝不会如此的。"

众人叹服。

"不过，司马懿也确是知我之人。如果不是实在没别的办法，我也不会用这险计的，实在是万不得已。"诸葛亮道。

众人佩服得五体投地，又后怕不已。

司马懿退兵，一直又退回街亭，和曹真的大军汇合在一起时，才放下心来。而此刻，蜀国各路军已安然无恙地撤回蜀中了。司马懿于是又带一支人马来到西城。及问当地居民，才明白自己"聪明反被聪明误"，误中了诸葛亮之计。当得知当时诸葛亮所处的危险境地，回想他的所作所为，不觉由衷赞叹道："诸葛孔明之才，我不如也！"

兄弟争位，杨广阴谋得逞

隋朝的开国皇帝隋文帝杨坚有五个儿子，而且都是皇后独孤氏所生。对此，杨坚沾沾自喜，他对群臣说："以往皇帝所生诸子，有嫡庶之分，因此互相争权夺宠，实在是亡国之根源。而朕另无姬妾，五子同母，嫡亲的兄弟，这实在是国家大幸啊！"

群臣叩拜称贺。

于是杨坚封年方十四岁的长子杨勇为太子，其余四子分别封王。他认为，一旦自己千秋之后，兄长端居中央，四个亲兄弟拱卫四方，隋朝江山便可万无一失了。

殊不知这只不过是他的一厢情愿：正因为是嫡亲兄弟，一样的天潢贵胄，相等的龙骨龙髓，倒越发争抢拼杀得厉害。五子之中，长子杨勇自以为已册立为太子，只坐享其成。而其他四子则无一不在暗中窥伺、谋划，想取而代之。

其中用心最切、手段最狠、计谋最高的，是老二杨广。

杨广比杨勇小两岁,生得面容英俊、仪表堂堂,举止沉稳,文武兼备。二十岁时就带兵征灭了隋的最后一个对手陈国,为统一大业立下了汗马功劳。因此,杨坚很看重他,封他为晋王。他自己的野心也极大,对长兄杨勇只因为年龄居首而为太子,很是不服。于是,便处心积虑地开始了夺位的准备。在他的晋王府里,养了一批心腹谋臣,如宇文述、张衡等人。他们为杨广提出了"伺太子之短,投父母之好,广交大臣,笼络后宫"的策略。杨广深以为然,便一步步实施计划。

太子杨勇自以为位置已定,只等着拱手而得天下,于是只在太子居住的东宫寻欢作乐,极尽骄奢淫逸之能事。隋文帝作为开国之君,生性俭朴,极厌奢华;皇后独孤氏也最痛恨男人纳姬养妾。因此父母对长子的行为颇有不满。隋文帝还当面告诫太子,应以前朝覆灭的事实为鉴。杨勇却听不进去,依然我行我素,甚至还发牢骚,埋怨父亲。

杨勇的言行,由于早已被杨广买通的杨勇的"亲信"姬戚及时报告给杨广,杨广则在此基础上添油加醋渲染一番向父母陈说。于是,隋文帝对太子日渐反感。

其实,杨广也是个荒淫透顶的角色,但为了赢得父母的欢心,他把自己巧妙地伪装了起来。他的王府屋宅老旧,陈设简陋;在外人面前,他只与王妃相处,尤其当他父母驾临时,他更把府中众多美艳的女子都藏起来,身边只留下老仆粗婢；他还故意把案上的琴弦弄断，再撒上些灰尘，仿佛多年没动过一样……这些招数果然蒙住了隋文帝，使他以为老二生活俭朴，为人端正。而隋文帝及独孤皇后身边的宦官宫女，由于得到了杨广的好处，都交口称赞晋王。满朝文武大臣又对杨广有谦逊有礼的良好印象。一时间，朝廷上下、宫里宫外，没一个不夸赞杨广的。不久，隋文帝果然产生了改换太子的念头。

但在封建社会，改换太子，尤其又是废长立次，可非同小可，极易惹出乱子。因此，隋文帝一直迁延不决。

这可急坏了杨广。朝廷之事，变幻莫测，一旦有什么意外变故或隋文帝突然病故，自己的计谋岂不全白费了吗？

一天，他正在府里长吁短叹，宇文述走了进来，献计道："殿下应当找一适当人物，此人物必须是敢当面说大事，并能让皇上信服的人物。"

"找此人有何用？"

"让他去劝动皇上，及时举措。"

"可谁敢冒这个险？"杨广道。确实，在封建社会里，哪个臣子敢在皇上面前对选立太子之事说三道四？

"越国公杨素。"

杨广一听，击掌大叫："好！此事非此人不可！"原来杨素是隋朝开国元勋，与文帝原是布衣之交，对入隋朝的开创与稳固，立有大功，是当朝最受文帝信任、为百官拥戴的权贵之臣。杨素当时官居尚书右仆射，也就是宰相。

杨广马上要去找杨素商谈此事。宇文述忙劝住："千万不可造次。京城耳目众多，殿下亲去杨府，必会被人发觉。若太子方面在皇上面前告殿下私自交往大臣，有夺权篡位之志，则我们就被动了。"接着，如此这般，说出他的计谋。

"好，就依你说的办！"杨广道。

第二天，宇文述请杨素之弟杨约来自己家中吃饭。席间，珍馐美味无所不用其极；歌伎舞女，个个妖媚美艳。宴后，他又邀杨约玩抛掷木片的赌博游戏，故意输给杨约大量金银和奇珍异宝。杨约大喜，又吃惊道："宇文公何得此类珍宝？"

宇文述哈哈一笑道："哪里是我可有之物，全是晋王杨广托我转送杨兄的。"

"这又为何？"杨约吃惊道。

宇文述于是说出了杨广的意思，又补充道："太子早已失去皇上、皇后的恩宠，迟早被废。而他却迁怒于大臣，多次扬言要杀掉一两个仆射以震慑群臣，以儆效尤。令兄杨素大人执政日久、大权在握，早为太子忌恨。如今皇上春秋已高，万一仓促间有所不测，则太子登基之日，便是右仆射身死之时了。"

杨约听罢，脸色苍白道："愿听垂教。"

"皇上已有废长立次之心，只不好无端发作。若请令兄杨素大人在皇上面前明言此事,则拥立新太子之功,晋王必定铭记。将来还怕没有子孙后代长久的富贵吗?"宇文述说。

杨约连连点头,告辞而出,径直去见其兄杨素。

杨素本是老练精明之人,对杨广其人也深有了解,本不想过问皇家之事。但事情已逼到面前,躲是躲不开的。权衡利害,既然伤哪一方都危险,而杨广又比杨勇更心狠手辣,因此杨素决定站到杨广一边。

恰巧这时,杨勇之妃元氏心脏病发作,突然死去。元氏是独孤皇后为太子杨勇所选之妃,但杨勇对元氏十分冷淡,只宠幸一个叫云昭训的女子,并与之生了三个儿子。对此事,皇后本来深恶痛疾。及见元妃死后,杨勇无任何悲戚表现,反寻欢作乐更甚从前,皇后愤怒至极。

一天,杨素前去拜见皇后,见皇后面带泪痕,乘机道:"听外面传言,都说元妃死得可疑。"

皇后气愤道:"我也听说是老大串通那妖妇把元妃毒死的。想到以后晋王兄弟们倒要向妖妇所生的杂种叩首称臣,我的心像被刀扎一样。"

杨素见状,便小心翼翼地提出可否让晋王代杨勇为太子之事。

皇后大喜:"杨仆射,你是老臣,一向深得皇上信任,你也该为皇上分忧才是。今后,东宫的事你多留心,有动静及时向皇帝禀告,好促皇上早做决断。"

从此，杨素不断在文帝面前编排太子的非礼越制之事，皇后也时常数说杨勇的不是，加上杨勇身边的姬戚又把他的日常言行举止泄漏出来，隋文帝对杨勇终于失去希望，只待个适当时机就要废长立次了。

这个时机终于让杨广抓住并表现在隋文帝的眼前。

冬至节那天，满朝文武按礼制，在太常寺少卿辛云的率领下，赶到离京城一百里外的文帝居住之处仁寿宫，向皇上拜贺节日。仪式结束后，辛云与众大臣一齐回城。不知是糊涂还是有意向杨勇献媚，路过东宫时，他又率群臣来拜见太子。

按体制，太子是不该直接与大臣结交的。可杨勇此时已三十多岁，当太子已经二十年，对迟迟不能继位登基早烦闷不已，一见群臣来拜见自己便高兴得头脑发了昏，想体味一下驾御群臣、君临天下的滋味。他穿上皇帝才能穿戴的衣饰冠冕，南向而坐，大模大样学起皇帝气派来。两边则仪仗俱陈，鼓乐齐鸣。

杨广接到密报，大喜过望："这回，他就休想再住在东宫了。"说罢，策马向城外仁寿宫驰去。

赶到仁寿宫，天色已晚，文帝与皇后正要在灯下用膳。杨广气喘吁吁、衣冠不整地来到父母面前，故作惊讶，慌忙问道："儿臣向父皇母后问安来了！父皇龙体好些了吗？"

文帝好生奇怪："我一直好端端的，你这是怎么啦？"

杨广道："今天下午,太子在东宫盛会群臣,礼节非常,有登基继位之兆。城中人心惶惶,传言四起,说父皇已不能亲理朝政,有旨令太子监国。众人皆说父皇大病突发,已不能饮食。儿臣听后,忧心如焚,慌忙赶来问安,以旦夕在父皇身后侍候,尽赤子之孝心。"

"竟有这种怪事?"杨坚惊诧地与皇后相视。

杨广接着说："儿臣离开京师时,只见皇城一带,东宫卫士往来游弋,似乎将要有什么行动。儿恳请父皇,若身体无恙,则圣驾速返京师,以定民心。否则,怕就难以控制了!"

年老的隋文帝本来就爱疑神疑鬼,又生性易怒,唯恐有人设计阴谋篡夺皇位。一听杨广的话,立即怒火冲天,当即下令："安排车驾,速返京城!"

正在这时,仁寿宫门卫神色紧张地报告:从京城方向驰来一支全副武装的骑兵,围着仁寿宫巡游一圈后,往北边山林间奔去了。怕是占领至高点,以监控仁寿宫内的一切。

杨坚大惊。

杨广道："此事大为奇怪。眼下京城内情势不明,吉凶难测。陛下一身系天下安危,不能贸然回去,应当谨守此处,确保安全。儿臣愿再回城中探明虚实,预做安排,再迎接圣驾!"

文帝听罢,沉吟一下："也好。你先回去找杨素,传我旨意：将东宫卫士全部撤换，并命他留在东宫监守，不可放走东宫任何人，待我回去再做处置。"

杨广起身要走。皇后担心道："老大对广儿早不怀好心，现在他独身一人回去，定会遭其毒手的！"

文帝于是下令，调仁寿宫卫士百人，随杨广回城。

杨广坚持："父皇母后的安危至关重大，卫士岂可调出一人？请放心，儿也曾在千军万马中闯荡多次，这点事还是能应付的。"说罢，饭也不吃，策马而出。

文帝与皇后相对长久，赞叹不止。

才出仁寿宫，杨广就暗自大笑了。原来那支骑兵，是他事先和宇文述安排好，故意栽赃太子而吓唬皇上的。

一到京城，杨广便找到执掌兵权的杨素，宣布了文帝的旨意。又找来宇文述、杨约等人密商多时。之后，便回晋王府大睡其觉，静等消息了。

杨素调集兵马，先分一半给宇文述、杨约，让他们迎接皇上，自己则率另一半直扑东宫。到了东宫，先将姬戚召出："圣上已有密旨，即将废杨勇的太子位，你若能出首告发他的不轨之事，必能有大富贵。"并耳语一番。姬戚自然唯唯诺诺，全部应承。

再说东宫中的杨勇，对外面发生的一切还半点不知。听到杨素已围住宫门，并闯了进来，杨勇大怒，迎住杨素，恨恨地咬牙道："你也别自恃皇上恩宠，无法无天！岂不知太阳还有起落。我可不是让人随便顶撞的人物！"

杨素巴不得他说出格越轨的话呢，听罢此言微微冷笑，而尚方宝剑在握，早不把太子放在眼里，一声令下，把太子关进宫中。

第二天，文帝车驾从仁寿宫返回京师，立即会聚群臣于朝堂之上。文帝劈头问杨素："东宫情况如何？"

杨素禀奏："臣奉旨监护东宫，太子十分不满圣上。讲皇上对他兄弟无情无义，已逼死秦王，又要对他下手，毫无为父之心。又讲，他非任人宰割之人，太阳有升落，明日之君非他而谁？威吓老臣，要我听其调遣与皇上作对。"

秦王是杨坚的第三子，因奢侈过甚，被杨坚严厉喝责，惊怖而死。

文帝听罢，冷笑道："他还能翻天不成？"接着宣布："杨勇才德俱损，难承大任。朕已决定将他废黜，另立晋王杨广为太子，众卿以为如何？"

众大臣早为杨广收买，纷纷表态："圣上英明。"

次日清晨，隋文帝杨坚一身戎装，雄踞御座之上。晋王杨广按剑侍立在旁。文武百官肃立阶下。只听文帝怒喝："把不忠不孝的孽障带上来！"

杨勇及其子女、臣属被拉上大殿，黑压压跪了一大片。

文帝历数杨勇之罪，悲愤交加。

杨勇口称"冤枉"。

文帝传旨，带姬戚。

姬戚则按杨素、宇文述等人的预先所告，"检举"了杨勇的种种罪行：登基心切，阴谋篡位；广结死党，私养武士；衔恨怀仇，欲谋刺圣上；求神借巫，诅咒皇上早死；又于近日迫不及待，派马队准备围攻仁寿宫，放火焚烧皇上皇后的居所，好取而代之云云。

杨勇一听，面无人色，连辩白的力气也没有了，只是有气无力地喃喃着："冤枉、冤枉……"

文帝暴怒，当下令杨素宣读诏书，将杨勇废为庶人，儿女一律夺去爵位，东宫臣属，亦被严厉处置。

至此，杨广的阴谋终于得逞，成了太子。

不久，他又勾结杨素等权臣，秘密杀死自己的亲生父亲——隋文帝杨坚，害死了自己的亲兄弟杨勇、杨秀和杨谅，终于踏着浓腥的血泊，登上了梦寐以求的皇帝宝座，成为历史上臭名昭著的昏君——隋炀帝。

隋炀帝继位后，荒淫无耻，残暴至极，滥杀无辜，涂炭百姓，把天下当成他一个人为所欲为的私物。结果，没有几年，就弄得天怒人怨，很快就身亡国灭。一个善于搞权谋而一时得逞的顽凶，最终成了历史的罪人、人间的笑柄。

鲁迅道："捣鬼有术，也有效。然而毕竟有限。"确实，权谋本身无所谓好坏，只看使用它们的人的动机如何。在这方面，恶有恶报，善有善报，不过时间迟早而已。

郭子仪为人处世

唐代汾阳王郭子仪对朝廷有再建的大功,声名显赫且位极人臣,手中执掌兵权,各地将领大都是他的故旧部下。

他的王府在京城长安也是十分豪华雄伟、为人瞩目的。但有一点却和其他王公贵戚的宅邸决然不同,就是无论春夏秋冬,也无论白天黑夜,总是门户大开。从王府大门直到府内各院落乃至后院家眷们居住的内室,都不落锁上闩,随便任何人自由进出、窥看。而且从没有听到有人因贸然闯入他的内室而遭到惩处的。

这确实令人不解,因为郭子仪并不是大大咧咧、粗疏潦草的人。在治军上,他一直以严谨慎重闻名,虽不像汉名将周亚夫连皇帝也不许轻易进入军营那样声震寰宇,却也因统兵的威严肃穆而为国人称道。

有个部下不明白郭子仪为什么居家与带兵判若两人。有一次,他有意试探,想看看郭子仪在家中是否真如人们传说那样毫无防范、粗疏潦草。

于是，趁一次来京述职的机会，这名部下便来到郭子仪王府门前。及见大门洞开，连一个卫兵乃至传达人员也没有，就悄悄溜进府内。

先进入议事厅，没人阻拦。又潜入郭子仪的书房、卧室、小客厅，一一巡看，虽有二三仆从家人来往穿行，但没一人停下查问、制止他。就这样，他一直来到郭子仪夫人、女儿的住处。郭子仪的女儿正背身朝里，面对镜子梳妆打扮，觉得有人来，头也没回就说："快把我的毛巾拿过来！"

来将一声不吭，暗笑着把一条搭在椅子上的毛巾递了过去。

"行了吗？看我这头梳得怎么样？"梳头的姑娘问。

来将不敢发话，连忙捂住自己的嘴。

"你们这些人哪，梳得好坏全看不出来！真该把你们轰出府去！得啦，把水倒了吧！"姑娘不满地命令。

来将遵命，乖乖地把洗脸水倒在院中。刚要乘机溜走，郭子仪的女儿转过身来，一见为她倒水的是员威风凛凛的武将，大吃一惊，立时满面羞红，接着又恼恨不已："你是什么人？怎敢偷看我梳妆？"

来将哈哈笑了，忙赔罪致歉。之后，又玩笑似的反问："你这小姐把末将当奴仆使用了半天，就一个'谢'字也不说吗？"

这事，作为不怀恶意的笑料，在京城广泛传播开来。于是，有意无意来郭子仪府内"参观"的人越发多了。

对此，郭子仪的儿子很生气。他来到父亲身边，恼火地说了许多外人在府内各处伸头探脑、不成体统的事，然后劝父亲严管门户，下令不许任何外人随便入内。

郭子仪听罢，笑了笑，一声不出。

儿子急了，流下泪来："父亲功业显赫，是朝廷重臣、有权力的兵马大元帅，但却自己如此不尊重自己，把王府变成任人来往的市场，家中任何一点小事立刻传到里巷民间、官衙朝内，供人笑谈，还有什么王府尊严？纵然您自己不在乎，我也受不了啦！"

郭子仪见儿子认真到流泪的程度，收起脸上笑容，拍了拍儿子肩膀，让他坐到自己面前。他两眼一眨不眨地凝视儿子许久，看得儿子百思不得其解，茫然失措。

郭子仪叹了口气，摇了摇头道："你真是还年轻，不懂世事多舛的道理。"

儿子更糊涂了，直怔怔望着父亲发呆。

郭子仪语重心长地说："你怎么就不懂我的用心呢？我们家的马，吃公家草料的有五百匹；我们家的部属、役从，吃公家粮食的有一千人。试问，当今朝臣中，又有哪一家比得上？当前，我已位极人臣，没什么可追求的了。而我家之所以能保持现在的尊荣富贵，又只靠皇上的信任与支持。如果我们高筑府墙,严闭门户,和外界谨慎往来,让人觉得我郭子仪的王府是座神秘莫测的'都中异域''朝外之廷',我们被灭九族的时候也就不远了!"

儿子更不明白了,只觉一股冷气从郭子仪身上传过来,不觉打了个寒战。

郭子仪默然良久。

其实,郭子仪心事很重,又难以对人言说。当时,唐王朝已走向下坡路,各地藩镇割据,中央朝廷则力量削弱。不久前发生的安史之乱更让皇上胆战心惊、疑惧非常。虽说郭子仪忠心皇室,在与安禄山、史思明的叛军战斗中,率部奋战,立有大功,最终保住了唐朝,使其不致覆灭,但也正因为军功大、兵力强、声望高,反为朝廷疑惧起来。在这微妙的时刻,稍有不慎,便会招来杀身灭族之祸。所以大开门户,不设防卫,正是一种避祸全身的万不得已的办法。而儿子却完全不理解自己的苦衷。

"不管怎么说,我们总该有个正常居家过日子的环境吧?"儿子道。

见儿子毫无聪灵体会的资质,郭子仪更觉可畏。纵然自己有生之年可保郭家无大危险,但谁又可保证以后会如何呢?想到此,就索性把话说明了:"我家地位、权势如此,必有其他朝臣嫉妒、不服、不满。何况我家众人众事,又哪能毫无错处?一旦有人心怀叵测,在皇上面前无中生有地说我郭子仪心怀异志，将图谋不轨，随便编撰几件事，或小题大做说出几件事，谁又能、谁又敢为我家辩其诬陷不实？皇上本对当朝大臣，尤其是像我这样的大臣心存疑惧，没事还要找事，何况再有人提供口实？所以，我大开门户，把郭府内外一览无余地展示在人前，尤其是皇上面前，让朝廷知我无可秘之事、无不轨之情。这样，即使有人想加害于我，也难以找到借口了。这道理，你为什么就不明白呢？"

儿子听罢，冷汗淋漓，不觉拜倒在地，佩服父亲的深谋远虑。

不久，唐德宗继位。此刻，皇室孱弱，对郭子仪更是又倚重又疑惧：必须倚重他支撑朝政，却又十分害怕他有不臣之心。于是，君臣之间的关系变得特别微妙。

德宗皇帝要祭祀祖庙，要求近期臣民百姓不准屠宰杀生。但郭子仪的一个奴仆却忽略了朝令，杀了头羊。德宗皇帝根本不知道这样的小事，朝廷众臣也没把这鸡毛蒜皮的小事放在眼里（因为实际上，各大臣府内哪一天又少了杀牛宰羊、大摆宴席的事），自然也不会有人告郭子仪的状。

但是，偏偏是郭子仪的旧日部属，现居右金吾将军的裴谞当着众朝臣及郭子仪的面，对皇上报告了此事，参奏郭子仪违旨不遵、罪责不浅。

一时，众朝臣面色大变，惊骇不已，因为大家都清楚这件事的最终结果。或是朝廷以此为借口，重处郭子仪；或是朝廷不受理此案，而郭子仪无情地报复裴谞。总之，一场大纠纷就在眼前。

德宗皇帝还年轻，力量既不足以镇住郭子仪，又认为郭子仪还没有明显的不臣之志，所以打算息事宁人，也想借此机会考察一下郭子仪对朝廷、对自己的态度。

这时，郭子仪站出班列，诚惶诚恐，十分恭敬地跪下来，向德宗请罪，真诚地承认自己的罪责，表示愿意接受朝廷的处置，并说，皇上初登大宝，万不可姑息养奸，一切要有个严明的开始。为使朝纲整肃，请求德宗以自己为例，严惩不贷，以儆效尤。跪奏时，他表情沉痛、真诚，一派忠于皇室、为国无私的态度。

在场大臣无不感动。

德宗皇帝也有些过意不去，这不过是件微不足道的小事，而身为王爷又年事已高的郭子仪却如此请罪跪拜，一片赤诚忠心天日可鉴，对这样的元老大臣，再不该怀疑、戒备了。于是，德宗皇帝非但没因此事责罚郭子仪，反更增加了对他的信任与尊重。

事后，有人问裴谞："你为什么不替郭公遮掩反特意上告呢？你难道不知道郭公在朝中的地位吗？尤其是，你还是郭公的故旧部属！"

裴谞道："正因为我被公认为是郭公的部下，正因为郭公在朝中地位无与伦比，我才特意这样做！皇上刚刚继位，必然认为郭公位高权重,部从甚多,深恐不易驾驭。我今日敢于当众无情无私地揭发他的过失,皇上才能明白,文官武将虽敬重郭公,但并非其私党,仍是朝廷的忠臣。而郭公没因我的揭发而大怒,反诚惶诚恐地伏地请罪,并表示愿以自身受责来明正朝纲典刑。这样,也让皇上看出,郭公并非飞扬跋扈、不可一世之辈,根本不值得疑惧不安。所以,我今天的作为,是从皇上与郭公两方面着想的啊!"

众人连连点头,赞同裴谞之论,也对其良苦用心表示赞赏、感谢。因裴谞这一举动,缓解了朝廷上君臣的紧张关系,进而获得平稳、安和的政治形势,正是大家求之不得的。

可谁又知道,裴谞之举,正是在老于世故、机敏深沉的郭子仪授意下,才做出的呢?

郭子仪为人处世十分老到通达,从上述两事中已清楚见得。不过上述两事都是为防患于未然的主动设计与安排。下面一事,则又表现出当被他人侵害时,他的妥善处置与大度的胸怀。

宦官鱼朝恩为人奸诈,与郭子仪一向不和。有一次,鱼朝恩乘郭子仪统兵在外的机会,在皇上面前假立名目,获得允许后,指使人偷偷挖开郭子仪家的墓地,想盗得大批财宝,并企图从中发现郭子仪不轨、僭越的证据,从而陷害他。但可惜的是,坟墓被偷挖得一片狼藉,却一点罪证也没被挖到,也并没有所期冀的大量财宝在内。

此事，很快传到郭子仪耳中。起初，他十分愤怒，两眼冒火，真想进京把鱼朝恩碎尸万段，哪里还有比被人掘了祖坟更大的仇恨与耻辱呢？他的部下闻听后，更是暴跳如雷，纷纷怒吼着要杀进长安，把鱼朝恩九族尽灭。

但郭子仪很快冷静了下来，觉得千万不可鲁莽从事。原因很明显，以鱼朝恩的地位、身份，纵然一直对自己没情谊，但也绝不敢半公开地掘他汾阳王郭子仪的祖坟。这其中肯定包含复杂内情：或是奸佞小人蒙蔽皇上，假立名目修宫建殿而实际上是挖郭家坟墓以泄私愤；或是朝廷有意激怒自己回兵长安，造成造反叛乱的既成事实。若是前者，则不可亲杀鱼朝恩而让皇帝下不来台；若是后者，更不可轻举妄动而授人以把柄。

于是，郭子仪没带大军，只带少数亲随回到京城，径直到朝廷晋见皇上，拜叩如仪。之后，才讲出祖坟被掘，遭受奇辱之事。

皇帝果然不知此事，及喝问鱼朝恩，才知原委。皇帝十分震怒，对郭子仪表示安慰之后，厉喝武士将鱼朝恩斩首以谢罪。

郭子仪自然早已对鱼朝恩恨之入骨，恨不得将其生吞活剥。但他冷静地考虑到，鱼朝恩京中党羽尚多，皇帝也并非真要杀之为自己出气（不过是做做样子），尤其考虑到自己统兵在外，朝中还有一些人对自己有私怨、有嫉心，一旦因杀死鱼朝恩而恶化自己与其余朝中人物的关系，后果将不堪设想。于是，郭子仪马上流着泪跪伏在地，为鱼朝恩求情讨饶："臣长期领兵征战于外，其间多次没能阻止部下士兵摧毁、挖掘别人的墓地，现在有人也挖我的祖坟，这实在是天意，是老天对我治军不严的惩罚。臣郭子仪只该闭门思过、反躬自省、严谨身心才是。若杀鱼朝恩，反是我一心报复而无痛悔、觉悟之情了。所以，恭请皇上息怒。"

一席话说得皇上目瞪口呆，说得以为自己必死无疑的鱼朝恩不敢相信这是事实：哪有这等胸怀、这种情致的大贤大明之人啊！

朝廷上下顿时把郭子仪此举传扬开来。一些平日对郭子仪不满，总想找机会置其于死地的朝臣，也愧疚不安，纷纷表示对郭令公的崇敬与钦佩。

鱼朝恩再三致歉请罪。

面对这恨不得将其碎尸万段的仇人，郭子仪却能保持镇静如常的神色。虽不友好，也毕竟没形于色。

事后，鱼朝恩派人请郭子仪到他府内宴饮。

郭子仪想了想，答应了。

将去之际，亲随武将告诫道："鱼朝恩乃奸诡之徒，令公饶其不死，他未必感恩戴德。很可能因陷害令公不成，畏惧之余，更会不顾一切呢！今日之宴，切不可去！"

"我不讨其罪，我获人望；他赔罪宴请而我不去，则他获同情。今日，不可不去！"郭子仪道。

"纵去,也要有所准备,穿甲带剑,多随战士。"那将领道,并马上要去安排。

郭子仪制止住:"不。我只着便服,带几个家童前往。"

鱼朝恩虽请郭子仪赴宴,而且郭子仪口头也答应了,但他仍怀忐忑:怕郭子仪在皇帝面前宽容大度,而面对自己时会怒火冲天;又怕郭子仪不信任自己或因轻蔑高傲,根本不来,让他在朝臣中受辱。于是咬牙想:若今日郭子仪不来,说明两人不能同朝为官。与其他先杀我,不若趁他在京且武士不多之际,我先下手,来个鱼死网破。

正神思恍惚间,郭子仪已便装简从,态度平和地出现在他面前。

鱼朝恩反而局促不安道:"郭令公怎么带这么少人来?"

郭子仪笑了笑,把刚才那武将的话告诉了他,然后说:"我相信你的为人,所以就这样来了。"

鱼朝恩此刻,倒真是受到了感动,他惶恐又尊敬地朝郭子仪深施一礼:"若不是郭令公这样的长者,很难有人会这样想,肯定会怀疑我的啊!"

这样,郭子仪稳妥地处理了这件事,获得了朝廷内外的一致赞颂。

直到很久以后,他才在不影响自己声望名誉、不引起皇上不满的前提下,用一个名正言顺的理由,处死了鱼朝恩,报了深藏心中的大仇。

柳公绰杀奸吏

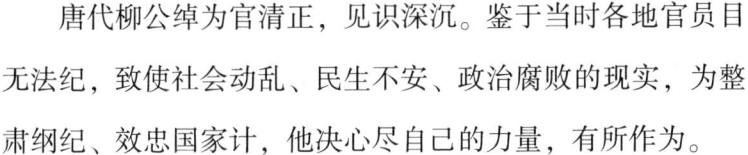

唐代柳公绰为官清正,见识深沉。鉴于当时各地官员目无法纪,致使社会动乱、民生不安、政治腐败的现实,为整肃纲纪、效忠国家计,他决心尽自己的力量,有所作为。

有一年,他被委任为山东节度使。

山东吏治较乱,多有不法之人与非法之事。柳公绰决心在节度使任上干一番大事。于是,到任之始,便轻装简从,到所属郡县巡视、纠察,一路上,狠狠地打击了诸多不法之徒,无情地制裁了一批枉法的官吏。于是,凡闻听柳公绰即将来巡视的地方官员,无不战战兢兢,唯恐受责被贬乃至撤职查办。

邓县便是山东节度使辖内的 个县。邓县县令知柳公绰将来,倒不十分忐忑,因为他自以为执法甚严,并无私弊,只是一心报国,没什么大的行政过失。

这也确实不假。眼下,县监狱中就关押着不少犯法之徒。尤其是，其中还有两个县衙的官吏。

这两个官吏，与邓县县令的交情还很不错。但当发现了他们各自的违法行为时，邓县县令还是铁面无私地把两人全部关押了起来，准备待柳公绰来到之日，再进行审判。自然，这也不乏让柳公绰当面验证自己奉公守法、绝不徇私的意思。

这两个官吏的罪过轻重及犯罪情形大不相同。

其中一个收取大量贿赂，且不说他贪赃枉法，他还有更直接的犯罪行为——巧取豪夺、欺男霸女，是县中有名的仗势欺人的恶棍。因此，邓县县令已把他囚入死牢，准备从严惩处，杀一儆百，并以此证明自己的从严执法精神。

另一位官吏则大不同。此人一向行为严谨规矩，办事一丝不苟，兢兢业业，个人品行及平日表现也为大多数人所称道。这次之所以被收入监，是因为"凭好心"而犯了件"过失"。而且到底算不算一个过失，尚众说纷纭。原来，县衙中有一正直廉洁、勤于政事的捕快，由于对案情了解不透，又无意中受了坏人伪证的欺骗，在办案过程中，一时冲动，导致一名嫌疑犯死亡。死者家族颇有势力，便纠集人众上告县衙并聚众喧闹，非要杀人者偿命。而县中多数民众及衙中属吏、差役，出于对这捕快平日功劳的感激，出于对此人品格正直刚强的尊敬，出于对此人一向待百姓及同仁十分友好真诚的怀恋，则一致要求从轻判处，不可以命抵命。于是，这位专管县中刑法的官吏便出于好心及对同事的同情，在向县令陈述案情的报告中，有意无意间，用一种模棱两可的词句把某个法律条文修饰了一下，这样，就可以稍微灵活地解释这个朝廷颁布的条文，使之有些许通融处，进而合情合理地"具体情况个别处理"地审判这个案件。只因县令认为他不经请示、以一己情感掺入审判过程中，有失执法人员的行为准则，所以收监示警。实际上县令不过想关其两天，以让即将来县里的柳公绰看到邓县对法律的严肃态度而已。

柳公绰来到邓县，县令恭恭敬敬地把他请入县衙，然后，按要求一丝不苟又口齿清晰、言辞准确地介绍了本县情况，尤其是执法方面的内容。

听到能关押自己下属犯法有过的两名官吏，柳公绰很是赞赏："就是。法无亲疏贵贱，当一视同仁。天子犯法也与民同罪嘛！"

见受到称赞，县令很是高兴，就分别介绍了这两名官吏的案情，接着又气愤地向柳公绰汇报：前一官吏的家族、故旧，如何行贿求情，如何敢公然往国家法律上抹黑，要败坏法纪、腐蚀朝廷官员的恶行劣迹。又凛然表示："卜官最恨此种劣行恶人，绝不姑息纵容！"

柳公绰静静听完汇报，沉吟良久。

"大人有何见教？望启下官之愚昧！"县令不免有些不安。

"你为官是认真的,这很好。可否将这两个案件的材料让我看一遍?"柳公绰手捋胡须,平静地说。

"当然当然,下官早该呈示给大人的。还望明示垂教!"县令忙找出有关案卷,双手呈上来。

柳公绰接过案卷,看着县令说:"这样可以不可以,我阅过后,亲自审理判决,并且是在全县人面前公开审理判决,你看如何?"

"那,下官求之不得!正要借大人之威名,将本县乱法狂徒震慑一回,以正朝纲,以安民众呢!"县令马上答应,并迅速安排了有关事宜,决定县衙各门大开,任县内百姓自由前来,观看节度使大人的公开审理。

第二天,县衙内外人头攒动,人们纷纷前来看节度使大人如何判案。前一个官吏的家属或如坐针毡,或痛哭流涕,连求情也不敢,只好眼巴巴地等待其人头落地了。后一官吏的家人、朋友则轻松自在,静候一旁,其中一人甚至说道:"柳大人善恶分明,知晓曲直,也许不但不加责罚,反而会褒奖一番呢!"

柳公绰坐到公堂前,一声断喝:"带人犯!"

差役呼喊堂威。立时县衙内外鸦雀无声。

两个犯罪的官吏被带上来,跪到节度使大人面前。一个全身乱抖,魂魄皆失;一个静默无言,神色肃穆。

问过姓名、案情,一一验明身份后,柳公绰一拍惊堂木,厉声对第一个官吏道:"你知罪吗?"

"小人罪该万死！罪该万死！请大人饶命！"被问者磕头如鸡啄米，全身冷汗立时湿透衣衫。

"能知罪虽好，但知罪不等于无罪！来人，脊杖四十，然后发配边疆充军服役！"柳公绰道。

众人大为意外，原以为节度使执法严厉，此人必死无疑，但实际判决竟这般宽容。沉静半晌之后，那官吏才意识到自己又拣回一条性命，忙涕泪交流，爬跪向前谢恩不已。

第二位官吏心境更为轻松。本想上前表示对节度使所判不满，要求大人不要姑息养奸，猛觉出自己现在是罪人身份，正等待审判，就又忍住话，低下头，跪直身体。

这时，柳公绰看着案前跪得挺立的这个官吏，长久一声不吭。

众人不知大人将如何发落，开始纷纷议论：有的说可能也要打上十板八板；有的说可能不会让这个好人当众现丑，最多监禁十天半月；也有的说："你们看，节度使的眼神好像很有些为他惋惜、不平呢！说不定不但不处罚，还要奖励呢！"

"肃静！"堂前一位随员喝道。

人们重新安静下来。

"来人！"柳公绰唤道。

两个膀大腰圆的衙役应声站出。

"此人败坏国家法纪，目无朝廷纲常，罪不容赦，立即绑赴法场，斩首示众！"柳公绰一字一顿，神情冷峻地宣判道。

全场哗然，人们都怀疑自己听错了。连衙役也呆立不动，不知所措。

"听到没有？对此罪大恶极之徒，绝不可姑息，定要从严执法。马上执行！"柳公绰起身，猛拍惊堂木。

邓县令此刻有些坐不住了，慌忙从陪审位置上站起身来，冲柳公绰施了一礼："大人明断，下官自是不敢异议。只是，可否指点一二，以使敝县吏民稍解蒙昧？"

柳公绰走出大堂，立于高阶之上，朗声对人们宣告："前者犯法，虽有罪恶，但法律本身尚能存在，没遭毁坏，我们还可因之衡量其过失，故罪轻；后者毁法，虽事小节轻，但却使朝廷制定的法律变成其手中玩物，从根本上毁灭了法律本身，今后我们还有何法可依？若都如此，天下万事不就处于善恶难断、好坏难分的混乱糊涂之中了吗？这是十恶不赦的大罪。不凌迟处死已是本节度使有意加恩了！"

众人哑口无言。

县令也不得不服气。

于是，一声令下，那坏法的官吏便身首异处、魄散魂消了。

后人评论此事，都认为就个人而言，那官吏被杀有些遗憾；而就维护国家大法的神圣不可侵犯的尊严，从整体上保证法律的无条件施行来说，柳公绰所为，是非常英明正确的。因此后人多称赞他是一位有深刻见识的政治家。

赵匡胤"受禅"于周

赵匡胤原是五代时后周的大臣。他出身将门,骁勇善战,自十几岁投军以来,屡建战功,为后周两代皇帝所倚重,被授为忠武军节度使、殿前都指挥等高官要职。

公元959年3月,周世宗率兵北征,要收复被契丹人占据已久的幽燕之地。任命赵匡胤为水路军统帅,韩通为陆路军统帅,率部先行。御驾与御前都点检张永德一起,随后出发。

北征开始时极为顺利,部队长驱直入,四十二天连取三关,收复了三州、十七县,一直深入辽境。眼看驱走契丹有望、国家统一指日可待,却天有不测风云,周世宗突然病倒了。

情况的突然变化使赵匡胤深为不安,不安的倒不是战局如何,而是自己未来的命运。世宗如果去世,就要由只有七岁的皇子继位。到时,必定由掌握国家精锐之师的御前都点

检张永德主宰朝政。张永德是皇帝的妹夫、皇太子的姑夫，年纪不到三十，平时最受世宗信任。而赵匡胤在中央禁军中的影响力也很大，不少将领是他的旧交或部下，对此，张永德十分清楚。因此，一旦张永德今后要拥兵自立，取代太子而称帝，势必视赵匡胤为最大障碍。那时，赵匡胤的命运就可想而知了。

而大丈夫处世，又岂可心甘情愿地任人宰割？又怎能毫无作为地屈居人下？于是，赵匡胤审时度势，苦苦思虑，想借世宗尚在、对自己还信任的机会，除掉这未来的对手。

他把自己的弟弟赵匡义和另一心腹赵普叫到身边，商议此事。赵普为人颇富谋略，默默沉思片刻之后，说："此事不难。我们只需如此这般……"

周世宗身染疾病，不能再挥师北上，就在澶州停下来。后来待身体稍有好转，他反倒迟疑不决：到底是继续进兵，还是暂且回师？于是常把自己关在行辕中，不见他人，独自思想。

有一天，御前都点检张永德进来，指挥士兵把一包包、一箱箱物品抬进行辕，报告说："这是京中刚送来的一船御用品，由赵匡胤转来的。"

原来，世宗出征在外，他每日食用之物都是从京都汴梁水运而来。承担运输任务的自然是赵匡胤统领的水路军了。

张永德指导士兵把东西放好，向世宗告辞。

"这点小事，何必亲自督察？"世宗道。

张永德其实是借机进入行辕，想了解一下世宗对行止进退的想法，所以才亲自指挥十来个士兵把东西抬来、放好的。见世宗问，一时不好说什么，只含糊道："久不见陛下，想……"

"好啦，你先下去吧！"世宗尚心无定旨，所以不想见任何人。

张永德致礼后退出。

世宗在厅堂间来回踱步，忽然看见一根三尺多长的木料横在地上、挡在脚边，心想准是刚才的士兵抬箱包所用而遗落在此的，便抬脚把它踢开。不料，木头翻了几翻，木面上竟然露出几个鲜明大字："都点检做天子。"

世宗大吃一惊。同所有独裁君主一样，他最怕的就是有人想篡位夺权。平时，他对周围大臣防范极严，只是从来没怀疑过张永德。但这几个大字却使他警觉起来：张永德权重位显，又执掌国内最精锐的中央禁军，是否想乘我生病之际，搞什么阴谋？再想想刚才他那含糊其词的话语，那小题大做的举止……世宗越想越生怀疑，立刻下令把张永德叫来，他要细细察言观色。张永德以为世宗有了重大的军事决定，便兴冲冲地走进来。由于是皇亲，平日又深得皇帝信任，就不拘礼节地大声问："陛下可有了大的决定？"

见张永德不跪拜、不行礼，而直接大声问什么决定，世宗自然将其与木上"都点检做天子"几个字联系起来，顿时大怒："你要我做什么决定？"

张永德不明白世宗怒从何处来，又从没受过世宗这样的厉声喝问，脸上也不免显出不快来："各营将士久滞于此，人心惶惶。请陛下明令定夺，以免生变。"

世宗冷笑道："我还没病入膏肓呢！当然自有定夺。"随即颁发一道诏书，遍示各营："免去张永德御前都点检之职，由赵匡胤接任。明日一早，启驾回京。"

就这样，赵匡胤成为后周最有军事实权的统帅。

不久，周世宗旧病复发，医治无效，去世了。太子柴宗训继位为帝。七岁幼童，新寡的年轻皇后，均难能主持国家军政大事，于是赵匡胤主持政事、进退百官、安抚四方、封赏部将，终于成了周朝廷的集军政大权于一身的权臣。

但是，有一天赵普来到赵匡胤府中，却见赵匡胤、赵匡义兄弟俩愁眉苦脸，对坐无言。及问，才知道两人正为朝中形势与自身安危担心。原来，赵匡胤虽大权在握，但朝中还有一批潜在的对手，张永德自不必说，还有留在京中的亲军首领韩通、拥兵在外的亲军都指挥使李重进等人，都不是甘心屈居人下的重臣大将，他们随时会找机会与赵匡胤较量的。

赵匡胤叹了口气道："皇上新丧，小皇帝尚年幼，国内人心不定，境外之敌也蠢蠢欲动。如果战事一起，我自然要

带兵出征。那时京城空虚，他们肯定会在背后向我开刀的。"

赵普道："确是。我今天也是为此事而来。主公所虑确实重要。朝中有大臣与您原来权位相当，有些人的资望还胜过您。如今您官至极品、重权在握，未必人人心服。若不及早想办法防患于未然，会很危险的。"

"你有什么办法？"赵匡胤问。

赵普把嘴附向赵匡胤耳边，低声说了起来……

不久，京城就纷纷传说起关于赵匡胤的奇异之事来。什么他出生那天晚上，产房之内红光闪烁，映照天地，异香弥漫，仙乐悠扬……什么他出生之后，通体上下长满金黄鳞片，三天之后才褪掉……什么他有一次坐在房内，忽见彩鸟飞来招引他出去，刚跨出门槛，房子就轰然倒塌……什么一日他独行深山古寺中，那百岁长老一见他大为惊讶，万分崇敬，预言其将来贵不可言……

这些神秘的传说，在官绅、士人、百姓中越传越广泛，越传越神秘。一时间，京城舆论热烈至极。联想到汉高祖刘邦出生时的双龙交错、梁太祖朱温降生之夜房舍上红光四射、周太祖郭威诞生之际也是赤光满堂，再想到不久前周世宗面前出现的写有"都点检做天子"的木头，人们不免对赵匡胤另眼相看了。

赵匡胤却装成什么事也不知道的样子，神色自若，一如既往。这期间，他只做了一件事，就是把亲军都虞侯韩通推举为朝廷百官之首的丞相。

对此，朝臣不解其意，不免猜测起来。

紧接着就到了正月初一春节，朝臣正聚集在宫中向太后、皇帝贺年，突然新任殿前都指挥使的石守信匆匆进殿，向皇帝呈上一纸军情报告，急切道："北部边镇传来紧急军情，数万辽兵正向我镇、正二州进犯。边镇节度使请求朝廷急速派兵赴边迎敌！"

小皇帝自是懵懂无知，太后也是第一次看到军情急报，急得泪流满面，无奈地对赵匡胤等人说："此事该怎么办，你们商量吧！"

赵匡胤出班道："太后勿忧。兵来将挡，这次一定要全力以赴，尽歼入侵之敌，永绝后患！"

新被升为丞相却失去兵权的韩通对敌人的突然入侵感到怀疑："去年先帝刚刚重创辽军，敌人闻风丧胆。如今正值严冬，北方冰封千里，辽兵怎会此时出兵入侵？"

新任殿前副都点检的慕容延钊道："出其不意，攻其不备，乃兵家要诀。辽人大约以为我们此刻防范疏忽，才特意于此时出兵的。"

众人也觉有理，于是，推举赵匡胤统兵出征。

赵匡胤躬身冲皇帝施礼道："臣责无旁贷。"

于是赵匡胤发令：以慕容延钊为先锋，京中兵马除石守信部以外，全都出发迎敌。

临行之际，赵匡胤对向自己敬酒的石守信一字一句地道："都中之事，全仗你了！"

作为赵匡胤的心腹将领，石守信心领神会："点检放心，有石某在，确保京城万无一失。"说罢，眼角瞥了一下面带愠色、勉强来送行的丞相韩通。

赵匡胤微微一笑，举手与众人告别，策马而去。

队伍浩浩荡荡前行。此次出征，除赵匡胤所统率的中央禁军以外，原不属他管辖的亲军都指挥使李重进的部队也被调来听用。中央禁军兵强马壮，人数大大超过亲军，又把亲军分别夹在禁军中间，这种态势的奥妙，自然只有少数几个知情者明晓了。

中州大地，千里苍黄。朔风时起，尘沙扑面。队伍沿大河的东岸驿道，蜿蜒北进。时值冬末，气候苦寒。队伍走得不慌不忙，从早晨出发到临近黄昏，才走了二三十里，全没有"万里赴戎机，关山度若飞"的紧张气氛。

走着走着，队中一人忽惊叫道："哎呀！如此天象，实为罕见！"此人原是京中卖卜看相的算命先生，人称"半仙"。

听他一喊，士兵们随其指向西看。只见一团镶了金边的乌紫色的晚云，正托着一轮赤红圆大的太阳向河面上落去，景象十分壮观。但对常年行军野外的军人来说，此种景象也并不稀罕。于是有人笑"半仙"少见多怪。

"半仙"嗤之以鼻:"你们懂什么?看看是几个太阳?"

众士兵细看,果然落日晚云下的河面上,还有一个太阳,傍晚时分,暮烟半起,远观遥望,还真似一上一下两轮赤日交辉斗彩。

有士兵道:"或许是河中倒影吧!"

"半仙"斥责道:"你们不懂天象,真是凡夫俗子!"

此刻因士兵停步西望,队伍混乱起来。一员将领走过来,并不催促众人,反大声而认真地问"半仙":"这天象,主何吉凶?"

"常言:天无二日,国无二主。如今天上的两轮红日,预示着将有大变。"

将领又问:"怎样变?"

"半仙"一指西天:"已变在眼前了。"

众人再看西边天上,晚云消散,两轮红日只剩下一轮,依地而立,光芒万丈。

"半仙"指点道:"此刻天意已昭示,国中只剩下一君了。新君就在眼前!"

"谁?"众人齐声问。

"就是都点检赵匡胤!""半仙"庄严宣告。

队伍中喧闹起来。由于在京城时已听到各种传说,再目睹刚才的"天象",人们立刻议论起来。顷刻,几十里长的队伍都在说赵匡胤将要做天子之事。

当晚，部队宿在陈桥驿。

夜风凛冽，地冻天寒。士兵们一个个蜷缩着身子，饥寒交迫。这时，赵普带领着中军大营的士兵，抬了牛肉和酒，来到各营，代表赵匡胤慰劳将士们。分发食物后，赵普对众人说："今天是正月初三，正值年节之际，诸位本该在京中与妻儿老小团聚的，怎奈为保卫皇帝，必须让大家顶风冒雪。大家辛苦啦！都点检大人十分关心、爱护你们，让我代他表表心意。请大家痛饮几杯吧，明天还要向更严寒的荒域进军呢！"

众士兵十分感激都点检大人，而对此时安居在京中暖室内什么事也不懂的七岁小皇帝就很是不满了。

此刻，赵匡胤的心腹将领高怀德拔出佩剑，向一块顽石猛地砍去，顿时火星四溅。高怀德道："主上年幼无知，哪管我们死活？都点检一向厚待我们，我们干脆拥立都点检为天子，大家共享荣华富贵！"

众士兵立刻被号召起来："对，拥都点检为天子！杀回京城去！"

就这样，座座军营都被煽动起来。夹在其间的亲军部队，既无能为力，又迷信天意，于是也纷纷表示愿意听从调遣、拥立新天子。

第二天一早，一切准备就绪。赵匡胤刚走出中军大帐，部下就把一件黄袍罩在他身上。同时，"万岁"之声，连营响起。

于是,赵匡胤策转马头,率领大军浩浩荡荡向京城归去。哪有什么异族入侵、边关告急?不过是调兵出京、拥兵自立的骗局罢了。

这里挥师回京,而京中的石守信也早安顿停当,率禁军把朝廷严密监视起来,并在朝门外迎候新君了。

结果已经显而易见了:以小皇帝的名义,发一禅让诏书。赵匡胤表示一下敬谢不敏之后,便在众人的欢呼声中,兵不血刃、堂而皇之地登上了帝王宝座。长达三百多年的宋朝,就这样创建成功。

秦桧诡计避祸端

宋高宗年间，奸臣秦桧为丞相，掌握着朝廷大权。他面对北方敌国日甚一日的侵犯、进逼，毫不防范、抵御，只一味投偏安一隅的南宋小朝廷昏庸君主所好，求和退让，赔金银、割土地，以求一时平安，好让自己过上醉生梦死、及时行乐的荒淫生活。

对内，他则贪得无厌，大量搜刮民脂民膏，以供奉朝廷之名中饱私囊。众多贪官污吏为求升迁，更是变本加厉地压榨百姓，把各种珍奇宝物、无数金银物品如流水般送到秦桧府中。一时间，秦府内金银盈库、物品充塞，几乎比皇帝的国库还要富有。

有大臣气愤至极，向高宗举报秦桧贪赃枉法、横征暴敛的罪行。高宗也是个只图享乐的昏君，与秦桧本是一丘之貉，但一听说臣子竟比自己还要豪华富贵，十分恼怒，便产生了制裁秦桧、夺取财宝的意向。

早已被秦桧买通的高宗身边的太监便悄悄把这意向传给秦桧，要他近期内，处处小心谨慎，不要让皇上抓住把柄："皇上正震怒，要寻丞相过失开刀呢！"

"多谢公公关照，秦某自会料理的。"秦桧道。送走报信的太监，秦桧心中也有些紧张，一个人在厅中踱来踱去，思谋对策。伴君如伴虎，需要你时，你自然可以随意行事而不受其咎；现在却是内外无大事、满朝处于苟安之际，一句不得体的话都可能引来性命之危，何况自己府内也确实财多宝富。可现在已事实俱在，又有人告发于皇上面前，怎样才可避免灾祸呢？

正苦苦思虑时，秦桧听到妻子王氏在院中大声喝斥前来送礼的外省小官员："这也叫南海珍珠？颗颗硕大、粒粒晶莹？屁！还不如我府里的一捧沙子呢！给我轰出去！"

那小官员苦苦哀求，再三告罪。

秦桧踱过去，见珍珠确实不甚大，但还是很晶莹的。虽比府中藏珠小上许多，但在南方偏僻省份的官员眼中，也算出色的了。只可笑礼单上夸大其词，让人还以为是大如斗的罕见之宝呢！

这时，王氏仍愤愤地唠叨着：受骗挨哄，把秦府当成没见过世面的粗俗百姓，实在可恼可恨。但那些珠子却已被她收入室内了。

秦桧灵机一动，计上心来。唤王氏随他进入内室，如此这般,说了一番。

"行吗?"王氏咧嘴高声问。王氏曾随秦桧在金国受过拘役,苦难受多了,人也就变得粗俗贪鄙起来。从她的话音中,就显出一种不该是相府人应有的气度。

"按我说的去做,定可安渡难关。"秦桧胸有成竹地说。

次日,王氏盛装浓饰,进宫叩见高宗之母显仁皇太后。丞相之妻是一品夫人,显仁太后自然也以礼相待。谈了一些闲话后,显仁太后有些反感王氏的粗俗狂傲,此时她又想起外面那些关于秦府富贵、财宝珍奇的传闻,越发不快,便旁敲侧击道:"近来皇宫内用度日紧,连一般臣子之家怕也不如了呢!"

"是吗?"王氏扬扬自得起来。

"近些日子,已经很少吃到进献的大鱼了,只宫内池中之物,闻也不要闻的,哪里还吃得下?想来相府也是如此吧?"

"唉,这倒不是。不就是鱼吗?我们天天吃,都厌腻了。太后若想吃,明天我让府里给您送一百条大鱼来!"王氏不无炫耀,竟有些目中无人的态度。

太后十分不快,就结束了谈话,让王氏归府了。王氏一走,太后便把高宗叫来,讲了秦府的气焰、王氏的表现。

高宗也十分气恼:"待他把大鱼送来,只问他来处,办他个截留漕运、私享贡物就是了。母后何必动怒?"

第二天,秦府果然送上礼单,上书"大活鱼一百条"。太后恼恨至极,正要问罪,及看到实际抬来的鱼,又愣住了。这哪里是什么大活鱼?不过是巴掌长的半死的鱼苗儿罢了!

高宗闻听此事,大怒,立召秦桧进宫,劈头喝问:"你竟敢耍弄朕躬、嘲笑太后!该当何罪?"

秦桧佯装不解:"臣如何犯此大罪?"

高宗讲了事情的全过程。

秦桧苦笑不已,双膝跪在地上,又流下泪来,道:"我妻王氏粗鄙轻浅,笃好虚荣。常以莫须有之事、之物夸口于人,让众人以为我府中定是金山银岭、财富甲于天下。其实,不过虚妄之言、谬论流传罢了。我近年何曾吃过正经大鱼,就连昨日进献之鱼,怕也是王氏背着我,费心竭力从别处讨买来的。"

高宗想到进献之鱼确实与王氏夸口之言大有差距,也笑了:"此等妇人,着实可恼可厌得很。自欺欺人,何苦如此?"

"王氏与臣在北地被囚役多年,重归故国,唯恐被朝臣小视、世人轻看,这也是妇人寻常心事吧。"秦桧解释道。

"此种妇人,何堪相府夫人之位?不如休弃,另寻贤淑。"

秦桧正色道:"糟糠之妻不可弃,古贤之教。见异思迁,用心不一，人臣之所大病。臣效忠皇上矢志不渝，万不敢以私行不检而负皇上信用之恩。"

高宗大喜："真乃良臣也！待妻如是，尽忠朝廷则可知矣！"于是再不怀疑秦桧贪赃枉法之事，只认为是因王氏吹嘘而生的虚妄传闻而已。

高宗回宫对太后言说此事，太后也笑道："我看此妇，也确是个粗蠢土气、毫无自知之人呢！"

秦桧重新获得高宗的信任与重用，于是，借整顿朝纲之名，把所有告发他的文臣、不听使唤的武将，以及说过他坏话的宫中太监，全部进行了迫害打击。一时间，权倾朝野，令天下人侧目而视、重足而立，大家都敢怒而不敢言。

但历史是公正的。秦桧虽一时享人臣之极，却最终遗臭万年，留下了千古骂名。至今杭州西湖西北岸的岳飞墓前，仍有铁铸的秦桧夫妻的跪像，并有对联道：

青山有幸埋忠骨
白铁无辜铸佞臣

柔中含刚的蓝姐

宋高宗绍兴年间,一位显宦路过江西新淦县,暂时寄居在县外山中的涛泥寺。

有一天,他设宴招待当地的来客,到夜半时才散席。当地的来客殷勤敬酒,态度热情又谦恭,使这位京官十分高兴,不觉间喝得大醉,沉沉睡去。

不料,天未亮时,忽然有一群强盗闯进寺中,直扑向这官员所寄居的偏院。虽是院门紧锁,但怎禁得起这伙强悍蛮野大汉的踹撞?一声大响,两扇门倒向两边,一群人蜂拥而入。火把通明,刀剑刺眼,加上连声粗哑的呼吼喝叫,所有随从、仆役、侍女及官员妻女全都被惊醒了,只有那位官员仍沉醉酣睡,一个人美滋滋地在温柔富贵之乡幻游不返。

强盗把院中所有的人都捆了起来,除那死睡的官员以外。然后强盗举刀持剑,恶狠狠地逼问一个被捆绑得像粽子一样的婢女:"说!财物都放在哪儿?不说,就一刀捅死你!"

那婢女吓得浑身乱颤,闭上双眼,连一个字也说不出来了。

强盗大怒,一刀割下了婢女的耳朵。

婢女惨叫一声,昏倒在地。

"说!要不我把你们全砍成肉酱!"为首的强盗神色狰狞,厉声大吼。

这时,同样被绑的一个婢女沉静地说话了:"把他们都放了吧。库房及钱柜的钥匙都在我身上,我可以带你们去拿,但请你们不要伤害我们。"

这个婢女名叫蓝姐,平日深受主人信任,所以出行途中,一切钱物均交给她保管、支配。可现在危急关头,她竟毫不犹豫地把主人的财物大大方方地交出来,总有些忘恩负义的味道吧？于是其余的随从、仆役、侍女们都不免用冷眼看着她。

蓝姐根本不在乎别人怎么看,她表情平静,一如既往。被松绑后,她主动掏出身上的一串钥匙,把它交给强盗。然后,她拿起桌上的一支蜡烛,领强盗来到院内石墙铁门、粗链大锁的库房前。

见到这牢不可破的库房大门,强盗们不禁发出一声惊叹。要不是这婢女交出钥匙,凭自己手中刀剑也好,木桩也罢,是绝对无法撬开、撞倒这扇铁门的。强盗们不由得对蓝姐有了好感，脸色也和气了些。

蓝姐替他们打开了库房大门，里面黑洞洞的，什么也看不清。

强盗们都感到心虚，不敢进去。

蓝姐笑了笑说："我为什么要害你们呢？我是被这当官的抢来服侍他的。我本来是嫁到一个平民人家，丈夫、婆婆也都对我很好，却全被这恶贼杀了！"

强盗们这才明白蓝姐为什么主动替他们做事，刚要举火把进去，被蓝姐一把拦住："小心！里面有和尚当年开山用剩的火药，千万不能举火把！"

强盗们一听，十分感激蓝姐。

于是蓝姐举着那支蜡烛，首先钻了进去，再用蜡烛为强盗们照亮，招呼他们进去。强盗们就按蓝姐的指点，在烛光的照耀下，把库内的财物统统搬出来，只小心翼翼地避免引燃那堆火药。

搬了出来后再看，强盗们喜不自胜，眼睛全都睁得老大：好家伙，金银珠宝一大堆，足值几千两银子。加上绸缎、衣服、玩物、食品，简直像座小山。他们自"下水"以来，还从没见过这么多东西，于是对蓝姐更加信任，几乎有点感激了。

"可我们走后，你怎么办？"强盗头儿问。

蓝姐哭了，哽咽地说："反正我用这方式也算报了仇，

就算死也不怕了！"

"干脆，跟我们走，一起享福去！"一强盗见蓝姐长得端庄俊秀，顿生邪念。

"可你们，有住的地方吗？能让我过安生日子吗？我不想东窜西逃，整天在深山老林里生活。"蓝姐犹豫道。

"你放心，我们就住在县城里。白天跟别人没两样，都是安顺良民呢！"强盗中有人插嘴道。说罢，不无得意地笑起来。

强盗头儿狠狠瞪了那人一眼："再说废话，我把你舌头割下来喂狗！"

那人忙捂嘴、缩脖，冲蓝姐做个怪相儿。

"你跟我们走！"强盗头儿盯着蓝姐白嫩的脸，眼中出火。

"那，好吧。"蓝姐答应了，"我再到库里看看，找几件我穿的衣服。"

"真是女人，都什么时候啦！……好、好，快点儿！"强盗头无可奈何地催促道。

蓝姐一人走进库房，装作翻找衣服、更换内衣，让外边的人不许进来。

强盗们见天色已微微发亮，开始有些惊恐不安。青天白日之下，这财物怎能掩人耳目地运走？而这县里，因近来多次出现盗案，搜捕、盘查得正紧。

"快出来！还磨蹭什么？"强盗头儿不时望望头顶上已变浅的天，跺脚催逼。

"哎呀！不好啦！庙外山路上来了一队人！肯定是发现你们啦！"蓝姐将头探出门外，惊慌地大喊，"已经快进前门啦！"

众强盗一听，顿时吓得魂飞魄散，哪还敢再迟疑，急忙抢夺地上财宝，之后，像被枪惊到的麻雀一样，四散逃去。

一个强盗想拉着蓝姐一起逃，但蓝姐退入库内，"哐当"一声，把铁门关上，又哗啦啦上了锁。任门外怎么喊叫，就是不开门。那强盗见开门无望，狠跺了两脚，也狼狈不堪地逃命去了。

直到庙内平静下来，蓝姐才走出库房，回到前厅。见那些仆人、侍女还被捆绑着缩成一团，忙一个个为他们解开绳索。

此刻，天已大亮。已有一些游庙、进香的县里人，夹杂着一些捕快、衙役，陆续走进庙来。直到这时，那些仆从侍女们才大声喧嚷起来。

也直到这时，那位昏醉酣睡的官员才睁开惺忪的双眼。

众人忙对主人讲了夜间的情况，同时一致谴责蓝姐的背叛行为。

主人一言不发，看着蓝姐。

蓝姐从容道："现在应该马上报案。"

主人冷冷地说："还用你说吗？可已经无济于事了吧！"

蓝姐觉出主人对她为强盗引路、开门、取物的行为不满，笑了笑说："只要报案，今天下午就可以把东西全取回来，说不定还会大大超过所丢的东西呢！"

众人怔怔地望着蓝姐。

"硬顶，不是办法，只会造成不必要的伤亡。"蓝姐看了一眼被割去耳朵的婢女，"所以我才顺着他们。给他们开门，并取得了他们的信任。于是我就探知他们都是本县人，并非外地流窜作案的。"

"这新淦县有上万人，你在夜里能看清都是谁吗？他们不都戴着面罩吗？就算你能看清，上万人里，你能当天就一个一个全找出来？"一个男仆语无伦次却也不无道理地发问。

蓝姐胸有成竹地说："只要把刚进庙的县中捕快叫来，我马上就能让他把盗贼全部抓获，将赃物全部送回。"

主人便派人把本县的捕快叫来。

蓝姐在捕快耳边小声说了几句。捕快大喜，匆匆而去。

下午，众人正迷惑不解、纷纷猜测之际，新淦县令已押着被捕的盗贼、抬着被抢走的财物急匆匆地赶来了。

所捕盗贼，一个不少；而送归的财物，却大大多出。

县令冲那位官员施礼致歉、告罪求情："敝县治理不善，致使大人竟受惊扰。下官告罪！千万恳请大人在朝中多美言几句，下官感恩戴德，将大人视为重生之父母！"

见到财物没受损失,盗贼又被迅速拘捕,官员也便做出大度模样:"罢了,你也辛苦了。半日之内能破此大案,可见办事勤勉、干练呢!"

县令受宠若惊。

"请教一下,你是怎么抓住这些人的?"官员问。

县令经捕快指引,来到蓝姐面前,深施一礼:"全仗姑娘赐教!"

官员用疑惑的目光盯住蓝姐。

蓝姐笑了笑,平和地说:"我持蜡烛为他们照亮,趁他们搬运东西时,把红蜡油悄悄地滴到他们的衣服上。又把这秘密告诉了捕快,并指出这些强盗都是本县之民。所以……"

众人钦佩不已。

"可万一不是强盗,身上也有蜡迹呢?"官员很感兴趣地发问。

"本地民生寒苦,平民百姓只点油灯,不用蜡烛的。"蓝姐答。

"可这些强盗并非贫寒之人,谁又买不起蜡烛呢?"

"凡干这种抢劫的,不过是些出身贫苦的小盗小贼,肯定非富豪之家。做贼心虚,本是一般的百姓,他们不会毫不在乎地大点蜡烛。"蓝姐细细分析道。

在场的所有人都再无话可问,深为蓝姐的智慧叹服。

燕铁木儿连除二帝

公元1328年,元朝的第六代皇帝泰定帝病逝于上都。于是,随行的丞相倒剌沙受遗命扶立年仅九岁的太子即皇帝位。

在举行登基大典之前,倒剌沙先派两名使臣回京师大都收取百官印章,以让新皇帝(实际上是由他)根据亲疏友仇,重新任命百官。

这一举动顿时在京都朝臣中引起轩然大波。于是,朝臣们对新皇帝继位的合法性提出了质疑。

原来,泰定帝并不是第五代皇帝元武宗的合法继承人,而是在一次政变中获得帝位的。真正的继承人应是元武宗遗诏中写明的当时的皇太子、武宗之子和世㻋。泰定帝篡取大位后,则把和世㻋封为周王,强迫其远居于大漠之北。武宗的另一个儿子,和世㻋的亲弟弟图帖睦尔则被封以怀王虚衔,被迫迁徙到江陵。

如果新皇帝不收回朝中百官的印章，也许大家就睁一只眼闭一只眼，听其自然了。可现在，眼睁睁看着历代祖先出生入死挣来的功名被人夺走，自己的尊荣富贵将成为过眼云烟，大家能无动于衷、俯首听命吗？

朝臣中，时任佥书枢密院事（官名，掌管全国军事）的燕铁木儿反对最为激烈。他原是元武宗之臣，在泰定帝面前已不甚受重用。本想新皇帝或许会重用自己，却不料竟更加无情。于是，以他在大臣中的影响力和现在的地位，便把在京朝臣全召集起来，讲道：

"诸位大人，我等功名，乃祖先一刀一枪搏来的，是历代皇帝封授的。他倒剌沙是个什么东西？凭什么收我们的官印？分明是乘太子年幼无知，乘机树立私党，排斥旧臣，以图篡夺大位！诸位大人难道就听之任之吗？"

一番话无异于火上浇油，众官振臂高呼："打到上都去，杀死倒剌沙！"

燕铁木儿道："不可。上都里毕竟有个即将登基的皇太子，以我们朝臣的身份与之对抗，难以号召军兵国民，贸然攻打，必会身败名裂。"

"那怎么办？"大臣们问。

"我们必须把周王从漠北请入京城，让他继承大统，这样，就可以名正言顺地讨伐倒剌沙。成功以后，作为拥立功臣，自可长保富贵荣华。"燕铁木儿精明果断，简洁地说出计划。

众朝臣都十分赞同。

"可是，周王远在漠北，派使者去请，再等到周王至京，起码需要三个月的时间。而上都的小太子不久就要登基了！"一大臣忧虑道。

"是，这确实是棘手的事。一旦新皇确立，号召全国，我们的计划便难能实现，我们的身家性命也难以保护了。"燕铁木儿道，"但是，事情可以权宜补救一下，我已派人去江陵请怀王进京，估计不久即至。我们先奉怀王为帝，与上都抗衡。待周王驾到，再把帝位让给周王。这样，就可解燃眉之急了！"

"可是，"另一大臣迟疑起来，"君位，乃天下至重之权，怎能随便转换，像儿戏一样？再说，叼到口中的肥羊，谁肯再吐出来？我恐国家今后再无安宁之日了！"

燕铁木儿皱眉道："事已至此，先走一步说一步吧。事在人为，未来也不见得就糟成那样！"

众人别无良策，便只有依从燕铁木儿的安排了。

八月二十七日，怀王图帖睦尔由江陵到达大都。他是元武宗的第二个儿子，与周王和世㻋是母同胞的兄弟。武宗死后，他被贬到遥远的海南，后被召还，居在建康（今南京）。而泰定帝认为南京乃虎踞龙盘之地、六朝帝王之都，怀王居此将不利于朝廷。于是，又把他迁到偏狭的江陵。纵

观怀王前一段的经历,也算历尽坎坷了。

当燕铁木儿派使臣迎接他时,他立刻明白形势的急迫与机遇的难得,便马上动身北进。不过,在路上他并不急于策马飞奔,而是每到一地,必先驱赶走泰定帝委派的官吏,而安插下武宗旧臣或自己的心腹。因此,当他到达大都时,大都以南的国土已在他的掌握之中了。

一进大都,他立即以当仁不让的气概入居皇宫,接着,又封官,又命将,又发诏,俨然是皇宫的新主人。

直到这时,还在上都坐等百官之印的倒剌沙才明白了大都方面的意图。为抢先一步,造成有利于自己一方的声势与名分,倒剌沙匆匆忙忙将那个九岁孩子推上帝座,改年号为天顺。后世便称这小男孩儿为天顺帝。这是发生在公元1328年九月初的事。

燕铁木儿得知后,忙进见怀王图帖睦尔,请他在大都登基。

怀王巴不得立即做皇帝,但也有顾虑,因为当年元武宗遗诏上写的是传位给自己的哥哥周王和世㻋,而现在哥哥尚在,且也正往大都赶来。万一争执起来,自己理亏,恐臣民会站到哥哥一边。于是,怀王便对燕铁木儿说:"寡人不能做此僭越之事,还是虚位以待大兄的到来吧!"

燕铁木儿明白这位怀王的心思,他想当又怕当,由于不十分清楚朝臣意向,一时还不敢毫无顾忌地打出皇帝旗号。

燕铁木儿便摊开形势，推心置腹地说：

"谁先骑到终点，谁就是最好的骑手，这是咱蒙古人的说法。汉人也有一句话：'捷足先登。'现在上都那小娃娃，妄自称尊，天下之人正观望于两都之间，不知所以。大王若不早即大位，何以明正统、争民心？当此非常之时，应有非常之策，怎能墨守成规呢？一旦天下人只以上都小儿为天子，则大王非但帝位难登，恐怕性命也将不保呢！至于周王，大王既已先入居大内，便已事实上成了天下之主。即使周王归来，我们是为国家正统而在非常时期登基的，他也无从非议。何况……"燕铁木儿沉吟一下，目光冷峻，"何况周王还未必能够进入大都呢！"

怀王使劲一拍燕铁木儿的肩膀道："你真是我的心腹之臣！那么，也就不必顾虑天下人的议论了！"

燕铁木儿冷笑道："我最不同意汉人常说的'人言可畏'这句话。天下最可畏的只有两件——大印、大刀。只要有这两样东西，谁敢对您说长道短？相反，若没有这两样东西，您就是大圣大贤，也没人买账的！"

"至理名言！"怀王笑道，"只是一提大印，寡人倒想起，传国玉玺还在上都那帮人手里。没这大印，我怎登基呢？"

燕铁木儿道："大王也太认真了。国宝不也是由人造的吗？难道京城能工巧匠还少？"

"可私刻玉玺,一旦传出去……"

"令工匠刻好后,杀之灭口。外人谁还知道真假?"燕铁木儿咬着牙说。

就这样,九月十三日,怀王图帖睦尔即皇帝位于皇宫大明殿。这便是元代第七代皇帝元文宗。即位之际,诏告全国:"周王远隔大漠,势难骤归。宗室、将相、百官、勋旧均以为帝位不可久虚,天下不可无主,同谋推戴朕躬。固请再三,诚恳迫切。朕为国家计,姑从其请,暂摄帝位。一旦大兄来归,朕当避让……"

燕铁木儿开始不同意颁发此诏,认为将来会留下口实,与周王争天下时必定难堪。但文宗认为,这可平息国人议论,有利当前形势。燕铁木儿也觉得有一定道理,就说:"反正今后,事在人为,也无可无不可。"

文宗因燕铁木儿拥立之功,封他为太平王,赐地五百顷。同时任命他为中书右丞相,所有军国大事,尽由他掌管处置。对其他都中大臣,也一一封赏,加官晋爵。于是,满朝文武,无不欢欣。

此时,一国之内,两都对峙、二帝并立。你说我僭越,我说你篡位,最后自然是兵戎相见。由于燕铁木儿不仅长于谋略,而且能征惯战,每次临阵,都身先士卒、亲冒弓矢;又由于他充分调动了大都朝臣保官存命的积极性;再加上他发动广泛的宣传攻势,对天下人讲明由九岁孩子当政的危害，以文宗为帝的美好未来，使广大臣民都拥护大都一方。所以，到十月十三日，距文宗登基只一个月时间，上都就被燕铁木儿攻破，迫使倒剌沙袒胸赤背、负荆投降，并献上那枚传国玉玺。而那九岁的小皇帝，则名灭身亡，不知所终了。

至此，二帝并立局面宣告结束。

谁知，一波方平，一波又起！

这年年底，一名使臣从遥远的漠北风尘仆仆地赶到京师。他是周王的近侍之臣，叫孛罗，奉周王之命，来向京师臣民宣告：周王已率臣众人等，从漠北出发启程南下，即将来京师继承皇位了。

孛罗的到来，在京城引起巨大反响。百姓纷纷传言："真天子从北边来了！"而那些见风使舵的大臣以为文宗诏书中既有"避让"之辞，由周王来京继位自然无可阻拦，于是争相到孛罗处拜见、讨好，以求新皇帝的恩宠。

文宗深感不安，焦虑不已，忙召燕铁木儿商议对策。

燕铁木儿原对周王、怀王一视同仁，但既已立怀王为帝，并深受信用，自然不希望再来个天翻地覆。而且可以想见，一旦周王继位，自己这文宗的宠臣势必要被排挤、甚至遭迫害。所以，此时此刻，他已是坚决站在文宗一边的人。见文宗问自己怎么办，他不急不躁地吐出四个字："以礼迎之。"

文宗沉默无言,心怀怒意。

燕铁木儿看出文宗心事,笑了笑,又补了一句:"再以计除之。"

文宗面呈喜色,急问:"你有什么妙计?"

于是燕铁木儿细细讲出一整套计策来。文宗大喜,拍其背道:"就是张良、诸葛亮再生,也不过如此了!"

三天以后,文宗派使臣北上迎接周王,并命百官相送于都门之外。那礼节仪式,比送大将军出征还要隆重。此外,文宗再三让使臣带话给大兄:"弟空宫虚位、敛手肃容,恭待大兄来京继位!"按照燕铁木儿的计谋,这是"礼仪要隆,以显诚心"。用这方法解除周王的思想戒备,使他由急迫变为懈怠,对文宗这方面不再防范。

使臣刚出京,文宗则册立皇后、授官封爵,并连续对大臣进行封赏。于是,皇室健全有仪,给民众一种正规庄重之感;朝臣又因个个位重禄丰、荣华富贵,更不愿再来个新皇帝重新安排人事,尤其畏惧周王上台会尽撤文宗臣子,而全换上漠北亲随,于是,自然竭诚拥戴文宗。用燕铁木儿的计策,这是第二步"封赏要多,以固臣心"。

文宗的使臣北向行进,终于在和林城见到南行的周王。

"皇弟果然要让位于我吗?"周王比其弟年长六岁,甚是沉稳。

使臣恭敬答道:"都中臣民,无不翘首以待大王的到来!"接着,又讲了文宗如何诚心、如何致敬、如何正为周王有条不紊地暂时管理着朝中之事,敬请周王放心。

"既然如此,为何没将玉玺带来与我?"周王问。

使臣答:"玉玺乃国家至尊至贵之物,应为天子独掌,怎可轻易授与臣子,让其携带奔走于荒野大山之间?大王之弟已把玉玺封存妥当,专候大王到京取用呢。"

这时,孛罗刚从京城回到周王处,见状冷笑道:"少花言巧语!没有玉玺,周王就不能登基吗?文宗即位时不也私刻一枚代用过?"

于是,第二天,周王在和林城宣告即位。这就是历史上的元明宗。

一国之内,又戏剧般地出现了两帝并存的局面。

不过,这两位并立之帝倒没有兵戎相见,反而使臣往来,互通消息,互表情意:明宗使臣带给大都的,是各种谕旨、敕令,及对文宗本人的兄弟眷念之情谊;文宗使臣带给明宗行宫的,则尽是金银、珠宝。几乎每个随行的大臣都收到了大都方面的厚礼。于是,这些大臣也无不对文宗及大都使臣感激不尽。其实,这不过是双方的不同策略。

明宗之所以给大都方面下达大量谕旨、敕令,是为了向大都臣民表明自己是正统的皇帝。而对文宗表示眷念,则是为了让对方不生怨恨、心甘情愿地交出大权。

而文宗方面,则采用燕铁木儿的计谋"馈赠要厚,贿其

臣心"。这样做是为了笼络明宗的随臣，使他们不要过分与大都方面作对。

明宗虽已名正言顺地继了位，但却并不急于进京，而是走走停停、停停走走，不断派出自己的随臣出使各省、安抚四方。因为他知道皇弟在大都已有些根基、不无实力，贸然进京，风险太大。所以每走一地，便稳固一方，逐渐对京师形成包围之势。

文宗也不希望明宗进京。所以他按照燕铁木儿的计策，不断向明宗及其臣属送去华贵的帐殿、名马鹰犬、锦衣美食，供其途中玩乐，以拖其行期。同时他不断地以卑辞谦语表示对明宗的拥戴，以进一步麻痹其心志。与此同时，则暗中积极做各方面的力量积聚、行动准备。

过了一段时间，明宗要求文宗派燕铁木儿把传国玉玺送到行宫来。文宗与燕铁木儿商议后，经过一番筹划，同意了此事。于是燕铁木儿捧着玉玺送到明宗面前。

一见玉玺及文宗的主心骨燕铁木儿来到自己行营之内，明宗大喜，同时也彻底放下心来，这皇位已万无一失地要坐稳了。于是明宗大宴群臣，痛饮达旦。

在宴会上，燕铁木儿百般赞颂明宗才能出众、品格不凡，又主动提出辞去在文宗旨意下所担任的中书省、枢密院、御史台（分别为朝廷行政、军事、司法的最高权力机关）的职务，以消除明宗的疑忌。

明宗正有此意，便乘势准其所请。于是，对一个已无职无权的燕铁木儿更不放在心上。为了做样子，也称赞了燕铁木儿几句，问他能为自己提出些什么好建议。

燕铁木儿道："陛下登基乃万民之愿，也是大都百官求之不得之事。现在陛下尚在途中，随员、兵众皆尚不足使用，为陛下长治久安计，目前还不宜尽撤文宗百官之职，反而宜加封其中重要人员，使他们感恩戴德地为陛下保守大都，不致生变。待陛下根基稳妥后，如何任用或贬谪就无可无不可了！"

明宗听罢，甚为赞同。自己从漠北带来的随员确实人少力薄，不可一上台就贬斥文宗旧臣，确应先为我所用，然后一一除之。"好！卿所言正合朕意！"于是下旨，命大都各官各司其职，不得懈怠，明宗进京之日必大加封赏。

燕铁木儿又道："陛下与文宗乃同胞兄弟，现文宗表现出大情大义，拱手把帝位让给陛下，陛下也应有所表示。可把文宗作为陛下的继承人，诏命全国。陛下可立文宗为您的皇太子。这样，必会获国人的拥戴与颂扬。这对开国之初各方面的朝政，均有大益处的。"

这个建议，使明宗稍有迟疑。自己的帝位，本要传给自己子孙的，怎可让与别人？可若不明示天下，把弟弟作为接班人，又会被国人看成不讲情义、忘恩不报的家伙，势必影响自己至尊至美的崇高形象。

这时，站在一边的孛罗悄悄对明宗道："为眼前需要，可以如此。至于今后皇太子最终是谁，还不是陛下的一纸诏书吗？"

明宗豁然开朗："好，弟奉兄以情，我还弟以义。就下旨，立怀王图帖睦尔为皇太子！"说罢，半笑不笑地看着燕铁木儿："你可要为我在都中大臣及全国臣民面前多说几句好话啊！"

燕铁木儿也微笑着回视明宗，似有灵犀相通之意。他又探头附向明宗耳边道："皇太子可封，但封后不可使之居于京师。一城之内，新皇、旧帝，总易生事。可面谕几句后，遣皇太子镇守上都，则便安然无事！"

明宗很高兴，因为这个处理方法，既能在国人面前换来自己的好形象，又可把这隐患远排在帝都之外。之后，随便加条罪状，便可不显山不露水地废去旧皇太子而新立自己的真正的皇太子了。于是立即下诏，让大都的文宗马上赶来，当面宣诏。

燕铁木儿心中暗喜。至此，他的计谋已实现了大半：大都官员并未因明宗的即将到来而丢掉政权、军权，于是自己在离京前的一切布置安然无恙；文宗虽逊位，但又成为名正言顺的皇位继承人。下面的事情只是，如何不露痕迹地在明宗进入大都之前使之"寿终正寝"。

文宗依旨来到明宗行营，兄弟二人十余年来，因受先皇的打击迫害，天各一方，从未见面。及见，竟都有些动情，抱头大哭了一场。待冷静之后，则又在冷酷的政治现实面前，视对方为不共戴天的仇敌了。

当晚，明宗下诏，封文宗为皇太子、自己皇位的继承人。文宗叩谢如仪。

接着，明宗又下诏，派皇太子次日一早就奔赴上都，为皇上镇守北疆要地。文宗接旨谢恩。

明宗见一切如愿，心情酣畅。当夜，与皇后八不沙为皇太子夫妇饯行。

燕铁木儿躬身侍立，在前后左右殷勤服侍。

明宗在与文宗即别之夜，心知是生离死别，心中稍有不忍，便放下皇帝架子，只以家内兄弟关系相处。彼此言谈甚欢，忆昔日、望今宵，均十分感慨又激动。明宗喝得大醉，便要喝醒酒奶茶。

燕铁木儿忙派人到厨帐取来奶茶，亲托一漆盘将其献上。盘中四碗，一金三银。自然明宗用金碗，八不沙皇后及皇太子夫妇用银碗。饮罢醒酒奶茶，皇太子夫妇向明宗致谢、告辞。

一夜无事。

次日清晨，皇太子一行人向明宗辞行，按旨去上都镇守。明宗酒醉未醒，感觉不适，没能亲自送行。于是皇太子在帐外行礼后，向上都奔驰而去……

皇太子刚达上都，明宗"路途染病，不幸身亡"的噩耗也同时传来。于是，皇太子在上都立即宣告全国："明宗既逝，国中不可一日无君，皇太子即登大宝！"

就这样，文宗皇帝两次登基，才真正做成了皇帝。

明宗随臣虽觉有诈，但又无可奈何。大都方面早严阵以待，壁垒森严；上都方面又有名正言顺的新天子即位。一群无主、无兵、无地盘的先皇随臣又与丧家之犬有什么区别？由于对文宗并无恶感（前不久均受文宗大量钱物），于是也便听之任之，不作认真计较了。封建时期的臣子，只要能保住自己的身家性命与荣华富贵，谁又真为皇家内部的骨肉残杀操心呢？

燕铁木儿两次拥立有功，自然在元文宗一朝享尽尊荣，备受信任。他的一番辛苦用心，也算没有白费了。

朱元璋酣睡抚降卒

明太祖朱元璋，原是安徽凤阳县皇觉寺的一名和尚。元朝末年，江淮河汉遍燃农民起义的烈火，以红巾军为号的义军旗帜四处飘扬。

元至正十二年（公元1352年），时年二十五岁的朱元璋参加了郭子兴领导的红巾军。由于他作战勇敢、颇富谋略，多有战功，很快就由十夫长被提升为自统一军的首领，率部两万多人，成为红巾军的一支劲旅。至正十五年（公元1355年），郭子兴突然病故，其子郭天叙为都元帅，张天佑、朱元璋为左右副元帅，共同统领红巾军。

那年五月，朱元璋率军大举渡江，攻克太平（现在安徽当涂县），活捉元将纳哈出，声威大震。于是他在太平设置兴国翼元帅府，自领元帅之职，很快在江南站稳了脚跟。

这时，元将陈野先率领数万水军前来进攻。朱元璋用两面夹击的方式大败元军，俘虏了陈野先率领的数万人，并收降了他们。

九月，郭天叙、张天佑领兵过江，进攻集庆（今南京）。不料，在战斗最紧要的关头，投降朱元璋的陈野先率部叛变了。这一事件，使红巾军遭到意外打击，受到极大损失，郭天叙、张天佑也战死沙场。

陈野先部又成为红巾军的死对头，屯兵方山，与重占采石矶的元将海牙形成掎角之势，监视朱元璋的太平驻地，大有一举吞灭之势。

朱元璋在这困难时刻，把失散、溃败的红巾军收编起来，顽强地坚守太平。又经过艰苦努力，在牺牲了许多将士后，才在第二年春天，在采石矶又一次大破元军，并乘胜攻克了集庆。在这次战斗中，又把陈野先所率的三万六千多人重新俘虏，令其归降了。陈野先本人则在败逃中被乱兵所杀。

再次投降朱元璋的这三万六千多人，生怕红巾军清算他们当初反叛的罪恶，一个个惊恐不安、坐卧不宁，时时忧虑着自己的命运。

而红巾军的原班将士，也深恨他们的反复无常，致使统帅郭天叙、张天佑阵亡，无数战友惨死于刀剑之下，因此对这些降将降卒也横眉立目，欲杀之而后快。

果然不久后就发生了多起两方兵士械斗致伤的事件，并有投降的将领偷偷潜逃并带走少数降兵的现象发生。

朱元璋旧部将士更为愤怒，纷纷请求，要在军营内彻底清除这批人。

朱元璋不但不答应，反而把一个平日作战勇猛、但在与降兵械斗中杀伤人的小校斩首示众。他严厉告诫，军营之内皆兄弟，凡有无端生事者，杀无赦！

旧部将士的报复行为稍微收敛了些，但那些降将降卒仍然夜不脱甲、刀不离身，唯恐有意外事件发生。

朱元璋听到这些情况的报告后，便亲自到降卒中慰问、安抚，表示既往不咎，只今后情同手足、一心对付元军就是。说罢，又在降卒中挑出五百名强悍士兵，请出一位降将，组成自己身边的亲随卫队，而把原卫队调整到各营中去。

一时军中议论纷纷，都不明白朱元璋为什么这样做。红巾军的老人担心，这五百名降卒趁做元帅卫兵之机起了杀心怎么办？第二次投降过来的新人则疑惑，元帅真的信任我们吗？别是什么诡计吧？

朱元璋任人们胡乱猜测。每晚归帐安歇时，他都要把这五百人及带队将领唤到身边："作为我的亲随卫队，你们要恪尽职守。除你们外，任何人都不能进入中军大帐。"说罢，解甲摘剑，交给一名帐内卫兵保管，自己则脱衣躺倒，酣睡如雷，毫无防范地进入梦乡。

一连几天晚上都如此。朱元璋白天忙于军务，一到夜

晚，就在这五百人的护卫下，呼呼大睡，直到第二天清晨被唤起，才睁开惺忪睡眼，大伸懒腰："睡得真香！你们辛苦啦！"为了表彰这些人的恪尽职守，他对值夜的卫兵大加赏赐，还将一匹自己心爱的宝马送给那名卫队将领。

这五百人终于安下心来。因为几日来，分明看到朱元璋对他们深信不疑，确实是毫无防范地真睡，又没看到各营的红巾军旧人对新降将士有什么危险举动。于是，他们对朱元璋的大度宽容与无间的信任深为感激，决心为朱元璋死战到底、为红巾军尽心尽力。

由这五百人很快扩及那三万多人，大家见朱元璋如此，也都放下心来，不再惶恐不安。不久，他们都成为朱元璋手下忠勇无比、屡建大功的将士。

康熙布迷阵，雍正得便宜

康熙六十一年（公元1722年）十一月，六十九岁的康熙皇帝突然患病，浑身发热，咳嗽不止。其时，他正率群臣及众皇子在北京南苑秋狩。于是，他立即返驾于北京西郊的畅春园，斋戒静养。同时谕令群臣，在他养病期间，不受奏章，不理政事。

这样一来，一种不祥、不安的气氛，立刻笼罩在朝野上下。

原来，康熙帝到现在还未立太子。他一生多妻多子，先后生皇子三十五人，除早殇的十一人外，现在尚存二十四人。早在康熙二十四年（公元1685年），他将当时一岁多的嫡长子胤礽立为太子，不料后来父子反目成仇，胤礽两次被废，第二次被废是在十年之前。现在康熙帝已是风烛残年之人，又身染重病，谁又能料到他将会如何？若仓促之间撒手而去，这大清的万里河山又将交付给谁呢？在此时，康熙召见了四阿哥胤禛。胤禛今年四十五岁,被封为雍亲王。在众多皇子中,他向来以干练、严厉著称,人称"冷面王爷",是个颇有才能、富于心计的实力人物,一向被康熙看重。

"四阿哥,冬至就要到了。今年的祭天之事,要由你代朕主持。"康熙在病榻上,一字一顿道。

胤禛一愣,冬至是大节,历来皇帝祭天的大典都是康熙亲自主持,十分隆重。偶尔因出征在外,才指定他人代替。而众兄弟中得过此等殊荣的,只有原太子胤礽一人。现在把这荣耀的差事交给自己,难道是……但转念一想,现在距冬至节还有六天,按规定,主持祭祀之人必须先到南郊天坛斋戒祷告,并住在那里不得离开。就是说,在康熙病重、政局变幻莫测的关键时刻,自己被打发到远离皇城的郊外,这又意味着什么呢?……

"父皇龙体欠安,儿臣愿意奉汤药于御前,这祭祀之差……"胤禛犹豫道。

"怎么,你不愿意去?"康熙面露不悦了。

"儿臣只是记挂父皇。"

"朕不过偶感风寒。你放心去吧。"

胤禛明白,父皇的旨意从来违拗不得,想了想,道:"儿臣遵旨。不过儿臣有一事,求父皇恩准。"

"说吧。"

"儿臣既不能尽孝于父皇身边,愿请一批高僧喇嘛在园子里做一场大法事，为父皇诵经祈福。"

康熙笑笑说："难得你一片孝心，就由你。"

胤禛走出寝宫，在门外见到康熙身边的太监陈福，抱拳道："陈公公，我近日不在父皇身边，请你代我多照应点儿，我会有重谢的。"

陈福早为胤禛买通，忙答道："四爷放心，若这边有事，奴才一定及时告诉您。"

随后，胤禛又来到掌握京师兵权的九门提督隆科多处。隆科多的姑母是康熙的母亲，两个姐姐又都嫁给了康熙，并先后被册封为皇后，从辈分上说，康熙之子都称他为舅。贵戚加权臣，他在当时是举足轻重的人物。

胤禛见到隆科多，先称一声舅舅，然后问："老爷子病了，万一有个长短，朝中总得有个主事之人。你看谁合适啊？"

隆科多不敢议论，含糊其词道："皇上曾说过，一定会给天下百姓立个刚强可靠的主子，到时会有安排的吧。"

胤禛淡淡一笑道："我也不指望你现在说什么，只事先跟你打个招呼、提个醒儿。你脑子可要清楚些，眼睛看准点儿！"

"是。"虽是舅舅，但在皇族面前，仍是奴才，隆科多连连称是。

"刚才老爷子说了，要静养几天，谁也不见。你要是一

个人进这园子,我唯你是问!"

"奴才不敢。"

"老爷子有什么旨意,阿哥们有什么动静,随时给我通个气儿!"说罢,胤禛掉头去了。

胤禛受命祭天的事很快在朝臣与众皇子间传开,人们都知道康熙是精细至极的人,从不轻易举措、轻率说话的。现在,把祭天这样隆重的事委给一位身份本来就非同一般的皇子,是否在示意四阿哥胤禛将是皇位继承人呢?一时间,议论纷纷。而一向与胤禛不和的皇八子等人更是气愤不平,暗中活动起来。

这时,康熙又召见隆科多。

"近来朝中有什么事吗?"

隆科多不敢隐瞒,含糊地说:"八阿哥刚才到我那儿来了。"

"哦?"康熙眉毛一抬,"他说了些什么?"

隆科多没敢说出皇八子的不满气愤之辞。早在十年前,太子胤礽被废之际,这位八阿哥曾积极活动,想当太子,结果被康熙严厉制裁过。而现在,他又广交朝臣,联络弟兄,准备与胤禛较量。这也是位不敢得罪的主儿。谁知道到底哪位能最终继承皇位呢?想到这儿,隆科多嗫嚅道:"他没说什么,只是向皇上请安,十分关心皇上的安康呢。"

康熙欣然微笑道:"你们过去都夸他仁孝,看来不假,朕一病，他第一个来请安。当初制裁他倒有点过分了呢！"

隆科多一惊，难道皇上有立八阿哥之意？

"胤礽知道朕病了吗？"康熙又问。

隆科多不解。胤礽被废后，一直被圈禁，内外隔绝，根本不可能知道任何消息。皇上为何明知故问呢？忙答："胤礽不知。"

康熙长叹一声："朕有十年没见到他了。他也快五十岁了。唉，看来朕在位时间的确太久了，挡住了阿哥们的路，能怪他们恼恨我吗？"

隆科多迷惑不解，不敢应答。

康熙继续道："冬至之后，将胙肉给他和大阿哥胤禔一人送去一块。"

"喳！"隆科多简直弄不懂康熙是何用意了。胙肉是祭祀用的肉，历来将胙肉赐给某些臣子，是为表示皇上特殊的恩宠。可今天，皇上要把胙肉赐给已被废的前太子胤礽和因争太子位而遭圈禁的大阿哥胤禔，又是什么意思呢？

隆科多正紧张思忖，康熙又冒出一句："十四阿哥那边有消息吗？"

十四阿哥名胤祯，今年三十出头，与老四乃一母同胞。几年前，准噶尔人叛乱，攻陷拉萨，据有西藏，康熙命胤祯为抚远大将军，封王爵，以前所未有的大将军王的身份率兵出征。康熙命满朝文武送行于德胜门外，完全以御驾亲征的

规格、礼仪，同时授权胤祯指挥新疆、甘肃、青海的所有驻军，并晓谕西北蒙古王公：要视大将军王如朕身。从来皇子统兵，也没有被授以如此重权。胤祯为人仁厚而刚毅，勇武而贤明，一直深受朝臣敬爱。目前，他不负众望，已扭转西藏败局，一举平定了叛乱。众人均觉得，以康熙之意，太子之位非胤祯莫属。可现在，又是让四阿哥祭天，又是夸八阿哥仁孝，又是把胙肉分赐废太子和大阿哥，到底还能不能让十四阿哥继位，就谁也说不准了。

隆科多答道："听说十四阿哥正与敌方谈判，处置善后事宜。"

"召他回京。"康熙道。

"可十四阿哥正主持军务，又远隔数千里……"

"发个八百里加急谕旨，要他火速归京见朕！"康熙大声道。

"是。"

"此事不可张扬出去！"

"喳！"隆科多丈二和尚摸不着头脑，只有乖乖听命。他走出寝宫，刚要写旨，太监陈福悄悄跟进来道："传十四阿哥之事，不跟四阿哥先打个招呼吗？"

"可皇上明示，不可张扬的。"

"你不是已答应四阿哥，凡事通个信儿吗？"陈福用眼角瞟着隆科多。

此时，寝宫周围，众多僧人喇嘛正大声诵经做法事。为首的性音法师武功深厚，是胤禛的心腹爪牙，正虎视眈眈向隆科多处逼视。

"好吧……"隆科多踌躇了一下，说道。

这一年十一月十三日半夜，康熙病情加重，急唤隆科多到身边。及见，要他派人立召四阿哥胤禛。

过了一个多时辰，胤禛还没来到。康熙烦躁不已，要隆科多把在京的所有皇子全传来。

不一会儿，皇子们（除原太子、大阿哥、四阿哥及十四阿哥之外）都跪到康熙病榻前。由于意识到是关键时刻，他们都屏住呼吸，静等康熙说出继位之人是谁。

"隆科多，给十四阿哥的谕旨发出了吗？"康熙气息微弱地问。

隆科多心头一紧，忙答："发出了。"其实，那道谕旨根本没发出，而让胤禛扣下了。

"十四阿哥近几年给国家立了大功，这事本来要等他回来再说的，可他还在青海，来去要四五十天，等不及啦……我病成这样了，而朝中不可无主事之人。我今天要说的是，由四阿哥胤禛先代我监理国事。他为人慎重老到，叵堪此大任。至于继位之事，关系重大，必要所有皇子均在京之日，才可宣告天下。否则，难免遗患。就这样，你们都下去吧。"康熙挥挥手，不再说话。

众皇子屏气静心听完，仍不得要领。究竟由谁继承大统？父皇这是搞什么名堂呢？

且说在天坛的胤禛一接到宣诏，立即披衣起程，但才迈出几步，又迟疑停住。胤禛想到，自来天坛后，每天都有消息及时传报过来，都讲皇上安好、圣躬无恙、病体渐安之类，怎么突然急召自己回城？老八在城中人多势众，不可不防。

于是他先派人到城里探听消息，待知道确实是皇上召见时，才起身进城。及赶到寝宫，见几个皇子都在，却用不服、嫉妒的眼光盯着他。有亲信告诉他，刚才皇上已宣布由他监理国事。胤禛大喜，匆匆来到康熙面前。

康熙身体十分虚弱，脑子却很清醒。父子谈了些闲话后，康熙道："朕去之后，你兄弟不可内讧，使朕有停尸不葬之悲，宗室遭自相残杀之害。你定要与众兄弟齐心协力，共同辅佐新主，使我大清江山永盛永昌。"

胤禛被迎头泼了盆冰水，顿时目瞪口呆。辅佐新主？谁？这么说，皇上并不是要我继位啊！正待急切再问，康熙已挥挥手，闭目睡去了。

胤禛出来后，与他亲近的十三阿哥胤祥对他讲了父皇的所有举措：急召胤祯，赐肉胤礽、胤禔，褒奖八阿哥，又当众令你胤禛监国，最后要待皇子全部在京时再公布传位诏书，等等。

胤禛猛地明白了父皇的用心。这是在摆迷阵，让众皇子陷入其中。似乎谁都可能继位，又似乎谁都有明显的对手。这样，就迫使谁也不敢轻举妄动，只能消极地等待十四阿哥回京后，乖乖地听任父皇早已预定的安排。

他厉声问："传位诏书可写好了？"

胤祥道："不大清楚。但是刚才皇上单独召见了隆科多，不知都说了什么、做了什么。"

胤禛微微冷笑，心里暗想：好，我就利用你这迷阵，来施展我的手段了。想到这里，匆匆带着人去找隆科多。

隆科多在朝房正忧虑万分：十四阿哥不可能回京，众皇子又红着眼虎视眈眈，皇上马上就可能晏驾西归，纵有这传位诏书，可我一个大臣，又怎能承得起如此大事？弄不好，立刻就会身首异处。及见胤禛闯进来，更是吓了一跳，惊慌道："四爷……"

"隆科多，传位诏书何在？"胤禛劈头厉喝。

"这……皇上要奴才待他驾崩之后才可宣示的。"

"拿出来！"胤禛杀气腾腾。

隆科多只好捧出诏书。

胤禛看罢，冷笑不止。果不其然，一切都是稳兵之计，真正的目的就是等十四阿哥来京坐镇。他转脸问道："满文的呢？"

原来清代的重要文书，均有满、汉两种文本。

"皇上气微力衰,连这汉文的还是勉强写下的。您看这'传位十四子','十'字,那一竖都没写直,收笔一歪像带了钩似的。"隆科多忙解释道。

胤禛略一沉吟,心中暗喜:皇上不是当众宣布过让我监国吗?正好可乘其名、顺其义而行事了。便板起面孔:"隆科多,你是想死,还是想活?"

隆科多大惊:"四爷何意?"

"要活嘛,在这'十'字上添上一横。要死嘛……"胤禛话音未落,紧随其后的性音法师已贴近隆科多,双手轻轻一按,隆科多立时浑身麻木,瘫坐下来。

"那,就按四爷说的办吧。"隆科多顾命要紧,慌忙应承。

"好。添上这一笔后,还要由你马上当众宣读!事成之后,我保你子孙后代有享不尽的荣华富贵。"

隆科多不再多想,随胤禛赶到寝宫,用皇上的御笔在"十"字上偷加了一笔。于是"传位十四子"便成了"传位于四子"了。之后,趁康熙昏睡之际,胤禛亲自动手,使亲生父亲窒息而亡。最后,他号啕大哭起来……

众皇子也拥了进来,哭成一片。

隆科多站起身,当众宣布遗诏。于是,四阿哥胤禛名正言顺地成了雍正皇帝。继位后,他迅速剥夺了十四弟的兵权、官位,分别处置了其他皇子,手段之狠毒老辣,便难以一一尽述了。

　　康熙大摆迷阵，本要确保自己的意图实现，却使胤禛乘便弄权、将计就计，达到了夺位称尊的目的。

权谋故事

微服私访的神秘人物

清朝乾隆年间的一天,江南名城苏州街面上,出现了两个十分引人瞩目的北方男子。其中一人更是气宇不凡,只见他相貌堂堂、身材高大,举手投足间都显出一种非凡的气度和神采,但穿着打扮却是一般行商的样子。这两人身后,还随着两个仆人,一个孔武高大,一个文静练达。这两个仆人用机警的目光扫视着四周,不时用眼色互相暗示着什么。一碰到车马、担夫迎面而来,那孔武高大的壮汉马上赶到两个主人身前,代为拦挡、推拒。而两位主人则不管不顾,只随意行走、观光,有时还在街上杂耍摊前站站,指手画脚,又说又笑,一副唯我独尊、目中无人的神态。每当这时,两个仆人就面色紧张,更加紧紧地护卫住他们。

一行四人走到一家客店前。

文静些的仆人上前询问:"店家,可有干净、清静的客房吗?要最好的,不怕贵!"其声音清亮,字句纯正,几乎带出在殿前宣诏读旨时的韵味来。

主人中的一位狠狠地瞪了他一眼,他赶忙把声调放低下去,对迎出来的店主人道:"我们是北京来的商人,想住几日,请腾出两间房来。"

主人中那气宇轩昂、相貌庄严的一位,皱了皱眉头,不待店主回话,已径直走进店去。其余三人连忙跟了进去。走到店门口,那孔武高大的仆人又低声对惶惑不已的店主人喝道:"此店再不许收留别的客人,也不许对外宣扬有北京来的客商来住。听见没有?"

"是、是,小的遵命。"店主人忙答应,又小心翼翼地问:"几位爷怎么称呼?"

仆人不耐烦地甩过两句:"两位爷,一位钱爷,一位贾爷。问什么问!"

"是,是,小人不敢、不敢!"店主人看着已进入店内的钱爷、贾爷,心中忽然一动。顿时,冷汗就下来了。钱爷,钱、乾,乾隆爷?

原来,乾隆喜欢微服私访,已经两下江南。诸多传闻逸事早在民间流传开来。"难道,这回又下了江南,竟住到我的店里来了?"店主人心中大喜,但又不敢声张,只迅速跟进去,跑前跑后,百般殷勤地服侍。

"我这里不用你忙,退下去吧!"那位钱爷一挥手。

"钱爷发话了,还不退下?"那位贾爷对呆呆愣愣的店主说。

店主慌忙退了出来，心中的小鼓敲得更响了。因为从言行举止上看，那钱爷肯定不是一般商人，准有大来头。没准就是……

店主刚一退出，那带套间的客房的门就被关上了。接着就传来低声的斥责，似乎是钱爷、贾爷在训斥两个随从不该讲从北京来，不该用官腔讲话、问事，等等。

店主悄悄挪动脚步，回到客房窗外，偷偷往里看。只见钱爷每说一句，那随从就"喳"地应一声；每问一件什么事，那随从就恭敬地跪下一条腿回答，完全是传说中的大臣面对皇帝的模样。此刻，店主心里什么都明白了，激动不已地离开。

可他又开始有点担惊受怕了：万一钱爷在店里有个什么意外，谁担待得起？想到这儿，他连忙跑出去，悄悄告诉了地保，想让地保帮他出主意。地保一听也吓了一跳，慌忙跑到县衙报告县令。

县令不太相信，说："只有四个人？他们前后左右再没有暗中随从或护卫的人了吗？"

"一时看不出有。也许……"店主当时哪有工夫顾及四周？只眼前这四位就让他琢磨不过来呢！"从那做派、那说话的口气来看，绝不像一般商人、士绅，我开店多年，看人还没出过错儿！"

县令不敢大意，马上命令差役暗中把客店保护起来。又在店内安排几个装成伙计的县衙差役，一是保护客人；一是认真审视其言行，随时向县令报告。

第二天早晨，钱爷起床后，在店内院中闲走，不时伸展腰身、比画拳脚，雍容中透出勇武，刚健里显出尊荣，又哪有丝毫的商人味道？接着，钱爷走入店堂，见店主正目不转睛地望着自己，就笑了笑说："怎么，店家是看到下山猛虎了，还是看到出海蛟龙啦？"

此话一出，吓得店主人一句话也说不出。

这时，贾爷和两个随从走来。贾爷冲那文静的随员使了个眼色，那随员马上走到店主面前说："南方人不熟悉北方商人吧？北方商人大都会武的。"说罢，掏出两大锭纹银，放在柜台上："请你好生照料钱爷。一应物件食品，只你亲自去采买，不许对外人说。知道吗？"

足足一百两银子！店主眼睛都看花了。此时此刻，一切都毋庸置疑。店主忙点点头，不知是走了嘴还是有意做出，冲钱爷低眉顺眼地应了一声："喳！"

两位爷相视一笑，径自走了出去。

几个县差忙分工，有的尾随其后、暗中保护，有的急忙跑去向县令报告情况。

县令听罢，急忙便装来到客店，到钱、贾二位房中察看。虽是行李不多，但一见其中大都是官府常用的贵重物品,尤其是见到露出一角的绣有龙纹的黄绫,再不敢迟疑怠慢,赶忙退出来,回到县衙,召集心腹书吏商议此事。

"皇上微服私访,来到我县,千万大意不得!既要保证皇上安全,又要防止刁民告状。同时,还不能表示出我们已看破皇上行止。明白吗?"县令道。

"小的明白。要是能用什么办法使皇上知您奉公守法、勤勉政事、忠于朝廷、为民称颂,就更好了。这可是千载难逢的好机会呢!"书吏说。

"可别弄巧成拙。那可是要掉脑袋的!"县令道。

"自然不可莽撞行事。小的代大人设计,是否可以……"随后,书吏讲出几条措施来。其中包括让府中属员及差役化装成百姓,在钱爷面前为县令歌功颂德;私下送钱财珠宝给那两位随从,买通关节,让他们代说好话……

县令大喜,马上安排人去实行。

当天下午,一直跟护钱爷的差役来报,钱爷带着三位随员,在官府衙前的茶馆酒楼内转得很高兴,因为所听到的都是颂扬朝政清明、县令尽职的"百姓心声"。钱爷还特意打听了县令的籍贯出身、姓名年龄之类。

县令心花怒放。

正要派人给那两位随从送礼,突然店主慌慌张张跑进县衙,气喘吁吁道:"大事不好了!刚才钱爷一行人回到小店,见店中有被翻拣查看过的痕迹,大怒不已。不由分说,已叫仆从备船，连夜往浙江方向去了！"

县令一听，大惊失色："你没说什么吗？"

"小人、小人，不敢不讲实话。可只说县令大人来拜见过，并不敢说查看过房间的！"店主回答。

"混账东西，你要把我的前程全毁了！"县令狠狠地打了店主两个嘴巴，又慌忙对书吏道："此事不可拖延，赶快报告巡抚。一旦皇上怒离此地，全境大小官员全没有好下场的！"

巡抚听到禀报，把县令大骂一通，急忙带县令乘船，沿江去追，想在皇上面前代县令请罪，并检讨自己对属下管教不严、藐视圣躬之过。一船人风风火火又胆战心惊地一路打听着连夜追赶，直追到与浙江交界处的吴县，才把皇上的船追上。

可一旦到了船前，无论是巡抚还是县令又都踌躇不决、想见又怕见了。皇上本是微服私访，自己这样兴师动众地追赶，等于暴露了皇上的身份，他能不震怒？可不见而回，这在自己辖境中慢待、冒犯皇帝之罪，又无从解脱、难能赦免。两人商议很久，还是决定求见。哪怕彼此不说明身份，只心领神会也好。

巡抚把船停靠在钱爷船边，派人通禀，说有老部下求见。

钱爷在船上问："什么人？"

巡抚不敢公开官衔，却也不想隐瞒姓名，便只把自己的姓名、籍贯报了过去，又对传话人暗示自己的地位及与钱爷的从属关系。这样，虽不报官衔，料想皇上也能明白是谁了。

对面船上人回话："钱爷觉得不甚方便，不必相见。情谊已领，请回吧！"

巡抚及县令再三恳请。

那文静干练的随从走出，站在船头道："有什么话，就说吧，我转告钱爷。"

巡抚及县令一时卡了壳，反倒不知该怎么说了。倒是县中书吏精明，悄悄道："只将所准备的一千两黄金送过去，什么话也不用说，最为妥当。"

这倒不失为一个不必明言又两方心知的好方法。于是巡抚忙叫从人把黄金及其他贵重礼物与旅途中所需的一应物件抬到钱爷船上。

钱爷船上窗帘低垂，什么也看不到。只船头船尾，由那孔武高大的随从带几个人，手持刀剑，紧张地戒备着。

"大人请回吧，东西我们收下了。"那文静侍从传过话来。

只一句"大人"，巡抚及县令便明白对方已知道了自己的身份；而"东西"既已收下，也就含蓄表示出不会记恨前嫌了。于是二人恭恭敬敬地冲对面船窗行了一礼，如释重负、轻松愉快地回去了。

巡抚的船行到半途，他忽然心中一动，忙又命人抄近路赶到浙江。上岸后，他急忙将皇上将要驾临的消息告知浙江巡抚。他想得很周全，虽说皇上宽恕了自己，但若浙江方面让老爷子不快，则会让老爷子"恨"屋及乌，苏州方面难免会受牵累。

不料，钱爷的船竟不知所终，根本没有到浙江来。苏州巡抚为自己暴露了皇上的行踪，迫使圣驾改路而去，心里着实懊悔了很长一段时间。

直到后来，这位巡抚进京述职，才见到乾隆爷。跪拜如仪后，偶然抬头，大胆地看了皇上一眼，觉得御座上的皇上似乎并没有对那件充满戏剧性的事件有丝毫反应，不免疑惑不解。退朝下来，再向知己京官询问，乾隆帝是否于某月某日私下江南过？知己大惊道："那年月日间，我在朝廷亲眼看到皇上，还对答问话呢！"

巡抚暗中叫苦不迭，自己肯定是上了狡猾的大骗子的当了。

就事论事，那骗了手段确实非凡，亦虚亦实、欲擒故纵。本想骗人钱财，却在显示自己阔绰、暗示自己身份之后，故意不辞而别，而让这些地方大员恭恭敬敬地把钱财珠宝贡献上来。其掌握对方心理的透彻，其设计骗局的精当，确实不俗。

而就事论人，有这等高超的谋略与才能，却只干坑蒙拐骗的勾当，未免可惜。但从另一方面来说，这种人才不能在正当途径、场合中发挥才智，也与社会的不公、朝廷的昏暗有关吧？否则，为什么他们对店主这样的"草民"那般大方，而对县令、巡抚这类"权贵"这样无情呢？